春枝细雨

烟罗 主编

花山文艺出版社

谨以献给

大鱼文化四周年

每一年的相约都是不可复制的美好

目录

春枝细雨/烟罗 001

愿你向阳,爱得其所,问必有答;
愿你如月,漂泊有酒,孤独有歌。

长生殿/公子十三 004

她吓了一跳,声音也带出了点儿怒气:"少帅有事?"
他笑,一副轻佻的样子:"夜闯闺房能有什么正经事?"

陈国有谢郎/公子凉夜 027

一刻钟前,她还是一个自由人,包袱里还藏了好些金叶子,但是一刻钟后,她的金叶子先是被第一伙强盗抢走了,接着,她的人又被另一伙强盗抢走了……
果然是个乱世……连盗匪的竞争也如此激烈。

钗头凤/苏非影 048

林成渊的声音很冷静,目光却不自觉地避开她,"还请陆小姐如实相告,今天早上去王公子书房,都做了些什么?"
陆云璃顿了顿,方道:"我想让他退婚。"

剑仙/九歌 071

那一夜,我绞尽脑汁接连将他试探了十来回,到头来却是除了他名唤冷铁柱外,一无所获。
我自不甘心就此罢手,就此缠上了他。

同归/晚乔 086

她欢喜他,然她身中蛊毒,一日不解,便一日不能与他在一起。而他亦然,但他首先是七玄弟子,其次才是叶星来,他有自己的责任。

年年有我,岁岁与她/打伞的蘑菇 110

唐叶城有一个传说,每逢三月三的日落之时坐在城门口的大榕树上许个愿,睁开眼就可在城门口看见能帮自己实现愿望的人。

浮舟记/晏生 132

九重天上的大仙小仙都知道,沧容帝君檀翊下凡历完劫,因割舍不下,从凡间带上来的有三样:一头白虎,一位女官,一个幕僚。

目录

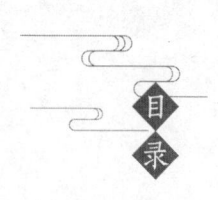

萋萋/狸子小姐 149

都说沈家公子城府深，明明是好兄弟，却在他尸骨未寒之际娶了他的女人。

也说沈家公子的肚量大，大到娶了一个心里装着别人的女人，还当作掌上宝般宠着。

天水一方/应小苔 168

海之西南有雪山，终有雪，有一物名为千岁，千年一结花果，树高大繁茂，盘根错节，树下无雪，四季如春，其果生津润燥，服之可消百病，闻之增寿三年，若入药炼丹，或能保千年不死。

丫头/云上 188

她想知道，他为什么会拒绝皇上的指婚。
她也想知道，为什么她就成了赝品。
她更想知道，那个阿茗，是不是就是同她长得像的娘娘。

浮生渡/猫可可 209

这还是她向往很久的妖君？怎么跟传说中的不一样？这般轻柔而宠溺的语气，怎么会是随手一挥就收割数百仙灵的英姿决然的妖君？

想起传说中他要寻的那个未婚妻，云翎又问："妖君也许认错了人……"

空梦长安/闻人可轻 230

"你可知，你眼前站着的这位是何人？"秦师越低低地问，言语中不乏警告的意味。

"即便是当今皇帝，脱了龙袍站在我面前，我若想装作不知，谁又能奈我何？"沈司安转身抽剑，发丝飞舞间细光冷剑便斜斜地抵了过去。

雾都圣渊/阿Q 250

守门的侍卫看到我，皆变了脸色，似见了鬼，逃窜进殿内，大呼，二皇妃复生了。

我拦住跑得最慢的一个，问了声，近日殿内谁在办喜事？

答曰，二皇子圣渊刚迎娶了雪国圣女桑枢。

有奖征文优秀作品选登

天下第一 / 薄言与酒 277

春枝细雨/乌龟仙子 280

愿你向阳，爱得其所，问必有答；
愿你如月，漂泊有酒，孤独有歌。

春枝细雨

文/烟罗

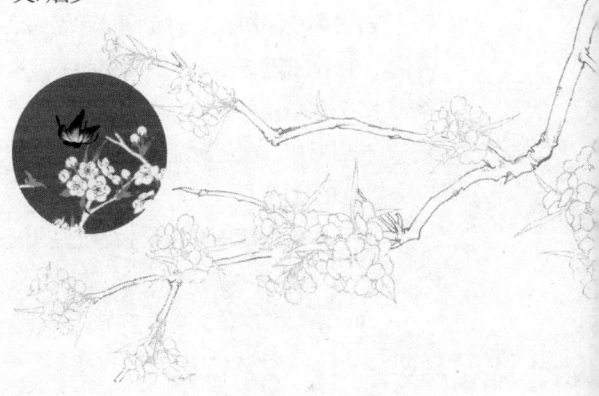

烟罗，本名苏瑶，青少年阅读品牌资深策划人，自由撰稿人。多年来文字散见于国内各大知名期刊，其作品在读者中具有良好的口碑与影响力，被读者誉为"忧伤童话掌门人"。
主题短篇小说集《小情书》和青春治愈系长篇小说《星星上的花》（1、2）自出版起，长居全国各大畅销书榜，写作风格温暖轻灵治愈。
烟罗新浪微博：@烟罗猫猫
烟罗微信公众号：yanluo314

春枝是县衙里唯一的女捕快，细雨是书香世家的弱小姐。

十二年前，五岁的细雨于门前雪地上捡回奄奄一息的春枝，知她家居乡野惨遇山贼屠门，便哭闹着要娘亲收留了她。

春枝陪着细雨一起长大，两人名为主仆却情似姐妹。

春枝强壮活泼，闲时便溜去和拳馆老师傅练武，夏天一身大汗跑回来，看到细雨安安静静趴在窗前案几练字，连忙屏住一口浊气，生怕惊扰了她的小仙子。

而细雨却总能适时抬起头来，眉眼弯弯地笑了，招呼春枝快来喝一碗凉好的甜汤。

有一种缘分就好像上天注定般，风雨不经，无惊无扰。

细雨出嫁的那年，春枝当了县衙第一个女捕快，她风风火火，来去如风，让一方邪恶无所遁形。

细雨生下第一个孩子那一年，春枝从遥远的高山上为孩子摘来圣洁的雪莲花。

后来春枝和一个剑客相遇，她来和细雨告别，从此随爱走天涯。

春枝和细雨，相知相爱着。

她们一直那样牵着手走着，无论生活有什么变化，距离有多么遥远，她们始终是彼此最亲的人。

她们的故事没有黑暗，没有狗血，没有跌宕起伏和起承转合，就像她们的名字一样。

一生也有着自己小小的失落，但更多的是日复一日照常升起的阳光。

这大概，本就是多数人一生的模样。

但其实，在细雨捡到春枝那一年，故事本来可以有两个走向。

春枝没有告诉细雨，其实她是细雨的父亲抛弃的私生女。春枝的妈妈含恨而终之前，嘱咐年幼的女儿卖身入府复仇。

可是，春枝遇到了细雨。

在一日一日和风丽日岁月无惊里，春枝选择了把这个故事的起因永远压在心底。

细雨不知道，她的善意与真诚浇灌了两颗心，后来开出了双生花。

江湖有剑，也有酒。

孤独有泪，也有歌。

春枝选择了细雨，让原本步步杀机的故事变得温柔。

无意一晌慈悲，回应人间清欢。

长生殿

文/公子十三

公子十三,白日梦患者,人生的征途既有星辰大海,又有鲍鱼龙虾。
给一支笔,可以在纸上移山倒海。
给一张床,可以在睡眠中丈量世界。
代表作品:《爱,限量发售》《舍我"棋"谁》。
即将上市作品:《我亲爱的你》。

【第一章】

廖班主反手托着紫砂壶，就着壶嘴啜了一口，他年轻的时候唱青衣，一把嗓子虽然没了早先的清亮，仍旧比旁人调门高。他咂咂嘴，笑了："论理，我们戏班人多，就该我们先选，您说呢？"

常班主只跟着赔笑，一把年纪的人，背早都塌了下来，再一弯腰，头几乎能抵住脚。

"按说您已经招呼了，我们换了就是，可这毕竟是二管家吩咐下来的，总不好不知会一声的。"

三庆班的廖班主仗着自己招牌亮，想要和长生班换个屋子。

两个戏班都是给霍老夫人唱堂会的，二管家分配的房间，三庆班住西厢，长生班住东厢。

东厢朝向好，能见着日头。西厢阴凉，年深日久就有些潮。

常班主这话说得客气，但听起来总像在推托，廖班主立时恼了起来。

长生班的小玉春搭了腔："人都说，林子大了什么鸟都有，要我说，是鸟大了什么林子都敢钻。"她嗤嗤一笑，吹了吹猩红的指甲，"也不瞧瞧自己个儿的斤两。"

廖班主眼皮一撩，茶壶往地上一掼，抬手就甩了小玉春一个巴掌。

小玉春也不是吃素的，手指一探，廖班主的脸上立马挂了彩。

两个戏班的人不用招呼，自觉地推搡起来。

"这唱的是哪一出？"

来人的声音不高不低，穿了一件牙白长衫，料子极好，**攀攀缠缠**绣了些暗纹，走动起来隐约有光华流动。

他人清瘦，五官就更显得深邃，一双眼睛长而秀，泛着寒薄的光。

不知是久病初愈还是沉疴未除，脸是没血色的白，连唇色都极淡，腰背却绷得挺直，看起来倒不羸弱。

众人静默了片刻，摸不准是霍家的哪尊大佛。

还是廖班主反应迅速，这人年纪轻轻，穿的倒是一块银元一尺的料子，肯定比二管家要尊贵许多，说不准是大管家的儿子。

他躬下身子一拱手："小的是三庆班的班主。不过跟长生班商量着换个房间，谁承想长生班就动起手来。"

好一句避重就轻，长生班的人无不愤愤然，来人却不置可否，压抑着咳嗽了两声。

他抬抬手："那就继续打吧，谁打赢了谁先挑。"

听起来倒像是反话，众人你看看我，我看看你，一时间，都不知道怎么办才好了。

廖班主扎着手，自己找了个台阶下："您这是逗我们玩呢。"

那人伸了伸手，脸上没有表情："你猜呢？"

廖班主觉得额上冰凉，一抬眼，黑漆漆的一管枪，登时吓软了腿，猛扇了自己两个巴掌："我逗您玩，我逗您玩，您大人不记小人过。"

那人继续咳嗽，一副意兴阑珊的姿态，声音还有些发虚："继续打啊，没听见吗？"

这节骨眼上，谁敢继续，院子里静得能听到树叶摩擦的声响。

他一抬手，火光四溅。

廖班主瘫在地上，手一摸，黏黏糊糊的都是血，顿时"嗷嗷"叫起来："我的腿，我的腿！"

再仔细一看，腿还在，子弹从脚趾上刮过去，蹭破了皮。

廖班主一时间又惊又喜，尖叫了两声，晕了过去。

那人看了看，有些不可思议："这就晕了？"他手里的枪掉转了方向，对着常班主，"你怎么说？"

常班主已经吓得说不出话来，连连往后退，直到背抵在墙上，身子抖得像在筛糠。

那人在笑，露出了一口雪白的牙齿，雪白的牙，雪白的脸，倒把眼珠衬得分外黑，黑里弥漫着沉甸甸的死气。

他的手指钩着扳机，模拟着开枪的姿态。

死一般寂静，众人连呼吸都放轻了许多，生怕一个闪神，子弹就射穿了常班主的脑袋。

角落里忽然响起了京胡声，他有些讶异，回头看了一眼，拉琴的是个女人，二十余岁的年纪，垂着头，乌压压的头发绾了起来，露出了一截素净的脖子。

她身上的旗袍已经洗得发白，肩上罩了一件珠灰色的披肩。

毫不出奇的打扮，人也看不清长相，却拉了一手好琴。

京剧里最出彩的是角，最不可或缺的却是琴师，好唱腔搭配好琴师，这才是相得益彰的好戏。

可惜此刻没人敢开腔，她就这么拉着，倒也不显得单调，京胡特有的一种悲凉的音色，在她弦里流淌出来，却哀而不伤。

他收回枪，走到她跟前停下来，脸上带了点儿缅怀的意味："《长生殿》？有点儿意思。"

她拉的正是《长生殿》，一折老戏，讲的是唐明皇和杨贵妃的故事。

他长久地凝视着她，手落在她的脖子上，有些恶意地收紧了力度，她皱了皱眉，却没作声。

停了片刻，他的手松了松，顺势托起了她的下巴。

目光放肆地在她脸上一寸一寸地碾过去，先是纤长的眉，然后是弯弯的眼，之后是小巧的鼻子，再然后是柔软的唇。

他笑起来，放肆又张扬，因为人生得文雅倒不显得轻浮，眼里涌动着光亮，好像终于找到了一件感兴趣的玩具。

"叫什么？"

他的声音很低，几乎是凑在她的耳边低喃，一缕热气从耳郭划过，痒得很，让她浑身战栗。

"金雁归。"

声音粗哑，像卷了边的勺子刮在锈蚀的铁锅上。

他有片刻怔忡："我记下了。"撂下手，转身便走了。

仆从呼呼啦啦地跟上去。

有胆子大的，拉住最后一个问："这是哪位啊？"

那仆从鼻孔朝天："哪位都不知道，就敢在太岁头上动土？"他瞅瞅这一院子人，骄傲地一挺胸，"听好了，这是我们少帅。"

霍家少帅，霍勉，辖制北地七省，人都说他残暴、嗜杀，光名字就能止小儿夜啼。

听说那人就是霍勉，刚刚醒转的廖班主，双眼一翻，又晕了过去。

小玉春倒兴奋起来，用胳膊肘拐了拐金雁归，声音里带着浓浓的醋意："呵，升发了……"

【第二章】

金雁归是长生班的琴师，大家都知道她早年嫁过，丈夫没了，又没留下孩子，夫家把她撵了出来，幸好有门拉琴的手艺，勉强有口饭吃。

因为伤了嗓子，人很沉默，早晚没事就捧着京胡，上弦，擦弦，好像除了手里的京胡，就没有什么放在心上的东西了。

她没理会小玉春，回房间收拾起行李来。

霍老夫人是霍勉的祖母，因是七十岁的整寿，霍家早早置办下来，两个戏班子也提早半个月住进了霍家。

晚上二管家送来了几匹锦缎，说是少帅吩咐的，给他们压惊。

按往常，两个戏班早就攀比起谁家得的东西好，但有了白天的事，各自关起门检点了一番，早早熄了灯休息。

纸窗"咚咚"响了两声，金雁归警觉地站起来，站在窗口问了一句："谁？"

声音又停住了，她疑心自己听岔了，正准备转身，纸窗"哗啦"一声推开，霍勉正站在窗前。

她吓了一跳，声音也带出了点儿怒气："少帅有事？"

他笑，一副轻佻的样子："夜闯闺房能有什么正经事？"

金雁归不想搭理他，伸手去关窗户，被他用手一挡。

他问："会骑马吗？"

她摇头："我们小门小户的，只会铲地。"

他倒也没觉得扫兴："你出来，我教你！"

他换了身衣服，马褂马裤，招摇的宝蓝色，绣了宝相花，脖颈上露着一截赤金的怀表链子，一副正经的纨绔装扮。

他晃了晃手里的马鞭，说："快来。"

见金雁归不动，他倚靠在窗子上，懒洋洋地威胁她："你不出来，我可要喊人了。"

金雁归为他这个威胁感叹不已:"这倒稀罕了,做贼还这么横?"

"那要看在谁的地盘上,"他压抑着咳嗽声,肩膀剧烈地抖动了几下,"在我的地盘上,我说谁是贼,谁就是贼,我想当贼,大家都得老老实实地被我惦记,这世道谁是道理?手里有枪就是道理。"

明明是强词夺理,但在乱世,偏偏又无可辩驳。

金雁归在心里细细品味了一番,然后低低地叹息一声,抱着琴匣,随着他走出了院子。

他停下来,有些不解:"骑马还带着这个?"

她坚持道:"军人不能不配枪,琴师也不能不带琴。枪是少帅的命,琴是我的命。"

副官早就备好了马,领头的一匹马毛色雪白,见霍勉过来,欢快地蹬了蹬蹄子。

霍家住在城中,要骑马只能出城,他先上了马,向她递过一只手:"上来,我带你。"

金雁归不动。

他只是笑,目光冰冷,像紧盯猎物的毒蛇。

金雁归倒没被吓住,"扑哧"一笑。

"九年前,那天是五月初四,眼见着要过端午了,舅家的表妹来我家过节,吃了晚饭,火不知道怎么就烧了起来,我爹烧成了一个火人,他拼尽最后一口力气,帮我撞开了门,我逃了出来,嗓子却毁了。"

霍勉牵了牵嘴角,一副漫不经心的姿态,"你想说什么?'民不畏死,奈何以死惧之'?瞧不出来,小小女子还有这么一腔骨气。"

"哪能啊,"金雁归摇头,"我爹换给我的命,我得好好爱护才是。"

"帮我拿下琴。"她把琴匣抛到霍勉手里，两手一分，就着旗袍的开衩撕出了一道口子，然后利落地踩着马镫，翻身上了马。

她的身子小小的，软中带着暖，让霍勉想起小时候捉的兔子，他喜欢极了，连去学堂都舍不得丢开，悄悄揣进怀里，又怕先生发现，表面上坐得端正，心却乱得很，不知道是兔子拱的，还是因为紧张乱了节拍。

这感觉实在熟稔，于是他犹疑地开口："我们……以前有没有见过？"

她扭头睇他，晶亮的眸，眼梢处微微扬起，勾起一个柔美的弧度。

"少帅这搭讪可真老套。"

策马出了城，停在了郊外。

两个人正准备下马，一阵尖锐的风声响起，他一手按下她的脑袋，子弹从头顶擦过，射进了道旁的柳树上。

他一手并着辔，一手扭头开枪回击，马受了惊吓，撒开蹄子向树林深处奔去。

实在颠得厉害，金雁归不知道哪一下会被甩出去，人贴在马背上，死死抱住马脖子，风急速地从她耳边掠过，从齿缝钻进喉咙，呛到了气管里。

她猛地咳嗽起来，身后的霍勉却屏息凝神，每扣动一次扳机，暗处都有一个人倒下去。

过了好久，枪声终于稀疏下来，马也终于停了下来，她回头看了看霍勉，他的脸色在暗夜里白得像一张纸，好像放尽了全身的血液，只剩下一个干瘪的躯壳。

终于确定安全了,他才捂着胸口剧烈地咳出来。

金雁归问他:"内奸肃清了?"

她本就疑心,他怎么会忽然起了兴致要去骑马,原来是使个障眼法,趁机把心怀不轨的人钓出来。

活该她倒霉,白天做了出头的椽子,晚上就成了诱饵。

他摇头:"哪能呢,只要有利益在,内奸永远都肃不清。"

她有些生气,又可怜他:"你的人跟近一点就好了。"

话虽如此,她也知道人跟得太近,对方自然不好下手,既然给敌人创造了机会,就要让敌人相信这个机会的真实性。

他不说话,她也就跟着沉默,因为愤愤,呼吸有些急促。

良久,他问:"生气了?"

她乜了他一眼:"你说呢?"

他冷笑:"我早应该把你丢出挡枪子的。"

多个人终究掣肘,按他的脾性,就算不让她挡枪,也会把她丢到地上,让她自求多福,但枪响的那一刻,他还是护紧了她。

她也知道他的初衷虽然不地道,但好歹还是保了她一条命,形势比人强,尽管她现在恨不得给他一枪,还是低声道了声谢。

他挑挑眉:"那你拿什么谢我?"

她敷衍他:"少帅富可敌国,跺跺脚北地七省都要地震的,什么谢礼您能看上眼。"

他不理她的揶揄,径自想下去:"先攒着,我想到了再找你讨。"

她不作声,不说好也不说不好,到底还是不乐意。

看这样子副官还得一阵才能到,他拉着她下了马,不远处就是霍家的驻军,抬头望去,能看到营房里星星点点的灯火。

他负着手站着,人其实还不到三十岁,但气质沉郁,好像已经在耄耋之年走过几遭,又重新回到了青春年华。

这家国太小,小到容不下他的野心;这家国又太大,大到他迷失了自己,再也找不回初心。

他听她问:"先夫人……是个怎样的人?"

先夫人指的是他故去的太太,据说他与妻子伉俪情深,尽管妻子没留下一儿半女,也坚持暂不续娶,给太太守孝。

他没回答,她便不再说话。

过了好久,他问她:"你过世的丈夫呢?"

"他是个读书人,可惜眼睛不太好,我就常常念书给他听,他说我有一副好嗓子。"

话到这里,忽然停住了。

顿了顿,她接着说:"他脾气很好的,爱笑,我从没见他发过脾气,对谁说话都轻声细语的。那年槐花开了,我想给他烙槐花饼吃,到街上买了米,又去笔墨铺子买了一令宣纸……"

她的唇边带着点点笑意,好像沉醉在往昔的回忆中,嗓子毁得彻底,声线早就不复当年的甜美,但是过往在她的嘴里仍旧是甜的。

像刚出锅的莲子糕,甜而糯,带着腾腾的热气。

霍勉看着她,忽然有些烦躁,冷冷地打断她:"其实死了也挺好,谁知道活到现在是不是个人憎狗厌的样子。"

她愣了片刻,抬头去看天。

夜幕压得很低,延展到尽头与地平线相接,漫天的星光垂下来,落在草丛上,是清冷的夜华。

"是这个理儿……"她叹息一声,"死了挺好。"

【第三章】

内奸不用审,霍勉心里明白,大家大业盘根错节,总会有那么几个心怀不轨的人。这么多年来,恩也示过了,杀也杀过了,可这些人还像背阴处的青苔,清理了一茬又长出一茬。

他父亲的姨太太哭哭啼啼指天誓日,说是再没有比自己更冤枉的人,动手的虽然是她娘家的侄儿,但确实不是自己指使的。

他不动声色,不说信也不说不信,只提出要送姨太太生的小弟去国外留学,姨太太当场便昏厥了过去。

于是又惊动了他的祖母,软硬兼施地让他打消流放小弟的念头。

折腾完,天已经快亮了。

他先去上了香,卧室里供了个牌位,没有名字,下人都猜不透,但跟了他多年的副官知道,应该是个女人。

霍勉早些年受过伤,在德国医院做的手术,身体一直没恢复好,一晚没睡,头疼病又犯了,他半靠在椅子上,让人送了杯热茶,闭着眼,恹恹的姿态,一手托着茶碗,一手摩挲着碗下的圈足。发丝软软地垂下来,压在眉眼上,有些乱,卸下了防御,倒是一副人畜无害的姿态。

副官以为他睡下了,他却开口问:"都布置下去了?"

他这些年过得艰难,外忧不用说,光是内患就源源不断。过世的父亲纳了几房,他虽然居长,但一直不得父亲欢心,还是父亲宠爱的二弟意外身故,他才重新回到了霍家的权力中心。

霍家军说好听都是子弟兵,说难听都是各种外戚亲信,霍老夫人土埋了半个身子的人，还牢牢把持着部分兵力。

副官点头说是。

他沉默了一会儿，睁开眼睛，有些茫然的样子，副官以为是药劲上来了，谁知道他忽然笑起来。

乌黑的瞳仁里满满的光亮，像个孩子一样，笑得天真无邪，又带了点说不出的恶意。

"你说我祖母这会儿在干什么？扯着我姨娘给她一耳光？她老人家早就计划好了，我姨娘却节外生枝又来了这么一茬。"

笑得太急，他又咳了起来。

副官赶紧去捶他的后背，他摆摆手，转瞬又落寞起来。

"不知道等不等得到少麒回来。"

少麒行五，是霍勉的胞弟，在美国西点军校读书。

副官有些木讷，嗫嚅了半晌，挤出来一句安慰："会的。"

他于是又笑了，声音几不可闻："那就好。"

整个霍府都在传，少帅恋上了长生班的琴师。

今天约了骑马，明天去看电影，后天又去逛百货商店吃西餐。

金雁归穿着霍勉派人送来的旗袍，当下最流行的款式，腰身掐得窄窄，她头发生得好，浓密乌黑，用一个簪子绾起来，下面垂着长长的流苏，步履一动，便晃出细碎的亮光。

她走出来，换了高跟鞋还不习惯，袅袅娜娜的样子，倒多了一丝妩媚的姿态。

霍勉换了白色的西装，挺拔顾秀，人笑得懒懒的，望向金雁归的目光里带了点惊艳。

他去挽她的手臂，她抱着琴匣，侧身避开了。

他倒没恼,只调侃她:"下人可都传我要纳你做妾呢。"
金雁归一抿嘴,目光盈盈,清澄如水:"我怎么听说是要做少奶奶?"
他大笑,替她拉开车门:"少奶奶请。"

车停的地方是谢公馆,说是为了死难士兵的遗孀筹善款,但大家心里都明白,不过是个大型的相亲会,都争着给霍勉做续弦。
所以当霍勉带着金雁归出现的时候,整个谢公馆陷入了尴尬和错愕中。
有仗着跟霍勉熟络的上去打听,半晌回来跟周围的人挤眉弄眼,大家自动划分了势力范围,一个个小圈子压低了声音对金雁归指指点点。

趁霍勉跟别人交谈的时候,几个年轻女子围住了金雁归。
"密斯金,"领头的是谢家小姐,"听说密斯金会唱戏?"
金雁归神色坦荡:"我不会唱戏,只会拉琴。"
嘶哑的声音吓到了几位小姐,她们彼此交换了一个眼神。
谢小姐指了指台上:"那密斯金应该和密斯李有共同语言的。"目光在金雁归身上一转,拿着帕子掩了掩口,"只不过人家拉的是梵婀铃(小提琴)。"说完,怂恿金雁归,"密斯金去表演一个,我们都想见识呢。"
她以为金雁归小门小户出身,肯定不敢上去丢丑,谁承想金雁归竟然真的应下来,抱着琴匣,款步向舞台走去。
众人都发现了此处的异常,自动给她分开一条路出来。
金雁归上了台,向台下欠欠身,坐下,取出琴来。
琴音响起,很快汇成了一串节奏。

此时此夜，纸醉金迷，觥筹交错。

比之旁的琴师，她的琴里少了哀婉，多了昂扬的刚健。

舞台上光线太强，把她的人映得似真还虚，霍勉见过太多的女人，天真的、妩媚的、西式的、古典的，论容貌，金雁归不是最漂亮的，甚至连风情上也有些欠缺，可她却无疑是最特别的一个。

不管是在他枪口下的怡然不惧，还是今天，在座的多少达官显贵，论门第她不值一提，但她就是可以做到这般坦然，甚至还能不动声色地还击——她拉的是《夜深沉》，为《祢衡骂曹》的配曲。

谢家是铁杆的亲美派，筹了大笔的款子要参选总统。

这世道乱了，但凡有点权势的，都想做个枭雄。

果然有人哑巴出味道，渐渐露了取笑的意思。谢小姐从旁人那里听说了，几乎揉碎了整条帕子。

一曲终了，霍勉率先鼓起掌来，掌声先是稀稀疏疏，后来终于整齐起来，他在台下等她，用最绅士的姿态，一手向后背着，一手递出来。

他的脸还是没有血色的白，眼中带了点润泽，有些亮，却不迫人。

相较于军人，他更像个富贵公子，慵懒的、散漫的，只需闲时看花，倦时饮茶就好。

金雁归握住他的手，他把她往怀里一带，示意副官去替她拿琴。

手臂收紧，揽住了她的腰肢，他说："我请金小姐共舞一曲。"

他习惯用陈述句，从不考虑别人的意见。

有了霍勉带头，众人也纷纷步入了舞池。

十指交握，他的手，指节并不突出，手上也没有老茧，一副养尊处优的姿态，并不像个军人。

金雁归不会跳舞,虽然被他牵引着,但也总踩不准节拍。

他的手指挪动了两下,带了点摩挲的意味,人似乎在笑,似乎在神游别处,先是闭上了眼睛,很快又睁开,眼睛里有了些复杂的内容。

他指导她,倒也不很认真,手攀在她的腰上,像个普通的登徒子。

一曲还没完,两个人已经转到了后门。

副官跟上来,又悄无声息地离开了。

出了门,他反手握住金雁归的手,她的手绵软,几乎摸不到骨头,体温比常人高,初夏的夜里,握在掌心正合适。

这个触感太熟悉,但隔了九年的岁月,他摸不准是不是自己的错觉。

她笑:"少帅这是诚心让我误会呢?"放慢了脚步,她继续说,"这么牵着我的手,我会觉得少帅对我有意思呢。"

他也停下,有些挑衅地问她:"你怕我对你有意思?"

她摇头:"不怕。"

他的手指落在她的唇上,一点点描摹着形状,极具挑逗意味的动作,他偏偏做得很认真,声音里带着一丝喑哑,在夜色中分外勾人。

"这是准备自荐枕席吗?"

她继续摇头:"少帅想多了,我只是天生比别人胆子大。"

他敛了神色,有些茫然,心脏抽动了一下,一阵尖锐的疼。

他松开她的手,说:"可我怕。"

她笑起来,秀气的眉扬起一个弧度,眼睛圆圆的,杏核一般,霍勉年少时曾经想过,他的女人就该有一双杏核眼,黑白无需太分明，但是要清澈得能照见人心。

鬼使神差地，他说："我们玩个游戏。我做你过世的丈夫，你做我过世的太太，只一天。"

【第四章】

霍勉带着金雁归去了乡下老宅。

十七岁那年，他从马上坠下来摔了头，人虽然救了回来，眼睛却瞎了。

他在家中本来就不受宠，一个瞎子对家族更没有什么助益，他父亲就把他丢到了老宅。

老宅里只有个跛脚的老仆，从十七岁到十九岁，他的人生看不到一点光亮。

老宅早已经破败不堪，他从不回来，也不让人修缮，院里的荒草足足有一人多高。

书房里的书黄得发脆，翻一页，哗啦啦掉了一地的纸屑。

他主动对她提起来："我太太有个小名，叫瓜蔓。"

他没去解释，他口中的太太和他明媒正娶的那位其实不是一个人。

他让她在自己身旁坐下，递了本书给她："你念给我听。"

她的嗓音艰涩难听，而他记忆中的那个人，音色优美，像林间的黄莺。

他的瓜蔓不认识几个字，念到不认识的地方就停下来略过去，有一次一段话，她只认识两个字，开头一个，结尾一个，合起来正好是"吃饭"，他几乎笑岔了气，一个字、一个字地教她，她记性很好，教完一遍，再问，绝不会错。

念完一段，她停下来，他示意她继续。

还有什么呢？

这段记忆太久远了，再次启封，就像已经锈蚀了折页的门，每一次推动，都是刺人耳膜的响动。

他忽然打断她："你丈夫……是怎么没的？"

她长久地沉默，最后只说了两个字："意外。"

他有些失落，又有些释然，但还继续追问："怎么个意外？"

她答得潦草："外出谋生遇到了山匪，人就这么没了。"

他替她惋惜："乱世之中，人命如草芥，战争停了就好了，这家园一旦建起来，很快又是一个盛世。"

她看着窗外，一只老鸹落在树上，嘎嘎地叫唤着，招来一个同伴，两只鸟在树上你一言我一语聊得热闹。

她问他："这战争什么时候停呢？"

他于是沉默下来，良久才说："总是会停的。"

金雁归去院子里摘了槐花，从井里打了水洗净了，又和了面，她手灵巧，很快揉成了一个个面坯，用擀面杖摊成了薄饼。

霍勉帮着烧火，灶台找人重新垒过，他一个劲儿地往里面塞柴火，很快顶起来一串黑烟。

金雁归拍掉他的手，满满都是嫌弃："哪能这么烧柴。"

她在旁边絮叨："真是大家的少爷，一点活都没干过，看着，柴一根根添，中间要留下空隙，你这么一股脑塞进去，火上不来，只剩下烟了。"

他蹲在地上，饶有兴致地看着，不时还搞个破坏，引来金雁归的白眼。

金雁归刷了锅,放好蒸帘,将面饼放进去,盖上了锅盖。

忙完一个段落,人舒了一口气,又转身去择菜,指尖翻飞,落了一地干黄的叶子。

霍勉就这么看着,心里觉得甜,甜中又带了点酸,像被水浸过,饱胀起来,他按了按胸口的位置,忽然有些疑惑,这种感觉……难道就是幸福?

就像当年瓜蔓给他读书的时候、纳鞋的时候、给他绣了荷包的时候、悄悄夹了叶子在他书里的时候。

可惜这种感觉隔得太远了,远到让他分不清是前世还是今生。

他又咳了起来,一声声咳得急促,简直要把肺呕出来。

金雁归推他:"出去坐着,太呛了。"顺手还给他倒了碗蜂蜜水,"副官淘换的,你尝尝。"

他于是坐在树下,一抬眼,怔住了。

树干上刻着模糊的字迹,歪歪斜斜的两行,但他仍能分辨出来。

"生当复来归,死当长相思。"

这是他教给瓜蔓的诗句,那时他被父亲急召回去,不知是吉是凶,他心里忐忑,临别时他想告诉她,若是等不来,就别等了吧,可私心里又想她等着,哪怕十年、二十年,她都等在那里,他的心也就踏实了。

他的手反复在字上描过,他以为凶多吉少,没想到父亲是送他出国治疗,脑中的血块被取了出来,他又重见了光明。

他立时想要回老宅见瓜蔓,但他祖母说,军中事多,她帮着下聘就好。

然后就是婚礼,虽然从未见过瓜蔓,但掀开盖头的那一刻,他知道，她不是。

他派人去打听，这才知道，瓜蔓家起了火，她和她爹都没逃出来。

生当复来归，他活着，却再也没有归来。

于是永生永世，他只好带着罪孽活着，满身污垢，浑身血腥，人在世间，心在地狱，永远不得超脱。

金雁归叫他吃饭。她煮了汤，盛了滚烫的两大碗，黄白相间的蛋花在汤里浮浮沉沉，点了几滴香油，推给他。

"吃吧。"

他于是吃起来，很香，不只是胃，精神上也觉得很满足。

他喝了汤，吃了饼，唇被热气烘得红艳艳的，有村里的小孩子跑过来探头探脑，他掏了掏裤兜，摸出了一把糖块丢过去。

他端着碗含着笑，默默地看着他们抢着糖。

金雁归长久地看着他，时间倒退了九年，她仿佛看到了记忆中的那个人，挺拔的眉，乌沉沉的眼，眼中虽然没有光亮，笑起来却格外动人，彼时年少，他尚青涩，笑也不是大笑，一点点像吹开浮冰的春风。

他觉察到她的目光，疑心自己被烟火熏脏了脸，蹭了蹭："怎么了？"

"没什么，"金雁归埋下头喝了口汤，过了一会儿才说，"你笑起来的样子，很像我的丈夫。"

他"哦"了一声，笑笑，带了点儿自嘲的意味。

"那他肯定不是个好人。"

到了傍晚，天下起了雨，起初是淅淅沥沥的，一点点地大了起来。

霍勉的头又疼起来，拿出止痛药吞了下去，药效没发散，他痛得厉害。

他于是闭上眼睛，嗅着屋里潮湿的空气，声音有些虚弱："说说你的事情吧。"

她便说起来，说她是直隶人，跟父亲一起长大的，十六岁那年认识了她的丈夫。她的语气平淡，说的好像是别人的事情，只到细节的时候会停顿一会儿，说她爹早年唱过戏，她也跟着学过，她爹不准她出去唱，说开口饭不好吃……

痛到最后，他的意识有些模糊了，恍惚间好像回到了少年时，女孩在他家墙外唱戏，他把她招呼进来，她的声音脆脆的，像浸在井水里的甜瓜。

她说："我给你唱一折《长生殿》吧。"

"三郎他道出了悔改之意，君王的率真令人迷。梨花几度迎风泣，却看枝迁根未移。"

他的心揪起来，喃喃地唤她的名字："瓜蔓……"

不知道是不是错觉，他听到有人回答："在呢。"

【第五章】

五月十六，霍府老夫人的寿辰。

驻军将领，地方乡绅，一个个提着重礼上门，将管家忙得足不点地。

正房前早已经搭好了戏台，霍老夫人爱听戏，早年还能唱上两句。

因是祝寿，唱了《满床笏》，为了热闹，霍老夫人还特意点了几折武戏，三庆班和长生班轮番登场，有人说三庆班的武戏更好，有的说长生班的青衣不错。

直唱到入夜，乡绅已经撑不住告退了，驻军将领倒还都在。

金雁归在台下候着，家丁过来叫她，说少帅有请。

绕到垂花门，霍勉在阴影处站着。

他穿了一身军装，灰蓝色的咔叽布，小翻领，两肩挂着肩章，双腿笔挺，穿着锃亮的马靴。

帽檐下，他的眉眼格外凌厉。

他审视着她，几乎要将她嵌进自己的灵魂里。

金雁归疑心他要问什么，隔了好久，他才说："我记得你还欠我一个人情。"

她放下心来，点点头："该怎么还？"

他看着她的琴匣："好好活着。"

夜已深了，霍老夫人叫了霍勉过去："你再点一折，唱完就散了吧。"

霍勉将戏单随手一丢："那就再来一折《鸿门宴》。"

嘈杂的晚宴忽然静下来，心怀鬼胎的人各自盯着酒杯，霍老夫人分辨着孙子的表情，捻了捻手里的佛珠。

"好，那就唱一折《鸿门宴》。"

《鸿门宴》是长生班的拿手好戏，几个角儿慌乱地换了行头，鼓师琴师到位，咿咿呀呀唱开来。

没有叫好，没有喝彩，这一折戏唱得分外安静。

有慎重的已经悄悄退了出去，才发现士兵拦在门口。

"少帅吩咐，跨出一步，杀无赦。"

一折唱完，霍老夫人叫了声"赏"。

众人上来接赏，霍老夫人一个个看过去："哪个是金雁归？"

霍勉这个孙子倒也不是不好，可惜太不听话，她只好换一个好摆布的，她娘家在军中经营了几十年，怎么会轻易让出去。

寿宴上动手，是早就安排好的，只是看霍勉的样子，分明是已经得到了消息。

她拿不准他知道了多少，慢慢拖着时间。

"是我。"

一个年轻的女子上前一步，低眉顺眼的样子。

霍老夫人根本没看清来人的长相，但还是敷衍地说了一句："真是好模样。"

台上的女子便说："我给老夫人拉一折《长生殿》吧。"

她打开琴匣，手里霍然多了一把枪。

随从倒是警觉，只是人来不及动作，她已经扣动了扳机。

场面立时乱了起来，她看到霍老夫人倒了下去，然而有更多的枪声响起来，常班主猛地将她扑倒，随手给了身后的人一枪。

她知道那人是霍老夫人的亲信，在军中地位很高。

她有些傻，不明白常班主何时有了这么利落的身手。

她看到霍老夫人还在挣扎，没死吗？

她不甘心，推开常班主，一步步走过去，她知道身后子弹在呼啸，没关系，她不怕，但是再给她一点时间好不好。

十步，九步，八步……

让她离那个老太婆更近一些，看子弹穿进她的心脏。

可惜，来不及了。

她眼看着子弹射向自己的胸口，死亡来了吗？她睁大眼睛看着天，其实……也挺好，她一直负重前行，这回终于轻松了吧，只是爹，你的仇，我没法报了。

　　有人挡在了她的身前，温热的血喷射出来，溅了她一脸。

　　她茫然地看过去，乌黑的眉，长而秀的眼。

　　她惶惑地抱住他，血从他的背上涌出来，她捂也捂不住。

　　他在笑，刮了刮她的眉毛。他想问她，你是瓜蔓吗？可这个问题终究没能问出口。

　　算命的说他是蛟龙腾云的命，可惜命中带煞，一生孤苦，然而在生命的最后几天，他和他爱着的人守在了一起，真好。

　　她看着他，目光呆滞："你挡着我做什么？死也是白死。"

　　他只是笑。

　　他想说，不碍的，伤心什么，他早就该死了，多活了九年，对不起。

　　他已经帮五弟肃清了这些外戚，凭五弟的本领，一定可以收复这满目疮痍的河山。

　　这一生，这一场生啊……

　　他倦极了，缓缓闭上了眼，恍惚间又回到了那个夏日，她唱给他听，伶伶俐俐的一把嗓子。

　　"从今后破镜成圆璧，看我残春有凭依。"

　　有水珠落在他的脸上，是热的。

　　他想睡过去，又不放心，喃喃叮嘱——

　　"下雨了，你……撑了伞再走。"

陈国有谢郎

文/公子凉夜

公子凉夜,把文字当成信仰,不写不成活。想用一支笔,写尽世间美好爱情,相信所有善良美好的女孩,都能遇到温暖明亮的少年。

代表作品:《我和我的猫都想你了》《月亮在唱歌》《余生只待你》。

乱世盗匪

　　凤千澜从未想过有一天会落在谢忱手上，彼时，他率领近百骑士将她围得团团转，有部下高喊："当家的，这姑娘看起来甚是可人，不如带回去当你的压寨夫人，也省得弟兄们天天为你的婚事操心。"

　　谢忱着一身火红长袍，身骑骏马，极盛风华似灼灼日光。他饶有兴致地朝她靠近，微微俯身，目光熠熠："在下谢忱，敢问姑娘芳名？"

　　凤千澜很想一口唾沫喷到他脸上，强盗就不要装出这副斯文的样子了好吗？

　　见凤千澜没开口，谢忱又继续问："在下今日救了姑娘一命，不知姑娘可愿以身相许？"

　　凤千澜还没来得及拒绝，就见谢忱突然扬起一抹笑，他猛一俯身，长臂一捞，就将凤千澜抱到了马上，牢牢地禁锢在自己的怀里，大笑一声："她说她愿意！"

　　他的部下见状，顿时大声起哄。他们的声音浑厚洪亮，以至于凤千澜那一声脱口而出的"我没说"就这么被淹没了。

　　近百骏马就此返回，铁蹄过处，尘埃滚滚。

　　凤千澜的脸上是生无可恋状，只觉得一口血堵在喉咙里，上也不是，下也不是。

　　她到底是倒了什么血霉？

　　一刻钟前，她还是一个自由人，包袱里还藏了好些金叶子，但是一刻钟后，她的金叶子先是被第一伙强盗抢走了，接着，她的人又被另一伙强盗抢走了……

　　果然是个乱世……连盗匪的竞争也如此激烈。

凤千澜就这么被带回了谢忱的强盗窝,出乎她意料的是,谢忱的强盗窝丝毫不像个山寨,反而像是世家大族的宅邸,亭台楼阁、水榭园林……一应俱全。

见凤千澜一脸惊诧,谢忱笑道:"你喜欢这宅子?看来我抢得很值当,你我的大礼在此举办倒是不错。"

凤千澜默默地垂了垂眼眸,竟然连老巢也是抢的……

真是……厚颜无耻!

还有,谁要与他举办大礼了?

想到这儿,凤千澜觉得有必要声明下自己的立场。她鼓足勇气,抬头看向谢忱:"谢,谢当家……我,我……不打算嫁你。"

"哦?"谢忱扬了扬眉,轻笑一声,"你有选择?"

"……"

压寨夫人

艳阳高照的下午,天气有些闷热,凤千澜坐在窗前,一边嗑瓜子,一边发呆。

身后,一个婢女安静地给她扇着扇子,另一个婢女为她端茶送水,还有一个蹲在她脚下,为她捶腿。

在谢宅已经待了近半个月,凤千澜有一种错觉,仿佛回到了从前的日子。富贵、享乐、安稳。

除了那时——她是一国之君。

而现在——她是个阶下囚。

想起这事,凤千澜吐出一片瓜子壳,深深地叹了一口气。

有她这么倒霉的一国之君吗?

她登基不过一百天,就被人兵临城下,龙椅还没坐热,就成了凤国历史上最后一位,也是在位时间最短的国君。

最近她总是在反思自己在位时有没有做过什么实事,思来想去,唯一的实事大概就是为自己举办了一场雀台会,邀了凤国的一众青年才俊,想要从中选一个集颜值和才干于一身的王夫。

可惜她连这事也没办成。

想到这事,凤千澜还是忍不住扼腕,当时她好不容易从众才俊中挑出了前三甲,想要从那里面择一佳婿,万万没想到那三个竟然在她下旨前夕一同去了花楼,跟一众风尘女厮混了一宿,满朝皆知,令她颜面扫地。

她一气之下便将此事彻底搁置。

如今想来,着实冲动了些,前三甲不成,可以选第四甲嘛,嫁给自己选出来的才俊,总比被强盗头子抢回家当压寨夫人强。

谢忱捧着嫁衣进来的时候,凤千澜已经吐了一地的瓜子壳,神色有些许惆怅,嘴上却没闲过。

谢忱不由得想起刚刚部下说的话——

"咱未来夫人这心,可真够大的……"

他不由得一笑。

可不是吗?

一个柔弱女子,被他抢回家当压寨夫人,竟然连眼泪都没掉一颗,该吃吃该睡睡,该享受的也一个都不放过。

果然……很适合做他夫人。

"嫁衣做好了,来试试。"谢忱走到凤千澜面前,倚桌而立,一双凤眼含笑望着她,姿态风流。

凤千澜抬头看向他。她得承认,谢忱长了一张足够好看的脸,好看到连她当初选择的前三甲也只能当他的陪衬。

可是即便他顶了这么一张脸,也不能掩盖他是一个臭强盗的事实！

凤千澜在内心将谢忱臭骂了一通之后，做出一副柔弱的模样，可怜兮兮地问："能不试吗？"

"你说呢？"谢忱笑得"温柔"，凤千澜却打了个哆嗦。

最终凤千澜还是老老实实地穿上了嫁衣，她站在镜子前看着明艳动人的自己，默默地想，嫁谁不是嫁呢？

至少，不算太悲惨，她没有真的被关进牢房受尽酷刑，也没有被人百般羞辱……

更何况她要嫁的——是曾经令她动过春心的人。

初相识

她和谢忱，不是初相识。

他们相识的地点，略微有些尴尬。

三年前，她还是凤国的公主，前去庆安寺见脑子发抽非要出家的弟弟凤千宇，为的是让他放弃出家的念头，老老实实回宫当凤国的王储。

可是凤千宇原先只说带发修行，一听说她要去见他，竟然立刻就让方丈为他剃度了，还取了个法号"慧空"，不止如此，他还自己在脑袋上烫了九个香疤，以示自己要出家的决心。

于是，当凤千澜风尘仆仆地赶到寺庙时，只看到因为烫香疤出了差错导致伤口恶化继而发起高烧的智障弟弟。

而这智障弟弟高烧不醒时，嘴里还不断地念着："佛祖，弟子不痛，真的不痛……"

凤千澜气得真想自己出家。

那天晚上，婢女引她去了专供女客泡汤的厢房，当她挥退婢女，脱衣进入浴池的时候，突然发现房间里藏了一个人。

她还未来得及尖叫，房间里的烛火倏地灭了，那人跳进浴池，将她的嘴巴牢牢捂住。

"姑娘别慌，我非登徒子。"那人的声音出奇地好听，可再好听也不能熄灭凤千澜心中的怒火。

你不是登徒子你躲在女客泡汤的厢房里？！

就在那时，外面人影幢幢，说是有客人的东西失窃，所以特来询问有否看到贼子。

那人出乎意料地松开了手，却在她耳边凉凉地道："你若想今晚便与我拜堂成亲，尽可以告诉他们。"

凤千澜立马怂了，她堂堂凤国公主，被一个无良贼子占尽便宜已是奇耻大辱，怎可被人知道？

于是她憋着气喝退了外面的人。

那人终于放开她，他飞快地跃出浴池，就在他准备离去时，他突然转头看她，语气里含着笑意："在下虽是无意，却仍然瞧了姑娘的身子，若是姑娘不嫌弃，一年之内，我必登门求娶。"

"我嫌弃。"凤千澜哆嗦着咬牙回应，一张脸憋得通红。

却不想他哧地一笑："忘了说了，即便姑娘嫌弃，我也娶定你了。"

说着，他扔给凤千澜一枚玉戒指，笑道："这是定情信物。"

那是凤千澜第一次见到谢忱，他一定不知道，即便他灭了烛火，她也能在黑夜中清楚地看到他的样子。

所以在他转头的那一刻，有那么一瞬，她被这个身在暗夜却似烟花般灼灼绽放的少年惊艳了。

以至于她几乎忘了他是个盗贼，是个登徒子。

很久之后，她已经回宫多时，却时常记起那一夜，那少年说过的承诺。

她有些懊恼，有些害怕，又……有些莫名期待。

有时她会拿着他给的玉戒指，嘟嘟囔囔地骂一阵："谁要你来求娶了？谁要你的定情信物了？厚颜无耻！"

后来一年期限到了，他始终没有出现。

她虽然有些许难言的失落，却也松了一口气，从此她将玉戒指扔到了角落，也将他抛到了脑后。

但是，她得承认，在那忐忑不安的一年里，在那些只有她知道的隐秘瞬间，她是对他动过心的，即便那时，她连他的名字都不知道。

她想，美貌当真能蛊惑人心。

新婚夜

凤千澜曾想过自己出嫁时的场景，那应当是举国瞩目的，可现实是，她是在一众强盗的围观下成婚的。

而新婚当夜，本该坐在婚床上娇羞无限地等着新郎掀盖头的新娘子，却因为在洞房前偷吃了一盘糕点，跑了不下十趟茅厕。

当凤千澜最后一次从茅厕里出来，她几乎已经虚脱得使不上力了，她抖着双腿一屁股坐在地上，形象全无，直想骂娘。

而当她抬头看到倚在不远处的柱子上、笑得格外欠扁的谢忱时，她的羞恼突然上升到了极点。

也不知从哪里来的力气，她猛地站起来朝谢忱冲了过去。

"你说！是不是你陷害我？"

凤千澜朝着谢忱一顿拳打脚踢，气得哭了出来。

谢忱轻轻松松握住她软绵绵的拳头，将羞窘得气急败坏的她扯进怀里，想笑又不敢笑，只闷着声道："我有什么理由毁掉我的洞房花烛夜？"

亏的是他好吗？

只是，看到她在他面前如此出糗，糗到让她卸掉一切伪装，淡定也好，怯懦也罢……都统统卸下，只余下最真实的羞恼。

他突然觉得，其实也不亏。

这注定是一个让人印象深刻的新婚之夜，新娘被新郎看了一夜笑话，然而到最后，当谢忱抱着凤千澜回房的时候，哭得声泪俱下的凤千澜，不经意间抬眼看到谢忱唇角弯起的弧度，突然便感受到了一种久违的放松。

在经历家国动荡、无数次生死逃亡之后，在看着护送她的忠良一个个折损殆尽、在度过每一个神经紧绷的日子之后，她终于——感受到了安全。

那天晚上，凤千澜缩在谢忱的怀里，小声说："谢忱，我不嫌弃你是盗贼了。"反正，她也不是国君了。

那些前尘往事，她都要全忘了。

谢忱闻言，胸腔突然闷闷地震动起来，他笑得快要落下泪来，最后，他在凤千澜再次羞恼起来的眼神中忍住了笑，他捧住凤千澜的脸，爱不释手地亲了又亲，低低笑道："那就多谢夫人了。"

凤千澜被他亲得满脸通红，别扭地侧了侧头，嘟囔道："夫人什么啊？你连我的名字都还不知道。"

除了重逢那日，谢忱便再也没有问过她的名字。

他对她一无所知。

谢忱听了，眉眼顿时涌上笑意，他温柔地注视着她，等着她开口。

凤千澜张了张唇，在无数次的挣扎之后，终于轻声说道："长乐，我叫长乐。"这是她的乳名，只有父王母后这样唤过她。

从此后，这世上便没有凤千澜了。

谢忱看了凤千澜一会儿，突然笑了，他将她拥进怀里，温柔又郑重地唤了一声："长乐。"

谢家七郎

赵宛找上门来的时候，凤千澜正躺在软榻上，一边嗑瓜子，一边听小曲。

谢忱对她极为纵容，怕她闷得慌，三五不时便会请一些伶人为她唱唱小曲。

所以，当赵宛领着一群各有千秋的美人婷婷袅袅地走进院子的时候，凤千澜只是睨了她一眼，然后问身后的婢女："谢忱还给我找了舞姬？"

赵宛听到这句话就怒了，她气势汹汹地走上前来："什么舞姬？你该叫我主母！"

凤千澜先是一愣，随即忍不住笑了。她慢条斯理地喝了口茶，然后优雅地直起身，道："哦？仔细说说。"

她虽然只当了一百天的女帝，但从小在宫中养成的气势浑然天成，平日里她刻意收敛，所以并不明显，但此刻她只是微微抬了下颌，尊贵气度便表露无遗。

那是一种上位者睥睨众生的气场。

赵宛不由得一怔，下意识便顺着她的话开口了。

譬如，她是谢家为谢忱定下的正妻。

譬如，她身后的一众美人都是谢家为谢忱纳的妾室。

……

"七郎回到京都之时，便是与我完婚之日，你们无媒无聘，不过是苟合罢了，自然要尊我为主母。"赵宛说到后面，底气渐渐足了起来，抬头挺胸地看着凤千澜。

凤千澜却陷入了沉默中。

七郎，谢七郎。

原来谢忱便是谢七郎。

犹想起那一日，宫门守卫匆忙来报："陛下，谢七郎已经率着陈国大军兵临城下，陛下快快逃吧！"

陈国谢七郎，多么如雷贯耳的名字。

传闻他风姿举世无双，性情潇洒不羁，堪称当世名士。

传闻他骁勇善战，从十五岁开始投身沙场，为陈国打下三十二场战役，战无不胜。

传闻……

他是陈国开疆扩土的无上利刃，也是悬在周边诸国脑袋上的断头刀。

而那一日，那把刀终于落在了她的脖颈上，葬送了她的前半生。

凤千澜不自觉地摸了摸自己的脖子，她究竟是有多蠢？连"杀死"自己的刽子手都认不出来？

她怎么会以为，他是一个盗贼？

"长乐！"凤千澜刚回神，就看到谢忱火急火燎地往院子里冲过来，他几步走到凤千澜面前，一把将她打横抱起，顺便还将她的脸严严实实地按进自己的怀里，"这里不能待了，我们走。"

"七郎！"谢忱抱着凤千澜就要离开，赵宛和众女见状，连忙齐齐唤道，楚楚可怜，亦楚楚动人。

谢忱脚步一顿，却并未回头："诸位请回吧，谢某此生妻室，唯怀中一人尔。"

"我家七郎都有妻室了？老身怎的不知？"院门口突然响起一道苍老声音，温柔又严厉。

凤千澜不用抬头，就知道那应该是陈国谢家备受尊崇的谢老夫人。

即便谢忱再无法无天，也要顾忌的人。

出征

半个月了，凤千澜被谢忱安置在京都的一座别院里。

那一天，谢忱没有让谢老夫人见到她，固执地离开了。

一切都显得风平浪静，在别院的日子与在谢宅的日子也并没有什么不同，她像一只被圈养的兔子，享受着安稳的荣华，一如往昔。

除了谢忱不曾归来。

一个月后，谢忱终于回来了，风尘仆仆，却仍然风采卓然。

他们就像一对从未别离过的夫妻一般，他不提这一个月去了哪里，她便也假装不记得这一切的前因后果。

可她毕竟还是对谢忱生出了些许疏离的心思，以至于当谢忱与她说话时，她竟然嗑着瓜子走神了。

等她回过神来，觉得房间里一片安静，她不由自主地抬头，就见谢忱一脸气闷地看着她："我还比不上瓜子吗？"

凤千澜手中的瓜子一顿，有些无辜地看着他。

谢忱伸手夺下她手心里的瓜子，挑着眉问："难道我不是盗贼了，反而不招你喜欢了？"

凤千澜眨了眨眼，半晌才违心地说了一句："自然不是。"

谢忱紧紧地盯着她的眼睛，似是看穿她话里的真伪。

也不知过了多久，凤千澜听到谢忱叹了一口气，轻声道："长乐，我要出征了。"

凤千澜一怔，慢慢才问了一句："去哪儿？"

"晋陵。"

凤千澜沉默了,那是陈国最大的敌手,如果此战能胜,那么陈国一统天下将指日可待。

可正因如此,这场战的艰险程度便可想而知。

谢忱出征那日,是卯时,天还未亮,然而街上灯火通明,无数百姓手执灯笼,站满了街道,为谢忱送行,祈愿他凯旋。

凤千澜裹了一件披风,挤在人群中,望着她的夫婿身骑白马、铠甲裹身、一身肃穆,犹如战神。

那是她从未见过的样子,他在她面前时,时而嚣张时而温柔,时而轻佻时而霸道……

她恍惚想起他半夜起身时,在她额头上印了一个轻轻的吻,他没有叫醒她,直接便出门了。

他一定不知道,她会来送他。

她自己也没有想到。

而此刻,当她站在人群里,看着他挺直的腰背,突然很怀念作为她夫婿存在的谢忱。

她想,谢忱,你可千万别死了,她可不想被真正的盗贼抢走。

"陛下!"谢忱的队伍远去之后,凤千澜刚刚转身,一人便猛地扑倒在她脚边,声音之大,让她恨不能一脚把那人踹飞。

监下囚

凤千澜被抓了。

这次她没有好命地被安放在一个奢华的宅子里、好吃好喝地供着,她直接被扔进了陈国的天牢——严刑拷打。

她一直知道陈国的人在找自己,倒不是怕自己联合旧部起兵造反，而是为了凤国国库的钥匙。

这大概要归功于她的守财奴父王，让人用玄铁打造了一个巨大的国库，只有特质的钥匙才能打开它，除此之外，刀劈不烂，火烧不穿。

国库里放着巨大的财富，而陈国四处兴兵，正是需要钱财的时候，怎么会放过这笔唾手可得的财富？

"陛下万金之躯，无谓受这些折磨，何不松口？"凤千澜被鞭打得奄奄一息时，有女子温柔的嗓音在面前响起。

凤千澜费力地睁了睁眼，看向站在自己面前的女子，这个人在众目睽睽之下喊她"陛下"，让她被陈国守卫轻易抓获，如今又在她被严刑拷打之后，来温柔劝说。

她说她叫蓝玉，是曾经服侍过凤千澜的宫女，可凤千澜想破了脑袋也想不起自己何时有过这样一个宫女？

凤千澜为自己的记忆力感到惭愧，她张了张唇，慢吞吞地道："朕不记得了。"

正如她不记得蓝玉，她也不记得国库的钥匙放在哪儿了。

她有一个爱藏东西的怪癖，遗传自她的父王，尤其是像国库钥匙这般重要的东西，她一定会藏一个旁人绝想不到的地方。

可是，这个怪癖会有一种不太好的结果，那就是她往往会忘记自己把东西藏哪儿去了。

蓝玉显然是不相信她的话，闻言顿时沉了脸色，又让人在她身上招呼了一顿。

凤千澜痛得连哼都哼不动了，过了好久她才缓过一口气，开口道："朕好像记起来了。"

蓝玉眼睛微微一亮，不由得上前一步，按捺住心中的激动，问道："在哪儿？"

"别急……容朕想想。"凤千澜呢喃了一声，慢慢闭上了眼。

一刻钟后，蓝玉盯着始终不曾睁开眼睛的凤千澜，蓦地明白自己是被她耍了，她哪里是要想钥匙的下落，分明是找借口睡过去了！

"打！继续给我打！"蓝玉气急败坏地吼了一声。她不过是被俘虏的一名宫女，若不是她急中生智说能找到凤千澜和钥匙的下落，怎能活到今日？

蓝玉焦躁地走了几步，突然想起了什么，她猛地往前走了两步，道："陛下，你可记得慧空师父？"

凤千澜猛地睁开眼，那一眼如刀锋般犀利，带着为帝者与生俱来的深沉威慑，吓得蓝玉往后退了两步。

可很快，她又平静了，得意地笑了笑："听说庆安寺离京都甚远？无妨，我这便让人快马加鞭将慧空师父请过来，与陛下姐弟团聚。"

凤千澜平静地看了蓝玉一会儿，突然低低地笑了："好啊，告诉他，朕思念他，思念得紧。"

阿姐不要恨

"阿姐，快走！"凤千澜蜷缩在潮湿阴暗的地上，身体时冷时热，哆嗦不止，脑海里突然响起一道熟悉的声音，她的身子骤然一颤，良久，有无声的泪从她眼角滑过。

恍惚间，她仿佛看见无穷无尽的逃亡路上，为保护她一个个倒下的人。

而其中一个，便是她那早已遁入空门的傻弟弟凤千宇。

国破，她不恨，因这国家从父王接手时便已经满目疮痍，凤氏皇朝注定要为此付出代价。

她甚至庆幸，在谢忱兵临城下时，父王母后早已仙逝，她愿当这倒霉的最后一任帝王。

可是，当她那一心向佛的傻弟弟为了保护她，与她一路奔波，最后满身是血倒在她怀中的时候,她想,她是恨的。

恨到不再想这么得过且过,想要将这痛十倍百倍地还给陈国。

可是,临死之际,那傻弟弟还抓着她的手谆谆嘱咐——"阿姐,不要恨,不要恨……"

她痛哭一场后,继续匆匆逃亡。

他说不要恨,那就不恨吧。

不然,怎么对得起他舍下心中的佛祖、在她危难之际、奔波千里来到她面前,为她挡下一路风雨?

这个傻弟弟啊,都那么坚决地出家了,却还牵挂着尘世的阿姐!

"千宇……傻子……"凤千澜哽咽着呢喃出声。

蓝玉若真能把他接来,该有多好?

她当真思念他,思念得紧。

可她知道,蓝玉找不到他,没有人能找到他。

他已经被她亲手葬在逃亡路上。

"长乐……"迷迷糊糊间,似有人在耳边呼唤她,那声音里含着浓烈的惊痛和压制的怒火。

凤千澜的睫毛颤了颤,意识清醒了些。她费力地睁开眼,眼前的人影有些模糊,她看得不甚真切,但她大约知道这世上唯一还会唤她长乐的人是谁,而这天牢,显然是他不该出现的地方。

于是,她颤颤巍巍地伸出手,用微弱的力气去推他:"你走。"

然而谢忱充耳不闻,只是极轻柔也极克制地将她抱起,直接往外走。

"谢将军,她是重犯!您怎可带她走?"蓝玉焦急的声音在耳边隐约响起。

只听谢忱冷笑两声,一脚将蓝玉狠狠地踹开:"我谢七郎的人,也是你能动的?"

谢忱的声音仿佛很近，又仿佛很远，凤千澜想要睁开眼睛，却还是沉沉睡了过去。

她不知道，当谢忱看到遍体鳞伤、昏迷不醒的她时，心中是怎样的惊痛？她应当是被娇养在金屋、被人一生一世宠着护着的人，她怎么可以这样了无生气地躺在阴冷的天牢里，被人打得半死不活？

他还记得，那时在凤国的皇宫，有个天真烂漫的少女，曾经对他说，如果她所拥有的尊荣可以换东西，她想换天下太平。

长相会

凤千澜也许永远不会知道，她和谢忱的初识并不是在她所以为的庆安寺的厢房里，而是在凤国的皇宫里。

那时她不过十二岁，因为从小被宠着长大，不谙世事，单纯又贪玩，她的母后便为她物色了一位宫外的伴读，那是太傅的一位远方亲戚，名为小七，年方十三，听说从小便跟着一位隐士高人在外面游历，是个见识广博的奇女子。

十二岁的凤千澜在一个绵绵细雨的午后，见到了踏雨而来的小七。小七撑着一把油纸伞，跟在嬷嬷身后，大步流星地朝她走来。

小七的身材比一般少女要高挑许多，仪态全然不似普通的大家闺秀，但举手投足都带着一种难言的气度和潇洒劲儿。

彼时的凤千澜尚未看清小七的容面，光看对方走路的样子，便已经喜欢上了这个来自宫外的伴读。

而当小七收起油纸伞，站到她面前，凤千澜几乎可以断定，没有人会不喜欢小七！

因为——实在是太美了！

凤千澜几乎立刻便将小七当成了最亲密的密友，与小七形影不离。

她不仅读书时带着小七，捣蛋时也要拉着小七，有时候甚至还要缠着小七一起睡。

任凤千澜想破了脑袋也不会想到，当年那个与她在宫中亲密厮混了三个月的小七，竟会是陈国名满天下的谢七郎。

他已经费心修饰了自己的面容，却仍难掩惊艳。

那是谢忱唯一一次男扮女装，这世上知晓的人寥寥无几，他为探听凤国机密而去，却意外遇到了一个让他此生都不能忘怀的少女。

那少女天真烂漫，心性娇软，他游历各国多年，从未见过有哪一个少女，会如她一般单纯美好，美好得让他想要将她娇养在身侧，时时刻刻宠着护着。

他谢七郎自诩名士，行事光明磊落，唯一两次做见不得人的事，都遇到了同一个人。

第一次，他男扮女装去做她的伴读，意外占了她许多便宜；第二次，他在庆安寺盗了一枚兵符，身受重伤藏在女客泡汤的厢房里，意外占了她更大的便宜。

所以当他将谢家祖传的玉戒指送给她时，是真的想要娶她为妻。

只可惜后来几年他都奔波在前线，无暇分身，未能履约，只能在遥远的地方让暗卫给他发一封封关于她的情报。

后来，她成了凤国的女帝，而他身为陈国子民，却不得不率兵攻打她的国家。

所以，纵使他再坦荡，也不敢让她知晓他的身份，甚至要亲卫陪着他演一出"强抢压寨夫人"的戏码，就连庆安寺那一出，他也假装忘了。

他想，他们可以重新开始的，他会给她这乱世里最安稳的庇护，将她一生娇养，不再受丁点伤害。

可是，他没有护住她。

愿长乐

窗外下着绵绵细雨，凤千澜坐在窗前的椅子上，一会儿看看天，一会儿看看手指上的玉戒指。

她身上的伤已经好了大半，在天牢的日子，像一场噩梦，终结在谢忱归来之际。

她醒来的时候，手指上便被套了这枚玉戒指，那是当初谢忱送给她的"定情信物"，曾被她丢弃在角落，却在她出宫后，意外出现在嬷嬷为她收拾的行李中。

后来几经波折，这枚玉戒指被她在当铺里换成了金叶子。

也许正是因为她当了这枚玉戒指，谢忱才会找到她。

原来，他早就知道她是谁，难怪，他不想被别人见到她的脸，哪怕那人是谢老夫人。

"将军回来了。"身后的婢女突然轻声提醒。

凤千澜猛地抬起头，便见谢忱冒着细雨大步流星地朝她走来，他身形颀长，姿态潇洒，绝色风华能倾倒众人。

凤千澜的心跳漏了一拍，脑子里却突然闪过一个似曾相识的画面。

顿了片刻后，凤千澜猛地站了起来，几步冲出门外，她跑得有些急，踉跄之下差点跌倒，好在谢忱眼疾手快地将她揽进了怀里。

"夫人这般热情，为夫受宠若惊。"谢忱哈哈一笑，厚颜无耻地在凤千澜脸上亲了一口。

凤千澜猛地掐住谢忱的胳膊，咬牙切齿地喊了一声："你是小七！"

不是疑问句，是陈述句。

凤千澜一想到当年她非要拉着小七与她睡一张床，就羞愤欲死。

那时她做了什么来着？

她好像摸了摸小七的胸，又摸了摸自己的胸，道："小七，你哪里都长得比我好，就是这里没我大。"

她甚至还抓住小七的手，笑嘻嘻道："不信你摸摸。"

可小七死活不肯摸。

当时她以为小七只是害羞，也不以为意，现在知道真相，她只能说，算他识相！

谢忱的身子一僵，转身就要跑，凤千澜猛地扑过去抱住他："你敢走？信不信我改嫁！"

谢忱的脚步顿时止住，他转过身，挑了挑眉，气极反笑："你信不信，我能阻止你两门婚事，就能让你一辈子改不了嫁？"

凤千澜一愣，谢忱也是一愣。

凤千澜努力回想了下自己的"两门婚事"，除了雀台会选王夫，她好像确实还有过一门婚事。

彼时她还是公主，从庆安寺回来已经过了一年，母后想要为她招个驸马，可是民间突然有她的所谓画像四处流传，画中人丑得让人不忍直视，还满脸凶悍，吓得满城的青年才俊都闭门不出，找各种借口推托进宫，让她顿时变成了没人敢娶的丑公主，气得她恨不能把污蔑她的人撕成碎片。

后来她登基了，下旨让那群青年才俊必须参加雀台会，也就是为了让他们睁大眼睛看清楚，她才不是什么丑八怪！

就在谢忱再次想要溜之大吉的时候，凤千澜紧紧抓住他不放，磨着牙道："所以，散布画像的人是你？把我的王夫候选人弄去花楼害我丢脸的也是你？"

谢忱见事情败露，反倒坦然了，他伸手摸了摸凤千澜手上的玉戒指，哼了一声，理直气壮道："收了我的定情信物，就不该想着嫁给别人。"

尾声

凤千澜的伤彻底痊愈之后，谢老夫人终于上门了。谢老夫人是来对她动之以情、晓之以理的，目的只有一个——离开谢忱。

谢老夫人说了许多，譬如，谢忱为了她，带伤从前线匆匆赶回，违抗君命，将谢家置于危险境地；又譬如，如今谢忱因她无心国事，向国君请求辞官归隐……

最后，谢老夫人说："凤国虽亡，然帝王乃是国之脊梁，若为了苟活委身敌军，岂不是沦为天下笑柄？"

凤千澜安静地听完，最后笑着点头，道："的确，我身为凤国国君，在谢忱兵临城下之时，便应当以身殉国，方能保全凤氏皇朝最后的尊严。"

谢老夫人以为她被说动，满意地点了点头，却不想凤千澜低低地笑了笑，继续道："可是，老夫人，我已经死过一次了。"

在国亡的那一日，她亲手倒了一杯凤氏皇朝专门为了亡国帝王准备的毒酒，与谢老夫人所想一样，那是为了成全皇朝最后的尊严，即便是亡国之君，也不可沦为阶下之囚，不可被侮辱，因为她代表了凤国的脊梁。

可她喝了毒酒，却没有死。

原来母后在生前早已将毒酒换成了假死药，而在她昏迷的期间，母后安排的嬷嬷和亲卫偷偷将她带出了皇宫。

所以，女帝凤千澜并未辱没凤氏先祖的尊严，她已经义无反顾地死过一次，接下来的日子，她要成全母后和弟弟的心愿，以"长乐"的名义，好好地活着。

　　谢老夫人紧紧地盯着凤千澜，最终问道："你的家国被七郎所毁，你便不恨他？"

　　凤千澜轻轻地笑了："恨啊，所以他要用一辈子来补偿我。"

　　谢老夫人走后，凤千澜转过身，发现谢忱站在门外，只见他眸光温柔地看着她，道："我会用一辈子来补偿你。"

　　那一年，陈国谢七郎悄然归隐，掀起轩然大波，天下局势因此大变。

　　第二年，陈国国君亲自请谢七郎出山，立誓不再为难凤千澜，谢七郎这才答应出战七次，助陈国一统天下。

　　在那之后，再无人见过谢七郎。

　　很多年后，凤国曾经的子民纷纷得到一袋金银，有人听到有女子得意的声音隐约传来："真亏我能想到钥匙在哪儿……"

　　另有男子的声音缓缓响起："不是我提醒你的吗？"

　　"小七，你不愧是我密友。"

　　"……"

钗头凤

文/苏非影

苏非影,姑苏人氏,读着金庸和古龙的书长大的双鱼座女子。毕业于东南大学土木工程系,披着理工科的皮,藏一颗细腻温婉的心。梦想营造一个属于自己的温柔江湖,隐于心间,琴剑相随,纵马天涯。
代表作品:《闲花弄影》《两世花开香满袖》。
即将上市作品:《逐雪令》。

壹

"王昀死了?"

陆云璃愣了愣,手中的细瓷茶盏与碗盖相磕,发出极轻微的一声响。

除此之外,她秀丽的脸上看不出惊慌、恐惧,甚至连一丝伤心都没有。

太冷静了。

不管怎么说,死的那个人是她的未婚夫。

林成渊不动声色,点头道:"今日午时,王公子的书童发现他死在书房里,死亡时间应该在巳时前后。那个时辰,只有陆小姐进过书房。"

陆云璃慢慢地放下茶盏,她终于知道眼前这位御前带刀侍卫林大人是为什么来找她了。

"你们怀疑我?"她反问,居然没有生气。

"不只如此,我们在王公子的尸体上还发现了这个。"林成渊从怀里掏出一个小布包,层层打开,递到陆云璃面前。

那是一支累丝嵌宝凤形金簪,簪头一对金凤振翅欲飞,凤眼镶碧玺,翎冠嵌珍珠,尾羽累丝镂空,精美绝伦。

林成渊缓缓道:"陆小姐,这支凤簪,是你的吧?"

她没有否认:"今日之前,是我的。"

确切地说,这是王昀送给她的。

不等林成渊问话,她又接着道:"今天早上我去找王昀,便是将这支簪子还给他。"

"可是它被发现时,正插在王公子心口。"林成渊伸手在胸前比了比位置,目光幽深,"致命之伤。"

仔细看去，金簪尖利的尾部还留着一抹淡淡血痕，显然取出时并没有仔细擦拭。

陆云璃沉默片刻，摇头道："莫非你们认为，凭我一个人一支簪，就能无声无息地杀了王昀？"

很好，她极聪明，一下子就抓住了重点。

事实上，京兆尹之所以没有马上下令捉拿陆云璃，除了她是陆丞相长女之外，最关键的原因，是因为林成渊也提出了同样的疑点——

王昀的尸体并没有挣扎的痕迹，而陆云璃身量娇小，手不能提肩不能扛，要怎么做到只用一支金簪就杀了一个比她高大的男人，还是一击毙命？

当然，事无绝对——

"若是他因为某些原因无力反抗，也并非不可能办到。"林成渊的声音很冷静，目光却不自觉地避开她，"还请陆小姐如实相告，今天早上去王公子书房，都做了些什么？"

陆云璃顿了顿，方道："我想让他退婚。"

贰

陆云璃和王昀的婚事，是半年前定下的。

那时殿试揭晓，王昀高中榜眼，中书侍郎府上差了人来说媒，陆丞相欣然应允。

在那之前，王昀和陆云璃已经在一次游园会上见过面。王昀写了几首诗文相赠，陆云璃对他印象却不大深，只记得他长得文弱秀气，情诗写得普普通通，字倒是还可以。

金榜题名，加上娶到了才貌双全的相府千金，王昀成了全京城炙手可热的新贵，一时风光无二。

为表心意，他将家中祖传的金凤簪当作信物，送给了陆云璃。

她对他，谈不上喜欢不喜欢，既然婚事已定，便也在家安心待嫁。不料半个月前，她偶然得知，王昀不光与青楼女子过从甚密，还与府上丫鬟厮混。两人尚未成婚，他就已在房中续了陪房。

　　她带着金簪亲自登门，王昀却不以为然，只说世风如此，宴请应酬难免出入烟花之地，他若拒绝，恐那些贵胄怪他不知好歹。

　　他对她说那些话时，窗外的凌霄花开得正盛，鲜红的花朵一丛丛垂在菱花格前，香气浓郁袭人，她的心却一寸寸变冷。

　　王昀捉住她的手，目光深情："云璃，我的心里只有你。我答应你，那些女子不过是逢场作戏，绝不会进门，你才是我名正言顺的正妻。"

　　如果说，她对未来良人还有什么微薄的期望，在那一刻也已碎成齑粉。

　　她挣脱他的手，取出金簪放在桌上，说："王昀，退婚吧。"

　　"他不同意，所以你们起了冲突？"林成渊试探着问道。

　　"没有冲突。"陆云璃十分坦荡，"他不同意，我便留下金簪走了。"

　　林成渊不由得沉吟着，王昀因联姻而得相府荫庇，一定不愿意退婚，陆云璃又是闺阁女子，这等于名誉有损的事情，陆相更不会同意，退婚一事并不乐观。可如今王昀一死，问题便迎刃而解，若要追究动机，对陆云璃也很不利。

　　静了片刻，他才道："你离开的时候，可有什么人看到？"

　　陆云璃努力回想："书房里只有我们两人，门外有一名书童送我出府。书房外的花园里有一个花匠在修枝，一个绿衣丫鬟在折花装瓶。出花园时，又个黄衣丫鬟正端了点心去书房。至于到了前厅之后，仆役更多更杂，实难一一记清……"

　　林成渊看着她垂睫思考的模样，脸庞的弧线柔美端庄，目光却冷静睿智——才貌双全，果真不负盛名。

该问的都问完了，林成渊起身告辞，刚转身，又忍不住停下脚步："陆小姐，如今的证据只怕对你很不利，你再想一想是否还有遗漏的线索？若是想到了，可差人去京兆尹府上找我。"

"多谢林大人。"陆云璃微微一笑，状似无心道，"听闻林大人是两年前的武试状元郎，被圣上亲口赐封御前带刀侍卫，官拜四品，如今在京兆尹府协助陈大人，果然是年少有为——不知林大人家乡何处？可曾去过岳州？"她前头说了一堆溢美之辞，最后却话锋一转，问起他的私事。

林成渊猝不及防，下意识道："我的家乡便是岳州……"

话说出口，又急忙收住，陆云璃也不追问，只推了推几上茶盏："林大人坐了这么久，却连口茶都不喝，是我相府的茶不合大人的口味吗？"

她话中有话，他竟觉得有些狼狈，匆匆拿起茶盏一饮而尽。

陆云璃微微欠身，趁着他放下茶杯的瞬间，手中团扇轻轻压住了他的手掌。他的手掌宽厚，指节修长，一道狰狞伤疤自掌心起始，划过掌缘，隐入紧扣的护腕。

陆云璃盯着伤疤看了半晌，轻轻吐出一口气。

"朝元哥哥……"她抬眼看向他，目光中带一丝怅然，"你早就认出我了吧？为何不与我相认？"

叁

六年前，陆丞相遭政敌陷害，被贬往岳州任知州。

那时候，岳州流民四起，盗匪横生，陆丞相每天忙得焦头烂额。陆云璃才十二岁，每日先生授完课，便和心腹丫鬟换过衣裳，偷溜出去玩。

街上乱,她不敢走远,最常去的地方就是州府衙门隔壁的白云观,最喜欢做的事,是躲在大殿外偷看道长们请水打醮,招魂念咒,烟气缭绕着高大的神像,像是围圈出一个妖异神秘的异界,让陆云璃着迷。

后来,不知什么时候起身边多了一个人,陪她一起看。

十五六岁的少年,虽是个破衣草履的流浪儿,但眉目清俊,气度朗朗。他说自己叫朝元,本是忠义之后,只因家人死于战乱,才会流落街头。

陆云璃听父亲说过,岳州在被朝廷收回之前,曾经历数十载战火,许多将士在此战死,朝元应当就是那些将士的后人。

"我要学武功,然后找到父亲昔年的同袍。总有一天,我一定会出人头地!"朝元说这些话的时候,眼睛闪闪发光,很是动人。

也难怪他这样有信心,他来白云观,就是来学武艺的。

观里有个挂单的云游道士,据说从前是很有名的江湖人,偶遇朝元,见他资质上佳,便收他为徒,倾囊相授。

整整一年,两人几乎天天在白云观中碰面,一起看道长们做法,一起去观边的小沟渠里捉泥鳅。有好吃的一起分享,好玩的也不会忘了对方。

那是陆云璃幼年记忆中最快乐的一段时光。

直到,一场大火毁了白云观,朝元下落不明,陆云璃随父回京,从此,天各一方。

良久,林成渊才道:"六年时间,容貌或有改变。当年的小璃只是州府小丫头,下官不敢错认。"

他的语气平静而疏离,陆云璃手中团扇移开,他便很快将手指蜷起收回,甚至没有看她一眼。

陆云璃的声音柔缓:"无论我是谁,当年那一场大火都是真的。"说着,拉起袖子,露出一小段手腕,腕底皮肤皱皱发红,与周围的白嫩大相径庭,"火燎之痕,也是真的。"

林成渊终于抬起头来,四目相接,她目光柔和、清澈,犹如融了细碎星光。

"朝元哥哥,你身上的伤是因我而起,我是州府的小丫头也好,是相府千金也好,曾经经历过的一切,都不会改变。"

肆

王昀的尸体停在义庄,单独存放。

林成渊走进隔间,伸手示意,他身后的小衙役弄亮灯火,火光映入她黝黑的瞳仁深处,正是陆云璃。

她取出白布遮住口鼻手掌,举灯查看。

林成渊站在门后,看向她的目光有些复杂。

几个时辰前,当她提出要来义庄查验王昀尸身的时候,明知不合规矩,他竟然还是鬼使神差地答应了。

眼前的相府千金陆云璃,和六年前素衣垂髫的小璃其实没什么差别,一样纤秀的眉眼,连微笑时唇角弯起的弧度都一样。

不一样的,是她眼底那一抹凝定的光,异乎寻常的镇定,再不是当初那个被刀剑乱舞吓哭的小女孩。

瞧,如今她连尸体都不怕。

第一眼见到她的时候,他就认出她了,但他依然装作初次相识,因为只有这样,他才能秉公严正,而不至于感情用事。

可是现在,他恐怕已不能如愿。六年前,漫天肆虐的火焰,刀刃劈开血肉的痛楚,覆在他背上的小小软软的身躯,还有那一声声带着哭腔的"朝元哥哥"……都不曾从记忆中消失。

这和她是不是相府千金,有没有未婚夫,都没有关系。只要她是她,他就会不断妥协,哪怕……真的是她杀了王昀。

"王昀不是我杀的。"

细软的声音将他从沉思中唤醒,抬头见陆云璃正朝他招手。

王昀胸前的衣服被揭开了,金簪留下的伤口鲜血凝固,只剩下小小的一个血洞。

"这里。"陆云璃指了指血洞,"心脏在肋骨之后,很难一下子刺中。我留意过那支簪子,簪身略有弯曲,而金子质软,应该是刺进胸口的时候先碰到了骨头。伤口的走向是从右斜着往左——"她伸出手模拟了一下动作,"凶手站在王昀对面,右手骤然发力。凤簪上都是累丝嵌宝,十分尖锐,与肋骨硬碰,簪头肯定会在凶手掌心留下伤痕。"

林成渊从怀里掏出那支凤簪。这簪子他已经看得很熟了,簪身确实有些弯曲,但他一直以为是古旧变形所致,凤翅尖端也有些弯折,上面有几抹暗褐色血迹,他也一直以为,那是簪尖刺入心口时溅上的。

"果真如此……"陆云璃也在看那支簪,一边看一边摊开自己的双手。

两只手掌白皙小巧,干干净净的,什么伤痕都没有。

"这些痕迹,只要找一个经验丰富的仵作仔细查验,即能证明。"陆云璃道,"所以朝元哥哥要找的凶手,应当是一个掌心有新伤的人。"

"此外——"她一手托起尸体软绵绵的右手,"手指甲里有一些泥垢。王昀是个很爱干净的人,今天又是和我见面,必然会整理仪表,不会留下污垢。这泥垢有些奇怪的味道,应该是凶手留下的。"

两人走出义庄的时候,天色已经暗了,晚霞将灭未灭,光明和黑暗只在一线之隔，远近景物皆是蒙昧。

沉默中滋生别样情愫，久别重逢，直到此刻才惊觉，这光景竟恍如隔世。林成渊忍不住道："你后来……"

不想陆云璃也开口："朝元哥哥，你那时……"

同时开口，又同时收住，不由得相视一笑。

"六年前，我醒来的时候已在自己的房里。"陆云璃道，"父亲说，我是被观主白丘道长送回来的，因为受了火燎之伤，昏迷了好几日。白云观烧成了瓦砾，你也不见了。再后来，父亲接到调令，我们就回了京城。"

"我也晕过去了，但是醒来的时候在城西的医馆里。"林成渊翻转手腕，看着掌心的疤痕，"伤很重，流了很多血，大夫说是白丘道长留了银子来医治我。等我可以下地，再回白云观时，才知道知州大人一家已经回京了。反正我也无处可去，师父也死了，就想着也去京城碰碰运气。后来在京城遇到了几个父亲当年的同袍……"

阴错阳差，虽曾生死与共，最后却天涯相隔。

"幸好今时今日，还是遇到了。"陆云璃抬头微笑，"朝元哥哥，恭喜你，如今已得偿所愿。"

天边的最后一丝光也湮灭了，人间灯火次第亮起，折入她眼中，笑靥清浅，那一瞬间，林成渊却只觉得惊心动魄，移不开目光。

伍

是夜，林成渊做了一个古怪的梦。

梦里仿佛又回到六年前那一天，他正在道观后院跟师父练刀，小璃蹲在一边剥松仁，笑眯眯地看着他，眼睛弯成月牙。

突然，许多人持着刀剑翻墙而入，见人就砍。

师父昔日的仇家寻来报复，混乱中，他拉着小璃躲进了柴房，师父却为了护着他们,身中数刀,倒在血泊中。

他一时心火上冲,攥着把小铁刀就冲了出去。没走几步,小璃就被人发现,倒提起来,雪亮的刀锋毫不留情地砍向她的胸口。

那一瞬间,林成渊感觉心跳都要停止了。

他也不知道哪里生出的力气,豁出了命来拼杀,好不容易救下小璃,自己也被劈了一刀,伤口从肩头横到手掌,血把半边身体都染红了。

那些人点着了柴,火势蔓延开来,他却倒在地上动不了,火苗烧着了他的衣角,小璃脱下外衣狠命地扑打,最后整个人都扑在他背上,一边哭一边叫:"朝元哥哥,我替你挡着!朝元哥哥,你醒醒呀!"

眼泪一滴滴落进他的脖子里,比火还要烫。

他奋力支起身子,可是一转头,发现背上趴着的不是小璃,竟是王昀冰冷的尸体。

滴滴落下的,也不是眼泪,而是鲜血。

插在尸身心口的金凤簪近在眼前,凤眼的桃红碧玺闪着妖异的光。

突然间,那一抹桃红像是有了生命,扭动震颤,化作了千万光点,朝他满头满脸地罩了过来。

……

林成渊骤然惊醒,额上冷汗涔涔,后背生凉。

目光转向窗前的茶案,案上静静地放着那支金凤簪,月光透过半开的窗棂,在凤眼的碧玺上投射下一抹桃红色的微光。

他记得,临睡前明明把金簪收进了柜子里,窗户也应该是关好的。

莫非,是记错了?

果然是白天思虑太甚了吗?

他皱了皱眉，这个案子，还是要尽快完结。

第二天，林成渊一边安排仵作重新验尸，一边亲自盘问相关人等。

那日给陆云璃带路的是书童王宝，他送完陆云璃便直接回书房复命，因此是第一个发现王昀遇害的人。

陆云璃半路遇到的送点心的丫鬟叫茉莉。她说自己去书房的时候，屋里的王昀似乎心情很不好，掷碎了一只茶杯，还吼了一声"滚"。

"那会儿瑞香也在，不信你问她，少爷把茶杯扔了，好大一声响，我俩都吓了一跳呢，再不敢进门了。"

瑞香是在花园里折花的绿衣丫鬟，她和茉莉一样，原本准备送花去书房，遇到王昀发脾气，就没有人内。

这也证明，茉莉和瑞香来的时候，王昀还活着。

至于花匠田鹏，他在茉莉到达书房之前就被王夫人叫去南院看顾两棵生了虫病的芍药，一直到事发都没有出过南院。

林成渊还留意看了四个人的手。

掌心有伤痕的有两个人，丫鬟瑞香，花匠田鹏。

瑞香说自己是在折花时被花枝尖刺划伤的，而田鹏是花匠，掌心有伤不足为奇，新伤加上旧伤，根本分辨不出是不是金簪所为。

"他们都有不在场证据，因此朝元哥哥没了头绪？"

陆云璃一边给林成渊斟茶，一边听他说完，这才问道。

林成渊点头道："王宝和田鹏虽然有力气杀人，却没有作案时间，茉莉和瑞香都是弱女子，且可以互相做证。凶手……难道另有其人？"

陆云璃淡淡笑道："也许是妖魔所为呢？"

即使林成渊心事重重，也不由得笑了："朗朗乾坤，哪里会有妖魔？"

陆云璃也不反驳，偏头想了想，道："我在花园外遇到茉莉，到她将点心送到书房，不知要花多少时间？"

林成渊回想书房的地形："从花园入口到书房，距离虽然不长，但因为做成了曲径通幽的花径小道，也要绕上一会儿。"

"我记得茉莉见到我之后，是让在一边等候的，直到我走远了她才离开，加上她端着点心，必然小心翼翼，走路更加慢了……"陆云璃慢慢缀饮了一小口茶水，看向林成渊，"朝元哥哥，你觉得这段时间，够不够杀掉一个人呢？"

林成渊顿时愣住了："你是说……不可能啊，茉莉敲门之后，明明还听到了王昀的声音！"

"那个声音，真的是王昀吗？"陆云璃声音细软，却像是一道雪亮的闪电，一下子照亮了林成渊眼前的黑暗。

——茉莉并没有看到王昀本人，大吼的声音本就和平时说话声有差别，再加上有摔碎茶杯的声响做掩饰，很容易混淆。

如果那个时候，王昀已经死了……

"屋里的人是田鹏！"他霍然站起，"如果他冒充完王昀后立刻越窗而走，完全有时间赶去南院。"

陆云璃微微颔首："还记得王昀指甲里的泥垢吗？我后来才想到——那是上了肥料的花泥。"

案件有了眉目，林成渊不再停留，匆匆道别而去。

门扇掩住他的背影，陆云璃收回目光，抬起指尖，慢慢靠近茶釜，釜底的火焰竟犹如有了生命一般，一丝丝缭绕抽离，粘上她的指尖。

火苗烈烈灼烧，可她的表情依旧，细白的指尖也不见丝毫变化。

陆云璃定定地看着那一丛丛在指尖舞蹈的火焰，目光渐渐地变得忧伤而深远。

陆

从相府到京兆尹府衙，尚有一段距离。林成渊一路梳理案情，不知不觉，眼前竟有些迷离起来。

眼前又是那场大火，他的神智游离在外，清清楚楚地看到了大火中互相偎依的两个少年。

突然，最上面被烧得焦黑的小璃动了动，竟慢慢站了起来，伸手揪住焦枯的头发，开始一点点往下撕扯。

前所未有的惊怖撷住了他的呼吸，他逃不开，挣不脱，只能眼睁睁地看着小璃烧焦的皮肤寸寸裂开，慢慢露出低下乌黑的长发，饱满的额头，纤长的眉梢……

"林大人，林大人，不好了！"

短暂的梦魇被一阵叫声击打断，林成渊一头冷汗地揭开车帘，马车不知什么时候已经停在了府衙门前，差役正一脸焦急地候在一边。

"什么事？"

"田鹏自尽了！"

田鹏溺毙在侍郎府后院的小池塘里，时间是昨晚子时前后，周身没有外伤，岸上还有一张字条。

"冤有头债有主，一命抵一命。"

有人这才回忆起来，几个月前确实曾看到王昀责骂过田鹏，据说是田鹏将王昀极珍爱的兰花种坏了，王昀罚他在院子里跪了一天一夜。

没想到，田鹏竟会因此怀恨在心，杀了王昀，又畏罪自杀。

田鹏的尸体被发现那一天起,京兆尹就通知林成渊,这案子已经结了。

死的是新科榜眼,中书侍郎之子,最大的嫌疑人又是相府千金,这些日子府尹陈大人天天食不下咽睡不安寝,就怕哪个环节没处理好,自己头顶乌纱不保。

幸好出了一个田鹏,认了罪,又投了水,陈大人如释重负,也不管还有诸多细节说不通,赶紧结案了事。

但那些说不通的细节,还在困扰着林成渊。

"田鹏并不识字,怎么会留字条?"

"还有,他如果真的是因为被王昀责罚而杀人,怎么当时不动手,反而要等几个月?"

陆云璃静静地听着,目光清澈温柔,时而专注于沸腾的茶汤,时而落在他身上。

林成渊烦躁的心绪,突然就安静下来。

案子结了,陆云璃摆脱了嫌疑,重新成了贵族公子们趋之若鹜的相府千金;林成渊回到京兆尹府,堆积如山的公务还在等着他。日子重回平静,但终究还是有些不同。

曾经共历生死,如今久别重逢,即便彼此身份早已天差地别,但是经久岁月留下的羁绊,就如同他掌心的伤疤,她手腕上的灼痕,都是磨灭不了的痕迹。

他曾经愿意为她舍命,他亦从未为此后悔过。

不曾奢望能和她延续这样的羁绊,他不过是想,偶尔能见一见她罢了。

就如同现在,和她说几句话,喝一杯茶,足矣。

陆云璃道:"朝元哥哥,这个案子的卷宗,我也略微看过。田鹏是湘南府阳县田家村人,对不对?"

林成渊点了点头,她记忆力很好,说得分毫不差。

"侍郎大人祖籍也是湘南府,因此他府上的下人有十五个都来自湘南府,其中来自阳县的有四个。"

所以呢?

陆云璃却不再继续,话锋一转:"明日王昀出殡,朝元哥哥你也会去吧?"

作为案子的主要负责人,林成渊自然是要去的。

侍郎府上一片缟素,站满了前来吊唁的人,各种声音交织,十分嘈杂。

他依礼上了香,退到人群中,一眼就看到远处一身丫鬟装束的陆云璃。

她神通广大得很,穿上麻衣,束起腰经,看起来就和这府上的丫鬟一般无二。

林成渊悄悄地跟着她穿过前厅,直到远离人群,才低声道:"陆小姐,我们去哪里?"

自相逢以来,她喊他"朝元哥哥",他却始终只叫"陆小姐",那是一道因时间横亘而生的裂痕,他选择步步退守,裂痕便成了鸿沟。

陆云璃睨他一眼,道:"你跟我来就知道了。"

其实她不说,他也大概能猜出来。

他后来也看了卷宗,那四个来自阳县的下人中,有一个他们都认识。

瑞香。

果然,穿过花园的曲径通幽,就看到瑞香站在书房门前,神情焦急，引颈而盼。

见到陆云璃，先是一喜，又看到她身后的林成渊，脸色顿时变了，嗫嚅道："陆……陆小姐，林大人为何……"

陆云璃朝她安抚地笑了笑："别怕，林大人不是来公干的。"说着摊开手来，"东西呢？"

瑞香狐疑地看了看林成渊，还是从怀里掏出一件东西，递了过去。

是那支累丝金凤簪！

林成渊大吃一惊，他记得这支簪子作为重要证物已被府衙库房封存。

不过，金簪既然是王家的祖传宝物，王侍郎也确实会买通关系将东西暗度陈仓回来，只是不知道怎么会到瑞香手里。

他看着瑞香的手，掌心伤痕犹在。

他心里一动，不由得道："你手心的伤，是金簪划的吗？"

柒

瑞香的手一颤，金簪直坠下去，幸好被一旁的陆云璃眼明手快地接住。

林成渊紧盯着瑞香瞬间惨白的脸色，并没有注意到陆云璃快得异乎寻常的动作。

他问："那天茉莉在书房门口看到你，其实并不是你准备要进去，而是——你刚刚从里面出来，对吗？"

"那个时候，王昀已经死了吧？"

"我一直觉得很奇怪，你比茉莉先到，为何不先于她敲门？如果说已经敲过门，为什么里面的人不在你敲门的时候发脾气？"

"那是因为，你早就知道里面那个人不是王昀，而是田鹏！"

"王昀指甲里有花泥,但田鹏当时正要去南院见王夫人,必定会收拾干净了再去,身上是不会留下泥垢的。"

"当时在花园里摆弄花草的人,除了田鹏,还有一个,就是你。"

所有想不通的细节,在这一刻,都有了最合理的解释——

凶手不是一个人,而是两个!

"你的祖籍是阳县刘湾村,和田家村只隔着一条河,其实你早就和田鹏认识了对吧?我刚刚问过侍郎府管事,当初是田鹏荐你进来的,说是远房表妹——能这样帮你,恐怕不只是表兄妹那么简单吧?"

他一句一句,说得简洁有力,瑞香的脸色也从惨白惊慌,渐渐变得平静,飘忽的目光里,带着一丝晦涩的如释重负。

"田鹏不是我的表哥,他是我的未婚夫。"

细细的声音,少了些怯弱,多了些释然。

"婚约从小就有,他也一直待我很好,后来还荐我入侍郎府做丫鬟,说以后寻个时机求告老爷,就让我们成婚。原本一切都好好的,可是后来有一次,我送花去少爷房里,他刚好喝了酒……"

对于侍郎公子来说,这不过是一次酒后乱性。刚好是他春风得意的时候,功名娇妻都有了,再添一个娇嫩新鲜的小丫头,那是锦上添花。

可是于她,却是翻天覆地的变化。

王昀将她从粗使丫头提上来做了贴身丫鬟,送来的首饰和衣裳,都是她从前见都没见过,想都没想过的。

人的欲望是无止境的,她内心的欲望在王昀的助长下冒头,疯长,再不能回头。

再看田鹏,只觉得他又穷又土,还不会说话,与其嫁给他,还不如做王昀的陪房,穿金戴银不说,将来若能生下一儿半女,说不定还能做姨娘。

那天,她约田鹏在花园里见面,借着折花的机会求他取消婚约,田鹏却怎样都不同意。

她越说越生气,就在这个时候,她看到了陆云璃。

那是少爷的未婚妻,相府的千金小姐,出身高贵,长得漂亮,还懂诗词歌赋。她和她的差别,不啻为云泥。

她抛下田鹏,偷偷跟到了书房窗下,却正好听到王昀对陆云璃保证——"那些女子不过是逢场作戏,绝不会进门,你才是我名正言顺的正妻。"

对她来说,王昀是全部天地,可他在陆云璃面前,也只得这样低声下气。凭什么?皇帝还有三宫六院呢,陆云璃凭什么独占夫婿?

她本就在生气,听了那些话,更是心气难平,陆云璃刚走,她就闯进了书房。

可她还没来得及开口,王昀就冷冷地说,瑞香,以后你不要再来我房里了。

说不上他是因为已经厌倦了她,还是真的顾虑陆云璃的心情,但那个毫无温度的眼神,直直刺进瑞香心底,让她明白,他是真的不要她了。

可她刚刚才为了他,解除了婚约。

——什么都没有了,儿女没有了,姨娘没有了,甚至连珠宝绫罗,以后也不会有了。没有将来,后路也断了,从今往后,她该往哪里去?

她腿脚发软地退了一步,手碰到一个冰凉坚硬的东西。

金凤簪。

王昀挥手叫她赶紧出去,她心潮翻涌,也不知道哪里来的一股悍勇,举起金簪就刺了过去。

簪尖似乎碰到了骨头,不管,她的脑子里只剩下一个声音——用力,再用力,来啊,大不了一起死!

王昀的手抠住了她的裙摆,他没有挣扎,很快就不动了。

等她清醒过来的时候,他已经死了。

田鹏高大的身体半趴在窗口,脸色煞白地看着她,良久,才道:"瑞香,快走呀!"

先前那一瞬间拿起簪子的勇气全都没了,她瑟缩着将沾着花泥的裙摆从王昀的手里扯出来,收拾起地上的花枝,战战兢兢地出门,刚站定,就看到茉莉捧着点心出现在花径上。

自那以后,她整天惴惴不安,生怕露出什么破绽,怎么也想不通那日究竟是中了什么邪,居然稀里糊涂地就杀了人。

胆战心惊,一夜未眠,第二天,就听到田鹏畏罪自杀的消息。

他是为她顶罪的!

她偷偷去看了田鹏的尸体,泡了一夜水,惨不忍睹,千夫所指,末了也不过是乱葬岗一抛。他本可以安安生生地做他的花匠,一辈子庸庸碌碌,却也一辈子平平安安。

都是因为她!

瑞香一边说一边掩面而泣,哽咽道:"我……我对不起大鹏哥!林大人,你把我带走吧!我……我给公子抵命,下去陪大鹏哥,我也愿意的。"

她哭得上气不接下气,林成渊的眉头却越皱越紧:"不对!"

瑞香的哭声顿了顿,愕然道:"什么不对?"

"田鹏不识字,那张认罪字条从何而来?"

瑞香的声音隔着手掌,闷闷传来:"也许……大鹏哥在侍郎府上的这几年,跟着别人学会了写字呢?"

"那么你呢?"林成渊的手悄无声息地移到了腰畔的刀柄上,"你说是你杀了王昀,可他既没有中迷香也没有喝酒,怎么可能一点挣扎都没有就被你刺死?你的力气,有这么大?"

瑞香沉默了片刻,突然轻轻叹了口气。

没有哭音,轻轻的,像是很无奈,还带着一丝讥诮。

"世上万事万物,想不通的事情很多,林大人何必如此较真?"

她的眼睛自指缝间露出来,幽幽地看着他,一手还攥着那支金凤簪,凤眼的碧玺闪着红光,也不知道是不是错觉,那道红光像是活的,飘飘忽忽,萦萦絮絮,一下子大盛,就像那日梦中,散开成无数光点,朝他罩来。

捌

早在瑞香叹气的时候,林成渊就抽刀在手,红光罩顶之时,他的刀也砍了过去。

可是,并没有砍中任何东西,瑞香就像一个没有实体的影子,笼在红光里,他们也被红光团团围住,越收越紧,让人窒息。

他的心里一凉,下意识地抓住陆云璃的手,转身将她牢牢地护在怀中。

"小璃,小心!"

红光将林成渊和陆云璃从头到脚地包裹住,不远处的瑞香脸色僵硬,眼神空洞,一手直挺挺地举着金凤簪,凤眼之上空荡荡的。

不知何处传来不屑的低哼声:"玄珠之身也不过如此嘛……玄珠是我的了!"语罢,红光卷起漩涡。

那漩涡正要将中间两人吞没,另一个清雅温软的声音响了起来:"不过如此这句话,应当是我说的吧?小小吞萤,也敢觊觎玄珠?"

随着声音,红光卷起的漩涡荡开一阵阵涟漪,平地刮起飓风,瞬间便将光点吹散,四周花草却未波及一丝一毫。

仔细看,那些光点竟然是一只只比蚊蚋大不了多少的妖虫,长着细小尖利的牙齿,红色翅膀犹如血光。

细柔的声音继续道:"吞萤,上古妖虫,伏于珠玉,擅惑人心,吞食欲念为生,得血肉滋养,可化人形。"

红光散去,陆云璃好端端地站在原地,连衣角都没有动过。

护在她身前的林成渊已经晕了过去,一只手仍然牢牢握住她的手,她用另一只手扶着他的背,看似弱不禁风的手臂,却将高大的林成渊稳稳支撑了起来。

散去的红光盘旋了一圈,最后一点点落进金簪的凤眼里,像是填补起了那个凹陷,最后一点红光隐没,重新化作桃红色碧玺。

"瑞香"的脸上,也仿佛一瞬间有了活气。

"你终于肯现出原形了……"她嘿嘿地怪笑起来,眼珠朝着林成渊的方向转了一转,"你的这位朝元哥哥,拼死都要护你周全,可他知不知道,你早就已经不是人了?"

陆云璃淡淡一笑,眸中两点幽火,似明非明。

"那又如何?既然六年前我已为他而死,那六年后,哪怕六十年后,我都不会让他轻易死在我面前。"

是的,她早就已经死了,六年前就死了。

那场大火烧起的时候,林成渊为了救她受了重伤,她挪不动他,只好扑在他背上,想要用身体替他挡住火苗。

飞蛾扑火,义无反顾。

可是血肉之躯又怎能抵挡火焰焚烧,她被烧得皮开肉绽,无法呼吸,神志渺渺不知是死是活的时候,耳边突然传来一声悠长叹息:"一念执着,生死相隔,何必何必!"

透过烈烈火焰,她看到有人正站在她旁边,是白云观观主白丘道长。

"你身已死,魂未灭,也算是与我有缘。我这里有一颗玄珠,可以赠你以保神魂,今后如何,就靠你的造化了。"

传说南海深处有鲛人，落泪成珠，是为鲛珠，千万鲛珠得一玄珠，摄之可修魂补魄，化珠为身，以修内丹，现世则有大乱。

她肉身烧毁，玄珠给了她新的身体，她已经不是人，可她也不是妖，只是靠玄珠活在世上的一缕幽魂。

有些妖要夺取玄珠以助修行，她只有变得强大，才能自保，而变得强大的唯一途径，就是不断摄取妖元，一旦玄珠气竭，她的神魂也将随之消散。

"你在瑞香进书房之后，吞噬了她的欲念，助她杀了王昀，进而一步步嚼食了她的血肉，又诱田鹏自尽，留下书信认罪，是不是？"陆云璃静静地看着"瑞香"，"吞萤本是沼泽中生出的小妖，你蛰伏于凤眼碧玺中，修行百年十分不易，却贪图玄珠，屡次引我现身，不怕反被玄珠夺取妖元？"

眼前名叫吞萤的妖怪，借着瑞香的皮囊，喈喈而笑："区区一个修炼不到六年的玄珠之身，妄想夺我妖元？来试试啊！"

说罢，凤眼中的碧玺再度弥散成无数光点，这次却如暴风骤雨一般，化作一柄柄利剑，朝陆云璃刺去。

陆云璃的脸上露出惋惜的神情，一挥手，团团白雾笼住林成渊的身体，仿佛有无形的手，将他平放在地上。

与此同时，她双掌结印，有无形的屏障，一寸寸在身前铺开。

尾声

不知过了多久，风声喧嚣的庭院渐渐安静下来，不知何时天已经完全黑了，一轮明月高悬，曲径通幽处，既没有瑞香，也不见妖魔。

陆云璃眼中最后一点幽火也渐渐平息，她在林成渊身边慢慢蹲下身来，伸手抚平他紧皱的眉头。

"朝元哥哥，对不起。"

西京乍平，九州动乱，这是一个乱世。

——乱世生戾气，戾气养妖魔，妖魔入世，遇乱而起。

这世上，还有很多很多妖，她不去找他们，他们也会来找她。

她还有很长的路要走，最终会走向什么地方，连她自己也不知道。

可是，只要她还在，就一定会护他平安。

他是这个世上第一个愿意为她舍命的人，从今往后，也不会再有。

"你要好好地活下去……"

轻薄雾气慢慢地升起，笼罩在两人身周，最后消失在无人的庭院，不留一丝痕迹。

四周又复寂静，月色倾斜，照住地上一支累丝镶宝金凤簪，凤眼空茫，仿佛蓄满月华，朦朦胧胧，觑得了无数秘密，却终究，无人可知。

剑仙

文/九歌

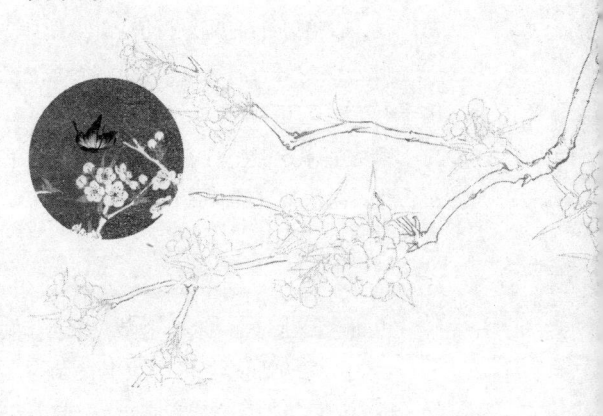

九歌,小花阅读签约写手。
兴趣广泛,热爱文字,热衷旅游,古风控,喜欢一切与古典文化有关的东西。
坚信"只要坚定不移地走下去,梦想总有一天会实现"。
代表作品:《彼时花胜雪》《与君共乘风》《三千蔬菜入梦来》《请你守护我》。

离家出走

　　五月二十五，天朗气清，宜嫁宜娶，我那风流老爹又敲敲打打抬回了一个娇滴滴的小美人，府中十八房小妾纷纷绞着手绢，抻长了脖子往新房里瞄，途经此处的我假装什么都没看到，大剌剌地将宾客送来的奇珍异宝往自己房里搬。

　　时间一晃而过，转眼夜幕就已低垂，大红灯笼排排高挂，放眼望去整座简府一片艳红，婢子们端着托盘匆匆往来，谁都抽不出工夫来搭理我，收拾好细软的我趁此机会扛着剑偷偷摸到围墙边上。

　　我已快要记不清这是第多少次离家出走，总之，在我这算不上长的十七年时光里，离家出走俨然成了终身事业。

　　我之所以这般坚持不懈地离家出走，既不是替那早逝的娘亲抱不平，也不是厌倦了锦衣玉食想去民间体验人生，而是为了圆一个虚无且缥缈的梦。

　　九洲大陆上修仙者多不胜数，千万年间却只出了一个剑仙。

　　我是听着剑仙冷长书的故事长大的，甚至有幸与他有过一面之缘，依稀记得，他是个恍若谪仙，又带着几分孩子气的大哥哥。

　　十年前，听闻魔尊姬薄雪与他下战帖，约在东海之滨一战，我本欲偷偷溜去观战，却被风流老爹逮个正着，从而错失了良机。

　　后来，我才听人说，那一战他与姬薄雪一同葬身东海，此后再无音讯。

　　流光总易把人抛，眨眼已过十年。

　　十年后仍有人不信剑仙身殒，我亦是其中一个，于是一次又一次离家出走，踏上他曾触碰过的土地，以寻觅他的足迹。

随着我一次又一次的离家出走,简府外的围墙也是一年更比一年高。

我兀自思索着该如何低调地翻过围墙,尚未想出个所以然来,墙外便砸来一人,好死不死地压在了我身上。

我被压得险些岔了气,正欲将那人推开,那人的脸便已凑近。

此时光线虽暗,我仍是一眼便将那人认了出来,登时只觉心肝一颤,颤颤巍巍指向那人:"你……你……你是剑仙冷长书!"

"嘘!小声点儿,小声点儿!"那人却做了个噤声的动作,畏畏缩缩地望向我,"你也是来偷东西的吧?"

我听罢,愣了愣,兀自锲而不舍地追问:"你可是剑仙冷长书?"

那人挠了挠后脑勺儿,一副很是憨厚的模样:"总有人说我与剑仙相像,可我真不是剑仙,不过我俩都姓冷,许是失散多年的兄弟也不一定。"

这人与我记忆中的谪仙相去甚远,我本该相信他这番说辞才对,可不知怎的,心中依旧有所期待,于是张嘴便问:"你要偷什么?"

闻言,他勾起嘴角笑了笑,霎时间憨气尽散,然后,我听他道:"琦玉琉璃牡丹。"

琦玉琉璃牡丹这花除却长得好看了些几乎一无是处,偏生又娇贵得紧,若不是我那早逝的娘亲偏爱此花,在世的时候大肆栽种,恐怕这花都得绝了种,故而放眼整个九洲大陆也就我简家仍有三株。

他若是想偷别的,我定一个巴掌便将他扇出去,可他想偷的竟是此物……我顿时陷入了沉思,隔了半晌才拍着胸脯道:"我带你去偷,简府我可熟了!"

于是,我便这般引贼入室,带着他偷走了一株琦玉琉璃牡丹。

与他相处的时间越长,越能浇灭我心中的期望。

他这样的人莫说与风华绝代的剑仙相比较,甚至连我府外镇守宅门的家臣都比他风雅潇洒。

纵然如此,我仍是一路死缠烂打,非要跟在他身后。

我原本就觉着他半夜偷花之事有些蹊跷,他偏生又将那株牡丹悄悄插入凌家大少的新房里,送给一个盖着喜帕的姑娘。

凌家与简家同为九洲大陆上延续千年的修仙世家,凌家大少所娶的那个姑娘我自是有所耳闻,既是九洲大陆第一美人,亦是剑仙冷长书唯一在世的亲人、青梅竹马一同长大的表妹,甚至还是魔尊姬薄雪所爱之人,曾与冷长书并列剑修之巅的姬薄雪因她堕仙成魔,世上仅此一个的剑仙冷长书因她葬身东海……真乃祸水红颜。

就在我发愣的空当,那人已翩翩跃上屋顶,坐在屋脊上吹着微凉的夜风。我连忙抽回思绪,紧随其后,并且伸手戳了戳他的肩,神秘兮兮地凑上去:"其实你就是剑仙吧,否则又岂会连夜赶来给宋大美人赠牡丹?"

世人皆知九洲大陆第一美人宋微嬗独爱琦玉琉璃牡丹,为博她一笑,素来与简家不对盘的凌家大公子,甚至可顶着骂名来与我那风流老爹讨牡丹,我虽不曾亲眼目睹这个过程,却也时常能听那些闲来磕牙的婢子讨论此事,故而印象颇为深刻。

那一夜,我绞尽脑汁接连将他试探了十来回,到头来却是除了他名唤冷铁柱外,一无所获。

我自不甘心就此罢手,就此缠上了他。

剑仙已死

三日后我与铁柱兄路过一间茶肆,听人说魔尊姬薄雪非但没死,回来头一件事便是抢了凌大公子的亲。

魔尊姬薄雪再现世的消息一时间搅得天下大乱，九洲大陆上暗流汹涌，被抢了亲的凌大公子更是咽不下这口气，近日来广发英雄帖，想必是准备率兵杀入魔宫抢回宋大美人。

既然消失了十年的魔尊都已现世，更叫我相信剑仙定然还活着，我偷偷瞥了铁柱兄一眼，但见听闻此消息的他无一丝惊讶，与其说是一副全然不关心的态度，倒不如说是了然于心的淡然。

我托着腮，眼睛一眨不眨地盯着他，本欲张嘴套话，他却快我一步道："凌大公子与姬薄雪约在岐山一战，咱们现在赶过去，该能做笔大生意。"

我明明对他所说之话表示怀疑，也懒得开口去揭破，低头浅啄一口粗茶，默默思索着该带哪些干粮在路上吃。

当日下午我便与他一同启程前往魔宫，不料，五日后迎面撞上了凌家大少。

简家与凌家世代交恶，凌大公子虽不曾见过我，我那风流老爹却是多次举着他的画像，与我谆谆教导，说：别看这厮长得人模狗样，他可是凌家的种，切开里边准都是黑的，以后见着了可得绕道走。

许是我那风流老爹多年来的"教导"起了作用，远远见着凌家大公子我便准备拔腿就跑，然而这个念头才打心中冒出，前方就被人堵住了去路。

堵路者正是凌家大少，他一来便全然忽视我，目光集中在铁柱兄身上，见鬼似的瞪了铁柱兄半晌，方才颤声道："你是……长书？"

这又是唱的哪一出？

凌大公子盯着铁柱兄望了足足半盏茶的工夫，方才一摇头，道："不对，你不是长书，长书不会是你这副模样，他从来都是白衣胜雪，天光剑不离手。"

这话虽说得有几分打击人，却很有道理，起码在我的回忆以及所有有关剑仙的故事里，他都是那副恍若谪仙的模样。

于是，我斜着眼瞄了瞄一身粗布灰衣的铁柱兄，不由得思忖，我究竟是哪根筋搭错了，为何至今都还以为他会是剑仙。

我兀自托腮思索着这个问题，铁柱兄又满脸憨厚地挠着后脑勺儿，嘿嘿笑道："在下名唤铁柱，是前来卖丹药的，贵派可有受重伤的弟子？一颗丹药包根治。"

凌大公子："……"

我："……"

好端端思考着人生的我就这般和铁柱兄被轰下了山。

我揉了揉摔疼了的屁股，很是认真严肃地望着铁柱兄："我突然觉着你不是剑仙了，他才不会似你这般没用。"

铁柱兄听罢毫不在意地笑了笑："本来就不是，剑仙已死，除却这张脸，我与他的相同之处大抵只是都姓冷。"

他明明是笑着说的，可不知为何，我总觉他的话里透出一股子悲凉来，我想了很久都未能想出该以怎样的话来回复他，最终只得又道："那你为何与他生得这般相似？"

回复我的仍是那一句："啊，大抵我们是失散多年的亲兄弟吧。"

"哦。"懒得与他在这问题上纠结的我当即转了个话题，"我们接下来该去哪儿呢？"

"不知道。"他又弯了弯嘴角，"先睡上一觉再去想吧。"

"这荒郊野岭的，我们要去哪儿睡呀？"不是我娇气，我离家出走近三百次，还没有哪一次是什么准备都不做，直接倒头睡在荒郊野岭的。

他依旧在笑："地为床天为被，只要困了，哪儿都能睡。"

我既执意要跟着他,自然是他睡树杈,我也得找根树杈去窝着。

我明明困极了,这一夜却睡得极不安稳,半睡半醒间仿佛还听到了一个陌生的嗓音。

"你果然没死。"那个嗓音低沉醇厚,显然是男声,"当年若不是她在你杯中下药,你又岂会被我一剑刺中丹田。"

接下来的话我已听不清,困意袭了上来,最后只依稀听铁柱兄说:"你掳走微嫺,就是为了引我过来?"

……

蜷在树杈上睡觉于我而言着实是个高难度的技术活,向来赖床晚起的我破天荒起了个大早,然而,懒腰还只伸到一半,便被呈现在眼前的景给吓傻了眼。

不为别的,只因此时此刻,九洲大陆第一美人宋微嫺正搂着铁柱兄的腰,哭得那叫一个梨花带雨我见犹怜,铁柱兄则一脸生无可恋地别开脸:"姑娘,你认错人了。"

"我不会认错,我又岂会认错。"宋微嫺声音里犹自带着哭腔,"你是不是还在怨我?怨我当年在你杯中下药之事?"

"咳咳……"看够了热闹的我寻了个空当,连忙插了句话,"姑娘,你真认错了人,他叫铁柱,可不是什么剑仙冷长书,是个卖狗皮膏药的落魄散修罢了。"

宋微嫺的目光顿时被我所吸引。

我趁热打铁,又接着道:"剑仙从来都是剑不离手的,你瞧他手上可有天光剑?"

宋微嫺一愣,又将铁柱兄细细地打量一番,方才擦干泪:"是了,你又岂会是长书,他练剑成痴,眼中只有那柄天光剑,纵然是睡觉,都要抱着那柄剑。"

铁柱兄像是松了一口气:"姑娘明白便好。"

宋微婳终于三步一回头地走了,我则倚在树干上打着哈欠。

驻足站在原地发了许久呆的铁柱兄目光突然瞥向我:"既知我非剑仙冷长书,你为何还要待在这里?"

我扶着树干,又打了个哈欠,声音不甚清晰地道:"不,不,不,我只是配合你骗宋大美人罢了,可没说你不是剑仙。"

他长叹一口气:"痴儿。"

魔尊姬薄雪

我早就认定他便是剑仙冷长书,本以为还要再纠缠上一段时日,他方才会承认,又何曾想到当日下午他便露了马脚。

我如同往日一般询问他接下来该去哪儿。

他却一反常态地道:"哪儿都不想去了,你乖乖回家吧,莫要再跟着我瞎闹。"

我跟了他这么久,好不容易才寻到一丝确切的证据,又岂会轻易离开。

我索性将话摊开了说,再也不跟他藏着掖着:"我知道你就是冷长书,昨夜我没睡着,听到了你与那人的对话,若没猜错的话,昨夜来找你之人就是魔尊姬薄雪吧?"

铁柱兄,或者该说是剑仙冷长书一脸无奈地望着我。

"你又何必这般执着?"

"何必如此执着?"我抿着唇,无声一笑,"你是神祇,是守护九洲大陆的剑仙,又岂会记得,有个曾被你救过的小姑娘一直等你。"

他却仍是摇头:"冷长书已死,而今的我不过是一介散修,并非你所等的那个剑仙。"

我不知他为何要这般说，明明冷长书便是冷铁柱，反之，冷铁柱也自是冷长书呀。

我这人向来倔，一旦认定了，死都不会改。

他却伸手揉了揉我的脑袋："你还小啊，有些东西，需再长大些方会明白。"

我不明白那些所谓的大人为何总爱用这种话来搪塞，从前我那风流老爹也是这般。

我偏头避开他的手："你其实也还喜欢着宋大美人的吧，否则又岂会为她做这么多？既然如此，你真要眼睁睁看着她嫁作他人妇？"

我等了很久都未能等到他的答复，半晌以后，只听"扑通"一声响，他竟毫无征兆地栽倒在地，嘴角蜿蜒着一丝血迹。

他的伤是昨夜添的，想必在我不知道的情况下与姬薄雪战了一回合，否则我又岂会大清早便瞧见宋微嫱站在他跟前。

替他诊脉的医师说，他身上不止那一处旧伤，共有十来处旧伤，其中最为致命的便是遗留在丹田上的那道剑伤，伤口上残留着魔气，日复一日消损着他体内真元，这样的他已无法修行，甚至连剑都无法再握。

也就是这时，我方才明白，他为何始终不肯承认自己是剑仙。

我一直都在追求真相，又岂料到所谓的真相竟这般残酷。

我甚至无法想象他究竟是如何度过的这十年，又有谁能承受得住这样的落差，直接从神位跌落到泥潭，怪不得……怪不得他一直喃喃地重复"剑仙已死"……

我的思绪犹自在飘飞，不曾发觉他已然转醒。

他散着发靠坐在床头，无悲亦无喜："现在你可明白了？"

大受打击的我呆呆地点头，复又喃喃自语："为什么会变成这样？"

"你都变成了这副模样，为什么还要送琦玉琉璃牡丹给宋微婳？是她害得你变成了这副模样，难道你就不恨她？"

"恨？"他缓缓扯开了嘴角，"又岂会不恨。"

"若无那刻骨铭心的恨又该用什么支撑着我活过这十年，那时的我一心只想着报仇，为了活下去为了复仇，我甚至曾沦落到与狗抢食，到头来还是当掉了天光剑才得以果腹保住这条性命。"

他像是突然之间就寻到了契机，一下打开了话匣子。

"当我为了活命而当掉天光剑时，剑仙冷长书就已经死了，活下来的，不过是一个被仇恨所支配的残骸，可那残骸却连报仇的力气都无，日复一日，年复一年，不停地看着自己走向衰竭。我也曾害怕，也曾抱头痛哭，直至最后方才发觉，比起复仇，我更想活下去，哪怕卑贱如蝼蚁，哪怕被所有人给遗忘，我也想继续活下去。"

我的心愿

不知不觉间泪水已蒙眬了视线，我泣不成声，抽抽搭搭拽住他衣领："既然你已经认了，可不许再反悔，不论你是剑仙冷长书还是散修冷铁柱，我都跟定了。"

他又一次露出了无可奈何的神色，在我面前，他似乎总是这般无奈。

我直接忽略他的表情，自顾自地说："十一年前，我娘病死不久，我那风流老爹便娶了第一房小妾，彼时的我咽不下这口气，趁着他们成亲，偷偷跑了出去，那还是我头一次离家出走，除却我娘遗留下的霜降剑，身上什么都没带……"

那件事距离现今委实有些久远，而今再回想起来，只依稀记得，我才出门不久便迷了路，哭哭啼啼抱着剑，一个人在街上游走，然后便遇上了携手与宋微婳一同游历人间的剑仙冷长书。

世人皆说宋微婳如何貌美，我却觉着在真正的谪仙冷长书面前，她的容貌就如同萤火之光，完全可忽略。

许是我那时哭得太过惨烈，以至于隔着老远便将宋微婳给吸引了过来。

她微微弯下身来，轻声询问我："小姑娘，你怎么了？可是找不到回家的路了？"

一听这话，我哭得愈发惨烈，一边啜泣一边道："我不要回去！我不要回去！"

听闻此言的宋微婳美丽的脸庞上露出了一丝无奈，她像是不知道该拿我怎么办，于是连忙朝仍站在远处的冷长书招招手："长书，你也过来想想办法呀。"

冷长书却是一来便被我怀中的剑所吸引，他道："霜降？果然好剑。"

宋微婳一脸嗔怪："你呀，你呀，真是满脑子都是剑。"

冷长书神色不变，又道："霜降乃简夫人之剑，若没猜错，这小姑娘定是简家大小姐简兮。"

这话着实叫人感到恐慌，我连连摇头道："不是，不是，你猜错了，我不是简兮。"

"是吗？"说这话的时候，他脸上已然带着笑，"那你是谁呢？"

我自打死也不愿承认，一嘟嘴，十分没底气地道："反正不是简兮。"

"这样呀……"他拉长了尾音，绽在唇畔的笑几乎要晃花了我的眼，"不如咱们来玩个游戏，若是你输了，便要乖乖回简府，若是你赢了，我便实现你一个心愿，你看可好？"

我本以为自己是个矜持的姑娘，到头来还是高估了自己，他话音才落，我便连连点头道："好。"

　　直至如今我都尚未弄明白，当日究竟是如何赢得了剑仙。
　　所谓的天意弄人便是如此吧，那时我尚未说出自己的心愿，我那风流老爹便穿着一身喜服匆匆赶了过来，再一回首，哪还有他的身影，耳畔只回绕着一个声音："小姑娘乖乖地回去，待我忙完了，再来简府替你实现那个未能说出口的心愿。"
　　于是我便真乖乖跟风流老爹回到了简府，一等便是四百六十七天，到头来只等到他葬身东海的消息。

　　他静静靠坐在床上，听我说那个在心中藏了十一年的故事。
　　我弯了弯眼角，定定地望向他："你还欠我一个心愿，我的心愿是，想要一直陪着你，和你一起仗剑天涯。"
　　他嘴唇微微嚅动，半晌，只道出三个字："傻姑娘。"

阿兮，对不起

　　他身上的伤一直不曾痊愈，却不肯静养，执意要与我行走天涯。
　　我与他朝夕相处三年，三年间去了很多从前只在传闻中听说过的地方。
　　三年后的一个雨夜，他的伤再次加重，我们不得不落脚停在一间偏远小客栈。
　　客栈里人影稀，桃花寂寂，他在房中沐浴，我在厨屋里帮店家酿酒。
　　第一炉酒才出锅，我便迫不及待地装了满满的一壶，捧在手心，想趁热端给他喝。

长风穿堂而过，四月里残留在枝头的桃花簌簌飘落，我捻起一片落在肩头的花瓣，踩着陈旧的木梯，步步上移。

才至转角处，便又听到那个不算陌生的嗓音，那个嗓音我分明是听过的，一时间却又想不起究竟是在哪儿听过。

阁楼上方有着片刻的沉寂，良久以后，我方才再度听到那个声音："我找了整整三年，才寻回你的剑，这次你定要好好握着，五日后，咱们东海之滨再战。"

我若是再猜不出这个声音的主人是何人，便真是个傻子，那不是旁人，分明就是魔尊姬薄雪呀……

无边无际的恐惧突然如潮水般涌来，我捧着酒壶的手开始抑制不住地颤抖着，不过须臾，又传来了长书的声音："你拿回去吧，我已没资格，再握这柄剑。"

有了这句话，我悬起的心又缓缓落了下去。

姬薄雪却全然不给他再解释下去的机会，他道："我已将你现世的消息公布天下，而今整个九洲大陆上所有的修仙者都知道，五日后剑仙与魔尊将有一战，你若是不来，一代剑仙可要沦为笑柄。"

没有人比我更清楚长书身上的伤究竟有多重，哪怕是承受骂名，我也不能让他去赴战。

思及此，我连忙提着裙摆冲了上去，推开门，哪还见姬薄雪的身影，偌大的房间里只余长书一人抱剑倚在窗上。

许是我的出现太过突然，他看我的眼神带着一丝迷茫。

我开门见山，直接与他道："你一定要去吗？"

我端着酒步步走近，目睹他的眼神一点一点暖起来。

他又是一声轻叹："傻姑娘，即便你有意隐瞒，我也知道，我这副身子顶多再撑个五六年。"

我顿时就慌了，语无伦次道："你既然都知道……又为何……为何不和姬薄雪说？他若是知道你的身子成了这样，定然不会再逼你了……"

他苦笑着摇了摇头："薄雪若这么容易被说服，又岂会堕仙成魔？他之所以变成这样，终究还是我的过错，当年既是我与微嫿毁了他，而今自得由我来补救，更何况，我是剑仙，剑仙的职责便是守护这九洲大陆。"

我不知他们当年究竟有何纠葛，也没兴趣去了解当年之事究竟孰对孰错，我只知，自己好不容易找到了他，定然不能眼睁睁地看着他去送死。

我气势汹汹地拽着他的衣领，眼泪还是不争气地流了下来："你说过，自你卖掉天光剑的那一刻，冷长书就已经死了！你说过，即便卑贱如蝼蚁也要活着！还有……你明明答应了我，要实现我的心愿，你这个骗子……说过的话怎么就通通都不算数了！"

"对不起。"他握着天光剑，眼睛里有我看不懂的情绪在翻涌，"阿兮，对不起。"

我是在那间桃花飘零的客栈里醒来的，听掌柜说，我睡了足足六日。

我的记忆只停留在他说对不起的那一瞬，再往后的事全然一片混沌。

剑仙冷长书与魔尊姬薄雪的那场对决已然落幕，有人在东海之滨捞起了姬薄雪的尸首，长书却依旧下落不明。

剑仙的传说，再一次被人提起，依旧有人坚信剑仙尚在人世，我亦是其中的一个。

半年后，我那风流老爹又娶了一房小妾，我再次趁乱翻墙爬了出去，这次再也没遇到那个恍若谪仙的大哥哥，也没撞上连夜翻墙来偷我家牡丹的铁柱兄。

后来，我去了很多地方，每个地方都有剑仙的传说，可是，我突然发觉，相较从前不染纤尘的剑仙，我更喜欢那个满嘴胡言、整日笑眯眯，却无人记住名字的冷铁柱。

同归

文/晚乔

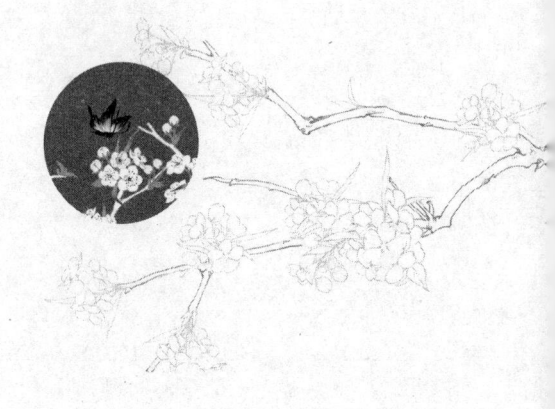

晚乔,小花阅读签约写手。
热衷于美食画画和文字,永远在刷游戏追新番和pr爱豆。
时刻都是奇怪的想法,惯于用意念和人交流。
一直做梦活在武侠世界里,开始以为正常,后来发现好像只有自己是这样,难怪和人讲话永远跑偏跟不上。
伙伴昵称:乔妹、仓鼠。
代表作品:《骄阳》《云深结海楼》《顾盼而歌》《妖骨》。

楔子

市井之中有许多传言,而其中最被人熟知的,就是七玄山那一段。

小姑娘仰着头:"爷爷,七玄山的故事,是不是流传很久了?"

"很久了。"

小姑娘摇了摇老者的袖子:"那爷爷,七玄山在哪儿?那到底是个什么地方?"

老者抚须,沉吟半响:"没有人知道它具体在哪儿,七玄山啊,是一个很神秘的地方。"

小姑娘亮着眼睛:"为什么呀?"

"那个地方,说着虚无缥缈,神话似的,可真要追究起来,却能和过往每一桩的武林秘史扯上关系。"老者一打折扇,"甚至还有人说,创建七玄山的人,便是最初的一代江湖人。"

"哇……好厉害!爷爷,等我病好了,我一定去七玄山!"

老者欲言又止,踟蹰许久,最终还是笑着摸了摸小姑娘的头:"好,等到时候,眉儿记得带爷爷一起去。"

"嗯!"

小姑娘重重点头,笑得一脸灿烂。恰时,竹篱外边探进的三两桃花轻轻晃动,合着街边小曲儿的节拍,一下一下点在春风里。

天光浅浅,花影脉脉。

我自七玄山而来,到这里看一眼,什么叫作江湖

轻眉望着火把边,头发里还夹着几片落叶的少年,满眼都是不可思议。

"你方才说什么,再说一遍?"

"我说。"少年加了重音,一字一顿,"我叫叶星来。"

轻眉摆摆手:"后面那句。"

少年想了想,觉得她问的应当不是自己道谢的那句话,于是自动跳过。

"是不是'我自七玄山而来'?"

轻眉声音轻轻,跟着少年重复着他说的话,反复好几遍之后,终于像是想到了什么。

"所以,我没有听错,你真是七玄山来的?"她轻声嘟囔,可没念几句就一脸怀疑,"你说的,是传说中的那个七玄山?数字七,玄乎的玄?"

对着月光仔细抠干净袖子上半干的泥,叶星来转向轻眉:"我不知道什么传说,这字倒是对的。"

少年一身青衫被风尘污成土色,脸也是灰一块白一块,眼睛却亮,像是漫步在密丛中的初生小豹,跃跃欲试,对什么都新鲜。

"你知道七玄山?"叶星来刚刚问出这个,很快又被什么吸引了注意,"你脖子上这是什么?是不是弄脏了?"

轻眉不答,只是略有怀疑地打量满身狼狈的少年:"吹吧你,七玄山的人能掉到猎野猪的陷阱里?能被这个网绳兜半天?"她说完便蹲下身去拢摔散的柴火,眼睛都不抬。

叶星来明显被哽了一下,支支吾吾着道:"师门里没有这种东西,我以前没见过。"

"就当你是没见过,但这网不过粗绳所编,你逃不出来?"

他老老实实回答:"倒是能出得来,拿剑划开就好了,可万一我把这个划破,给人家添了麻烦怎么办?"

将地上散着的柴火捆好,轻眉费力地将它背起。这时,正巧他将话说完,于是她微微驼着背斜望过去。半是不信,半是期待。

"那……你真是七玄山中人？"

叶星来显得有些困惑："莫非，师门在外有很多人冒充吗？"

轻眉若有所思："说的也是。"

谁会这么大胆，闲着没事不怕死，冒充七玄山来人呢？

"好吧，就当你是了。"她说着，又望他一眼，"你没地方去？"

"也不是，只是这一块地形复杂……我似乎是迷路了。"

轻眉话题转得飞快："看你这般模样，从小到大没出过门似的。既然如此，你为什么忽然离开七玄山，自己出来？"

这一次，叶星来沉默了一阵："我自幼习剑，却是只懂招式，不懂剑法，怎么也参不透下面的阶段，为此停滞许久。于是，师父叫我出来看看，说等我回去的时候，或许就懂了。"

轻眉摸摸鼻子，她其实不懂招式和剑法有什么区别，可她从小到大，最擅长的就是察言观色。而经过方才的观察，她觉得叶星来没有说谎。

思及此，轻眉转了转眼珠，终于露出见到叶星来以来的第一个笑。

那个笑容灿烂又明澈，好像之前以为自己捕到了猎物、匆匆赶来却发现网兜里是个人的那份失落不曾存在过一样。

"既然如此，你便先来我家吧，我收留你！"

大概是在她之前，他从没见过能变脸变得这么快的人，于是叶星来微微一愣。

"这，这会不会有些不妥……"

"没什么不妥的！"轻眉应得飞快，她忽然凑近叶星来，"只是，作为交换，你剩下的路要带我一起走。怎么样？"

启程

　　轻眉说着收留叶星来,其实并没有收留多久。
　　倒不是他赶时间想走,反而是轻眉,她起初为了和叶星来混熟,于是带着他到处乱逛,带他折花喂鱼,带他打猎烤肉。
　　如此这般,在她的刻意而为之下,他们终于变得熟悉亲近。
　　可凡事有利有弊。比如现在,轻眉眼看着叶星来对这儿的一切越来越感兴趣,生怕他再玩下去就不走了。毕竟,根据叶星来所说,他其实没有具体要去的地方,在哪儿待着都是待着,只要能体验和从前不同的生活就好。
　　而现在,他明显是玩上瘾了。
　　对此,轻眉表示很担心,于是每日一催,终于催动。

　　站在木屋门口,叶星来似乎还有些舍不得。
　　"现在就走吗?"
　　"不然呢?"轻眉蹲在树下埋酒,"每天都这样做着一样的事,有什么意思?"
　　叶星来想了想:"其实挺有意思的,这一路走来,就数这里让我觉得最有意思。"
　　轻眉背着他翻了个白眼,语气却放得很轻很温和:"那行,等你带我去外边走一趟,我们再回来,到时候我继续带你玩。"
　　叶星来道:"可师父说,若真要进入江湖,便多是回不去的。"
　　轻眉踩实了土,转身。
　　"你进入过?"
　　叶星来老老实实地摇头。
　　"既然如此,如你所言,七玄山便是你的来处。那你这次下来,还会不会回七玄山?"

"当然。"

轻眉拍了拍他的肩膀:"所以你看,回得去的。"

叶星来想了好一会儿,怎么都没想出反驳的话,于是似懂非懂地点点头:"似乎你的话也很有道理。"

轻眉趁机贴近他:"那么,你到时候会带我去七玄山吗?"

叶星来佯装没有听见,往树下望了一眼。

"你在这里埋酒做什么?"

轻眉撇撇嘴,却最终没有追问。

七玄山在哪儿,除了山内之人,没人知道。可想而知,那个位置应该是个秘密。所以她只是偶尔会与他念念,却不会念得太多,让他戒备。

她想,只要自己跟着他,总能知道一些什么,总有机会去到那个传说中的地方。

想到这儿,她重又兴奋起来。

"你懂什么?这是一个仪式!等我们再回来,肯定就不会是如今的我们了,到时候,这坛酒也酿得香醇。我们会坐在那个屋顶上!"轻眉说着,扬手指向不远处破了个洞的屋顶,"回想曾经,然后三言两语就道尽大家看不懂的东西,边说,边喝一口酒,特别帅!"

这段话里有太多漏洞,其一,他们未必能走到她所想的位置;其二,他们现下虽在一起,却到底是殊途,他将来未必会和她一起回来这儿。

叶星来听得无奈,可一转眼,看见她弯着眼睛那副向往的样子,又笑了出来。他点点头:"好像很有意思。"

"会特别有意思!"

轻眉握着拳头,心道,如果能在这旅程里,再加入一个七玄山……那么,这里边的意思,估计会大到想不到。她幻想着,胸腔里满溢热血,一滚一滚冲击着,单是想到从前看过的话本里那些地方,自己也终于要去了，便觉得笑意抑不下去。

江湖啊，真是很令人期待的。

不散

从某种角度上来说，轻眉和叶星来其实有些相似。

叶星来未曾离过山门，而轻眉没有出过村子。

"既然对外边这么好奇，你为什么从不出来？"叶星来忽然问道。

轻眉不是什么胆小的人，他也看得出来，她对这外边是有多向往。那村子里留守的人不少，可许多年轻人都选择了离开，其中女子虽然少些，却也不是没有。

然而，轻眉不是其中的一个，这实在让人想不通。

她含含糊糊地摆手："反正是有原因的嘛。"

"什么原因？"

轻眉扬头："干吗，想当免费的话折子听？"

叶星来道："我不是这个意思……"

"我倒不是介意说这个，反正本来也没什么别的原因。只是啊，你下山不久，还不晓得人情世故，我不得不提醒你几句。"她说得语重心长，"姑娘家的事情，你一个大小伙子还是少打听的好，不然，人家还以为你看上她了呢。"

叶星来一下子不说话了，可轻眉从来大大咧咧并没有发现他的异常。

或者说，不止没发现，还很快就被前边的人群吸引了目光，飞快地往那儿走去。

"麻烦让让，让一下……"

轻眉仗着个子小，一下挤进人群，却留了叶星来在外边。

然后，她对着眼前挂满红绳的树，有些疑惑："这是……"

女子回头望她："姑娘可是外地来的？"

"正是。"

"这便难怪了。"那女子掩唇轻笑，"这是我们这儿最有名的姻缘树，传言，它是月老留在人间的。不论你对于姻缘有何祈愿，只管写在红绳上抛去，便能够实现。"

轻眉惊奇："这么灵的吗？"

"姑娘不妨试试？"女子巧笑，"这儿每年只开放两次，多少人赶都赶不来，姑娘能遇上，说不准还真是缘分。"

"算了，我没有什么心上人，也没什么好写的。"轻眉兴致缺缺，却不想，那姑娘一个劲儿与她推荐。到了最后，架不住那姑娘的热情，她只得提了笔，在红绸上比画。

然而，比画半天，她也没想到有什么能写的。

倒不是真的对姻缘没有指望，这个年纪的女儿家，有几个是毫无幻想的？只是……

轻眉抿了抿嘴唇，止住思路，轻轻摇头。命里无时，还是莫强求了。

她从来都是豁达的性子，没纠结多久，很快便释然了。

最后落笔，她留下的是一句与姻缘毫无关系的"江湖不散"。

轻眉将布条卷好，并没有注意到朝她走来的叶星来。

"这是什么？"

好不容易挤进来，叶星来望着轻眉手上的红绸有些莫名。

而她晃晃红绸，神秘兮兮："一个愿望。"

"是什么？"

"江湖不散。"

叶星来一怔："你不知道，愿望这种东西，说了就不灵了吗？"

"反正这儿本也不是许这样愿望的地方。"轻眉道，"不对啊，要是这样，那你问什么？"

"我……我不知道你这么干脆就说了。"

轻眉眨眨眼："那你猜我是不是骗你的呢？"说罢，没有理会叶星来的凌乱，她转身就把那红绸抛上树去，继而拍拍他的肩膀，"走吧。"

对于轻眉而言，这个愿望其实不过随便写写，没指望过实不实现。会这样动作，不过是为了不辜负他人热情。

却没想到，今日的这一随笔，竟真成了她日后最大的期盼。

策马同游，江湖不散。

他似乎悟出剑中杀意了

兴许是七玄山的传说太广、位置太高，作为从小听着这段故事长大的孩子，忽然有一天，遇见一个自称打那儿来的人，就算再怎么兴奋新奇，也不会因为一句话便全信了他。

譬如轻眉对叶星来。

可她还是跟着他走了。

"所以，照你所说，你那时候其实是不信我的？"叶星来坐在地上烧着火，"既然你不信我，为什么跟着我？你就不怕我是骗子？"

"错！不只是当时不信你，就算是现在，你的来处我也仍保持怀疑。只不过你也不像个骗子，嗯，有些地方还是能信一信的。"

"那我是不是要感谢你怀疑之外的信任？"

"不客气！"轻眉嘻嘻笑，心道骗子才需要机灵呢，哪有做事这么一板一眼的？

柴火堆里迸出一颗火星,亮亮地落在她脚边,又很快灭去。叶星来的目光从那点火星转到轻眉的脸上,看见的是一脸无谓和她唇边总带着的笑意。

轻眉对什么都是这般模样,很自信也很无赖,看着谨慎麻利,其实并没太多警惕心。

"你啊,实在是很好骗。"他由衷地感叹。

轻眉眼睛一斜:"谁说的?"

"不然你为什么跟着我走?"叶星来说完又指了指四周,"而且,我把你带来住在这里,你也毫不怀疑、不怕什么。"

这是一座破庙,四处漏风。

他们并非没有钱住客栈,然而傍晚时候拐错了路,走到了这么个偏僻的地方,前不着村后不着店,只好窝在破庙里凑合。

而轻眉闻言勾唇。她有什么好怕的?反正活不长。

她低头,似乎无声嘟囔了句什么,叶星来没听清,一个代表着疑问的单音刚刚出口,就听见轻眉出了声。

"因为我不会武功啊。"轻眉理直气壮,"但我又想出来看看,自然得扒着一个会的,这不,当时你就这么送上门来了嘛。"

叶星来觉得她有些答非所问,却也顺着她改了话题:"那万一你没遇到会的,真就不出来了?"

"也未必。"轻眉拿着木枝翻火堆,让它燃得更旺些,"虽然在哪儿死都是死,但比起一辈子待在那儿寡淡过活,还是出来走走看看更好。"

常年在外漂泊的人,都会很忌讳"死"字,可叶星来却听轻眉念过好几次,每次都提得轻轻松松,完全不放在心上似的。他刚想就此说些什么,却忽然听见门外响动。

"你怎么了?"轻眉见他凝神,好奇问道。

"嘘……"

习武之人的感官从来都比寻常人更强一些,尤其对于兵刃的声音,最为敏感。叶星来皱了眉头,飞快起身将火踩灭,接着一把拉起轻眉。

"走。"

轻眉虽然不知道发生了什么,却被他的情绪感染,也紧张起来。

却没想到,他们动作明明已经那样快,却还是没走得掉。

遇见那伙持刀的人,是在他们从后窗越出的不久之后。

彼时夜深露凉,那伙人带着满身血气,刀锋未拭,就那样站在那儿,惊得轻眉差点叫出声来。

被叶星来护在身后,双方僵持许久,轻眉终于鼓起勇气,颤颤探出半个身子。

她瑟瑟地问:"你们……你们是要钱吗?"

那边为首的人轻笑一声:"是。"

轻眉稍微松了口气,对方人多势众,又是这般万事不惧的模样,着实危险。但若能破财免灾,那便最好不过了。

她扯扯叶星来的袖子:"快把钱给他们。"

"不必。"那边为首的人再次开口,"你们死了,身上的东西不就都是我们的了?"

这是一群悍匪,而悍匪和劫匪的区别,在于劫匪不取人命,而他们却不在乎。

叶星来明显感觉到抓着自己胳膊的手一紧,他抽神拍了拍轻眉的手:"别怕。"

在双方对峙,尤其是这种己方明显弱势的情况下,分心是大忌。叶星来不是不知道,却还是回头安抚她。

这样的动作，轻眉觉得感动，那群悍匪却视其为挑衅。

那带头的一个眼神示意，匪群立刻动了，他们抬手，刀锋微寒，映着月光一闪，齐刷刷送向叶星来。

暗色里，叶星来的脸被刀光映得发亮，平日里平和无害的眼神在他拔剑的那瞬间陡然凛冽起来。

揽着轻眉，叶星来足尖一点借力落在另一边，躲开刀锋，接着送出长剑，顷刻挑飞匪头手中长刀。轻眉大抵是怔住了，也不知道反应，只是这么看着，也不知看了多久，脸上忽然感觉到些许温热。

她抹了一把，是血。

身边人的血。

"你没……"

还没问出口，就听见叶星来一声闷哼。

轻眉眼看着他拿剑的手被长刀划过，心底猛地发紧。

倏地，叶星来咬住下唇，再次借力一跃，轻眉还没反应过来是怎么回事，人就已经被放在岔路口了。随后，叶星来反身对上追来的人，刀剑碰撞中抽空对她吼道："走！"

夜色里，他染血的脸有些模糊，叫人看不真切，但那声音却清清楚楚响在她的耳朵里。

这一瞬间，轻眉的脑子里忽然闪过一个想法——

或许，最好的江湖不是当你修习到武艺精绝、无人可敌，而是在你什么都不会的时候，有人愿意持剑挡在你的身前，即便被置身险地也还是义无反顾，拼命护住你。

"你还磨蹭什么！"

叶星来的招式明显迟缓下来，却仍是回头对她喊道。眼睫一颤，在叶星来喊出这句话的同时，轻眉的指甲陷入掌心。她心一沉，飞快转身离去。

兴许是跑得太快，轻眉踩到什么尖锐的东西，脚下一瘸，可她牙齿咬得死紧，一步都没停，跑久了，那风刮在脸上都有些发疼，但就算这样她也还是一点没有减速，不停地朝着前边跑。

另一边，感觉到轻眉离开，叶星来又抵了一阵，估摸着时间，觉得她应当跑远了。不知道为什么，他松了口气。可在这样的节骨眼上松气并不是一件好事。打斗之中，很多时候，放松便意味着放弃。

叶星来手上一麻，缠斗许久的疲惫感涌上来，他身手渐缓，很快不敌。

恰时，身后夹抄的人自他背部送来一刀，叶星来勉力躲开了这招，却没躲得开掷向他的那柄冷刃。腹部一痛，他的意识忽然有些模糊。

许久之后，每每回想如今，叶星来都会觉得，倘若那时候，他没有听见马蹄嘚嘚、没有听见她的声音，或许真的就倒下了。

可偏偏她回来了。

"叶星来……"

马蹄声自远而近，叶星来抬头，便看见一个逆着光的身影向他而来。他脑子一浑，此时浮现的唯一想法，竟是惊奇——原来她会骑马。

可惜，事实并不如他所想。

轻眉从小在山村长大，会打猎、会摸鱼，偏巧就是没碰过马，甚至连马绳都抓不牢，只晓得死死拽着马鬃。于是，在她将闯进他视野的时候，那马儿终于受不住疼，狠狠一颠，将轻眉摔了下来。

就是这个时候，叶星来以剑撑地，借力弹起，以极快的速度在轻眉落地之前接住了她。

而那马儿算是她从山下偷来的，这一路又被赶得受了惊，此时无人掌控,也就发狂似的乱冲起来,将那悍匪都冲得一散。

"走!"

这一次,叶星来没有推开她,而是带着她朝着来路奔去。他的脚步极轻极快,像是被逼到绝境之后忽又瞧见前路、燃起求生欲的人,身后发生了什么都顾不上了,只没命似的在跑。

可那群悍匪都是丧心病狂的人,戾气极重,吃不得亏,即便被冲撞慌乱,又哪里会这么轻易放过他们?于时,有几个人跳脱出来,毫无章法,挥刀便砍。

叶星来一心离开,没有注意,可轻眉却时刻关注着身后动静。她转头,正巧被刀芒晃了晃,而后下意识便是一个侧身,挡在叶星来的身后——

那是一柄长刀,不同于剑刃轻巧,它很重,砍在人的身上,就连骨肉分离的声音都格外大一些。

手上抓着的人一沉,叶星来刚刚回头便瞧见这一幕。

脸色霎时苍白。

叶星来之所以会离开师门,是因为过往太过平顺,没有足够支撑他进阶的经历,再加上他从来温吞,习的多是君子诀,这样下来,便更加难以领悟剑意杀招了。

然而,却在此时,他握剑的手陡然发紧。

再次抬眼,叶星来眸光一凛,周身气势忽变。

他似乎悟出那道剑中杀意了。

我们应当也算生死与共了

直到许久之后,叶星来依然记得那个晚上。

厮杀过后,空气中的血腥气重得盖满了他们一身,仿佛能凝成实体。而他背着她,一步一步走在山间小道,强撑着和她说话,怕她睡着。

可是,在那样的情况下,叶星来实在想不到什么话题,说得越多便显得越乱,到了最后,他沉默一阵,语气也严肃起来。

他问:"你回来做什么?我们并不是那样过命的交情,你应该走的。"

"那你为什么护住我?"轻眉在他的背上趴着,气若游丝,却还在笑,"你也说了,我们不是过命的交情啊。"

叶星来抿唇不语。

"不过,虽然从前不算,但现在我们应当也是生死与共了吧?"

她刚说到这儿,无意又牵动伤口,疼得倒吸一口冷气。

叶星来急忙回头看她,不想正正对上一双眼眸。轻眉见他回头,强忍疼痛,硬撑着笑了出来。

那时,她的脸色和嘴唇都很苍白,眼睛却亮,亮得让他不禁想起与她初遇的时候。

叶星来其实很怕麻烦,也不那么喜欢与人久处,尤其是陌生人,毕竟与人磨合是很累的。所以,他走了一路,也曾遇见过聊得来的,却没有选择和任何人同路。

很难想象,这样一个人,竟会答应带着一个萍水相逢的姑娘,往他都不知道的方向走。

这么说起来,或许有人不信,但在看见那个笑的时候,他是真的忘记了拒绝。

叶星来含含糊糊:"算。"他停顿了一会儿,终于想起回答她前边的问题,"我既然答应带你上路,自然是要护你安好的。"

没有察觉到他心里的纠结,轻眉只是疲惫地应了声:"嗯。"

"你别睡!"

轻眉抖了抖眼皮："好。"

在这之后，又是一些没有意义、无聊的对话。

山路很长，很是难走，叶星来背着她从天黑走到天亮，走得露水湿了衣摆，走得自己的伤口与衣服结在一起，走得他几乎以为自己也要倒下了。

走到那个时候，他才终于寻到一家医馆。

他依稀记得，自己是在与医馆老人交涉清楚之后才倒下的，然而，倒下之后的意识便再不清楚了。等到再次醒来，便是三天之前。

然而，他已经醒来三天，轻眉却是从进来一直昏厥到现在，迟迟未醒。

三天，不长。

可没有她的三天，却足够让他看清楚一些东西。

那是在叶星来恢复意识的次日，午后，他因轻眉未醒而心气不平，于是出门散步。在路过街角的时候，他看见一朵生得艳丽的花，虚了虚眼。

而就在那时候，他听见自己心里的庆幸，有一个声音在说"这朵花儿开得真好"，还有一个声音在说"好可惜，她看不见"。

在这两个声音响起那一刻，他感觉脑子一蒙，然后便清晰地听见内心传来的第三个声音——

完蛋了。

那份一直深埋的情愫，像是终于得到认可和应允，合着阳光雨露，飞快生长扎根，不一会儿便满布开来。而叶星来，除了接受，竟是毫无他法。

不过也不需要什么其他办法，喜欢就是喜欢，没什么好不认的。

更何况她这样好,唯一不好的,只是不肯醒罢了。

这是有多急

轻眉做了一个梦。

梦里,她身负长剑,走遍山山水水,路上遇到的每一个人,都会恭恭敬敬和她问一声好。那个世界里,她成了真正的女侠。

这是她年少时的幻想,曾经,只是想想都开心得不得了。

可当她在梦中真的得到这一切,却又失落起来。

站在湖边,轻眉忽然想起离开村子之前,身边的那个人——叶星来。

她往湖里望了一眼,水面无波,平静地映出那双蹙着的眉。

或许,江湖中最好的时候,不是在你什么都不会的时候,有人愿意为你以死相护。而是在你功名渐成之时,那人还在你的身边,从始至终,将你呵护备至,共你生死不离。

可那人为什么不在了?

深吸口气,轻眉喃喃念着什么,出口,竟是他的名字。

"叶星来……"

这声音很轻,伏在榻边浅眠的少年却被炸得一个激灵醒过来。这几日他有过太多次幻听,可即便如此,他还是会有这样的反应。

"我在,我在这儿,是你醒了吗?"

榻上,轻眉的眼皮微动,接着是手指,再是手臂。而她每动一下,叶星来的心就纠紧几分,直到她睁开眼睛——

"你醒了?"

叶星来的声音很轻,带着些许不可置信。

"嗯。"轻眉的声音很哑,说不出话。

可有回应就够了。

叶星来猛地从地上弹了起来，箭一般飞蹿出去。速度之快、动作之急，让刚刚醒来的轻眉都有些回不过神，只能听见他慌乱喊着"大夫"，然而看着他落在榻边的剑默默无语。

轻眉还记得，叶星来曾同她说过，作为一个剑客，剑是很重要的，重如生命。

想着，她轻笑一声。

连命都不要了，这是有多急？

命里无时，我偏要强求

轻眉不知道叶星来在自己昏迷的期间经历了些什么，却明显感觉到，醒来之后，他对自己的态度有些不一样了。虽然从前他就对她很好，但现在的好却比之前多了几倍不止，甚至可以用小心翼翼来形容。

这很奇怪，她有些不解，但不解之外，更多的还是欢喜。

兴许，他对她的好，和她的心情是一样的呢？

轻眉这么想着，刚刚笑出声来，不一会儿，又瞥见铜镜里映出的影子。她一滞，抚上脖颈处，接着扯开衣领，低头。

入眼之处，她正看见由心口一株血色藤蔓向着上边蔓延。这个痕迹，在遇见他的时候，她还能用衣领遮住，可现在，它竟已经长到脖颈中段了。

她一默。

这是轻眉从出生起就带着的痕迹，收养她的爷爷曾对她说，这是病，而但凡是病，便都能治好。然而，她信了许多年，却又在后来的一天得知，这不是病，而是一种蛊。

自她出生起便附在身上，任何医者都解不了的蛊。

说来讽刺，这种蛊很难解，真要根除，需远赴苗疆，路途艰险不说，还未必真能求到。可它又有一个漏洞，堪称是此蛊最方便的解法，那便是生一个孩子。孩子出生之后，蛊虫会从母体脱出，直接附着到新的生命上去。

轻眉的出生就是因为这个，而被遗弃，也是因为这个。

不是不曾恨过的，也不是没想过去找她的父母。可那都是小时候的想法。后来的很长一段日子，她什么都不愿意想，甚至连死活也无意多想。嘴里念着的都是顺其自然、随遇而安，命里无时莫强求。那段日子，她总靠着话本子转移注意力。

而她看得最多的话本子，便是关于七玄山的。

那些传说多是编的，大家都是当故事听，就算沉迷也不会过多相信，因此，认识她的人大都不解，她怎么会对七玄山有这么大的执念。

只有轻眉自己知道，那其实不是执念，只是，如果没有一个可供转移注意的目标，她便真的太压抑了。于是面对村人的疑惑，她大多时候都散漫着不回答，那般事事不挂心的性子或许也就是这么养成的。

从前对什么都无意，却是现在，她想争取一次。

就算是勉强，就算是强求，就算希望真的很小。念及于此，她心下一定，是时候离开了，为了能够好好回来。

她从前什么都不在乎，然而不同以往，现在她有了舍不得的人。

舍不得，却不敢说，很难受的。

与此同时，买完吃食往回走的叶星来接到一封书信。

他盼了这回信许久，接到之后，拆开之时，心里是控制不住的紧张。这是七玄山的回信。

叶星来不瞎,他看得出轻眉对七玄山有多向往,于是在她昏迷之时,他便修书一封回七玄山,为的是想带她回去,可得到的回复却与此无关。

信上只四个字:变乱,速归。

七玄山当然没有话本上那样强大无敌,作为一个门派,它也有许多问题,和所有的门派在本质上都没什么不同。

唇边的笑意顷刻凝结,顿了许久,最终淡去。

分别

有那么一种意外,叫命运的分歧点。

若真要这么说,叶星来和轻眉,他们的分歧点,大概就在这儿。

她欢喜他,然她身中蛊毒,一日不解,便一日不能与他在一起。而他亦然,但他首先是七玄弟子,其次才是叶星来,他有自己的责任。

两个人,两条路,一样的凶险。

可惜,这样的事情,她不能说,他也不能。

感情这种事,总是旁观者清,虽然他们从未明说过,但医馆的大夫早就默认这双小儿女是一对的了。然而,次日,不知为何,两人同时拜别医馆,走的却是相反的路。

只是,在分别之前,他们在距离医馆不远处的柳树下相对许久。

大夫年纪有些大,听不见他们说话,只是自己默默捣药。

而轻眉朝那儿望了一会儿,回过头冲着叶星来眨了眨眼睛:"大夫听不见吧?"

"你有什么不能让他听的?"

"对啊,有些肉麻话,不好意思让人听。"

叶星来挑眉:"比如?"

"比如,现在还没分开,我就有些想你了。"

叶星来笑着摇头。

轻眉一脸懊恼:"只可惜我现在还有事情需要做,你也有……嗯,你这么神秘的吗?都不告诉我要做什么。不过,我也不好告诉你,这算扯平了。"她歪歪头,"但我们再见的时候,我会告诉你的,到时候你也告诉我好不好?"

"好。"

"如果你回得早了,记得等等我啊。对了,你也还要到处去走的吧?我记得你说下山就是游历的。那等我做完了要做的事情,我们一起走呀!"

"好。"

"嗯,时间这种东西真是难得预计,所以不管谁先,我们都约在我的小木屋吧!"

"好。"

轻眉本说得兴起,却在这时又沉了沉:"可是,如果太久了,也就别等了。"她一顿,"其实我很没耐心,又总是喜新厌旧……如果我在外边被什么迷住了,这真是不好……"她打着哈哈,"但那也不一定不是?"

她吞吐良久:"不如这样吧,三年,小木屋之约只定三年。三年之后,我们不论是谁没回来,都不要再等下去了。好不好?"

轻眉说完,小心翼翼抬头,正巧捕捉到叶星来眸中闪过的几许复杂。

接着,他说:"好。"

那一日,她说了许多,而每一句话之后,他给她的答案,都是好。

他们其实都知道，很多时候，他们说的"好"、他们许的诺，是不作数的。他们其实也知道，冥冥之中，命运最大。

他们都知道，许多事情、许多打算，都不是自己说了就能算的，却还是这么说。

说不定呢？

尾声

三年前，五派围攻七玄山的那一次在当时很是轰动，毕竟，在某种意义上，七玄山的消失也代表着一个时代的没落。故而，江湖之中、市井里边，无人不知。若真说哪里消息来得慢些，那应该就是西域了。

牵着马走在长街之上，女子重归故地的喜悦，在听见传言的这一瞬间化为灰烬。

时间匆匆而过，什么话题，说了两三年，都会厌的。因此，轻眉一路走来，直至路过这个酒肆，才第一次听见这个消息。

匹夫无罪，怀璧其罪。七玄山的确没有招惹过谁，可总有许多人想借它扬名。那些人想要证明，没有哪个人或者哪方势力是可以永永远远稳坐神坛的，他们成功了，建立在七玄山灭派的基础上。

"你方才说，七玄全门誓死守山，一个也没出来？"

黑衣大汉望着不知从哪儿冒出来的莫名女子，咽了一口口水："对啊，咋了？"

"谁说的？"

"这个谁都知道啊，事情都过去这么久了……"

只这一句，之后的那些话，轻眉再听不进去。

她失神地回身跨马，一扬马鞭朝着某个方向飞奔而去。

这里离小村不远，真要赶路，不消一个时辰就能到，只她近乡情怯，才会停下来，想歇一歇。

但如今她等不住了。

轻眉想，叶星来一定在那儿等她，一定。

这三年，她从中原行至西域，途中历经种种，学会许多也有过失去，万般惊险之下，好不容易才活下来……

他怎么能死呢？

一路上都在这么胡乱想着，马蹄踏过草地、踏过枯枝，一路奔波，扬起数道尘灰。最后，终于停在一处木屋之前。

在翻身下马的那一刻，她几乎以为自己产生了错觉。

轻眉一步步走向院内，一步步走向站在那儿的人。

原以为很快就会再见，一个转身却过了三年。三年的望穿秋水，一千多个日日夜夜。三年后，她好不容易回来，却得知了那样的消息，以为再不能见，可此时又见到了。

"你为什么这副表情，是不是听见了什么传言？"叶星来笑笑，"你该知道，传言多会夸大，不可信的。"

轻眉望着他，忽然觉得鼻子有些酸。

"我正好煮了粥，还是温的，你看上去很累，正巧歇一歇……"

叶星来话还没说完就被扑了个满怀。

轻眉将头埋在他的肩膀上，是这时候，她才发现，叶星来并不如表面上那般淡然，他的身子一直在发颤。他并不比她好多少。

她的声音有些闷："真好，我们都还活着。"

叶星来紧紧拥住她。

是啊，真好。

偌大的江湖，刀光剑影。

经年不见，彼此还活着，真是很好了。

叶星来说的传言夸大，说的其实没什么，都是安慰，事实上，七玄山那次是很凶险的。他们剩下的弟子都是好不容易才从生死线上挣脱出来。离开、养伤，与师兄弟们分别，直到伤养得差不多，他才敢动身来这儿。

叶星来，他其实也没到这儿多久。

如果说那次大战，叶星来在疲惫至极的时候，还有什么信念，那应该就是轻眉了。当时，他确实差点就死了，但他怕她等久，怕她找他，怕她又摔下马来，没人接住。

只是，这些他是不会说的。

那些会让她担心的事情，那些过去，那些他自己想着都胆战心惊的东西，全都没有必要说。若真有什么要说的，那便只是心意了。

他们分开那么久，他在心里攒了许多话。

而那些话……

他大概需要对她说一辈子。

年年有我，岁岁与她

文/打伞的蘑菇

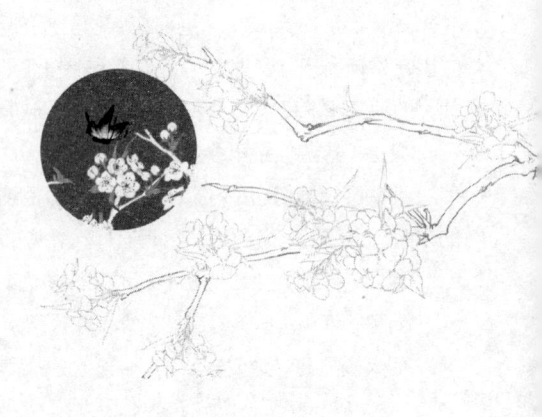

打伞的蘑菇，小花阅读签约写手。
喜欢一些莫名其妙的东西并且致力于"带偏"周围所有朋友的审美，擅长一本正经地"胡说八道"。是一个梦想有一天能考到蘑菇鉴定资格证，做世界的蘑菇王的人。
代表作品：《春迟》《深爱如长风》《四海为他》《小幸运》《春风集·我愿人长久》《仙泣》。

壹

唐叶城有一个传说，每逢三月三的日落之时坐在城门口的大榕树上许个愿，睁开眼就可在城门口看见能帮自己实现愿望的人。

这自然是无稽之谈，甚至是城里人为了社交想出来的噱头而已。

可是偏偏就有人信了。

衣袂飘摇，仙风道骨的年轻道士崔置站在树下，抬头看着树上鹅黄色薄衫的姑娘，说："凌鱼，你有什么愿望告诉我啊，我帮你实现，犯得着爬那么高吗？"

树上半天一阵窸窸窣窣的声儿，动了动又不动了，随后传来少女清脆的声音，说："要你管，给我一边儿待着去。"

崔置乖乖地待了不大一会儿，又回来喊："你别是愿望许太多了，神仙听完都觉得你烦。你跟我讲，讲一辈子我都不觉得你烦，指不定还——帮你实现……"

"你话怎么这么多啊，当道士的不都一句话说半头儿让人捉摸不透，就你一句话恨不得说成三句话……"

话音未落，只见城门口进来一群人，从衣着打扮上很明显就是恶霸了，手里的棍子得有凌鱼的胳膊粗。

崔置一凛，气儿都不敢出，树上哪还有声儿啊。

他悄悄地瞥了树上一眼，只听他们走过来骂骂咧咧地说："一个姑娘家虎气生生地闹眼子，得亏跑得快，不然我不打女儿家的名声得被她毁了。"

崔置心里算是明白了个大概，虎气生生这个词儿挺好的，说的怕不就是凌鱼。

正这么想着，恶霸走过来一把抓住他的衣襟。

崔置一惊，还没准备好，这会儿就迫不得已直视恶霸的鼻孔。

恶霸声音粗浊，问："小道士，你看见一个穿黄色衣服的女孩没有？"

果不其然！

怪不得凌鱼爬到树上不肯下来，原来是被人追着打到树上的？

崔置毕竟只是一个岁月无波澜余生不悲欢的小道士而已，这会儿不仅得帮凌鱼打掩护，还得捋着恶霸的毛，说："大哥，你怕是不知道吧，我就是个算命的……我……"

"瞎子？"

崔置话还没说完呢，这会儿还被人先入为主了，心里的火噌噌噌地燃烧，谁说算命的就是瞎子了？他咬咬牙，愤愤不平，说："是这样的大哥，我瞎所以我没看见。"

说完眼神变得空洞无比，仿佛真瞎。

可是余光里却倒映着那棵枝繁叶茂的参天大树。能怎么办，凌鱼哪一次惹事不得他装神弄鬼解决问题，这会儿只得重操旧业，说："大哥，我虽然看不见实，但我能见虚。"

"啥？"

凌鱼擅打架斗殴，崔置擅故弄玄虚。

他继续说道："你怕是不知道吧，我云游四方，只为碰见有缘人度他一劫，今日有幸碰到大兄弟，怕不是天意。我看大兄弟印堂发黑，双目无神，怕不是沾上了什么不该沾的东西。"

恶霸成功地被绕傻了。

崔置便趁热打铁："大兄弟，不如我们找个地方坐下来一谈，我有些天机想与你说。"

"不是说天机不可泄露的吗？"

"所以我这不是以一双眼睛作为代价，给你露天机来了的嘛。"

"真的？"

大概是干恶霸这个职业的，平时坏事做挺多，怕报应，所以这会儿半信半疑地松了手，就这么被崔置牵着鼻子走了。

崔置松了口气，看来明天就得跟凌鱼绝交一段时间了。

"喊！"

凌鱼坐在树上，看着人走远了才站起来活动了一下自己酸麻的腿，然后看着下面人来人往。

其实崔置只猜到了一半，她的确是被人追着打，还躲到了树上。而另一半……她知道怎么爬上来，可是现在，不知道该怎么下去了。

要不早下去教训那群人了，居然敢欺负老实人，她不就是路见不平，拔刀相助了嘛。

正这么想着，才发觉已经是夕阳西下，城门渐渐合拢。

完了，她今晚怕不是要长在这棵树上了。

正在这时，差点在树上开花结果的凌鱼看见了树下打马而过的人，白衣飘飘，纤尘不染。

还挺骚包的。凌鱼心里一动，抱着满心的期待叫住他："嘿，谁家公子，帮个忙行不行？"

还谁家公子呢……凌鱼怕不是不知道，仍一副痞子少年调戏良家姑娘的语气。

树下的人停了一会儿，似乎在辨别声音的来源，好半天才抬起头。

凌鱼为了引人注意还特地晃了晃自己黄色的裙角，像是树上开出的一朵小黄花，说："公子，这儿呢。"说完觉得自己语气不对，怎么就有了艳尘女子的感觉。

那人眉清目朗，俊朗不凡，估计也是这么想的，淡淡地瞥了一眼过来，然后继续走。

怎么回事？

"喂！"凌鱼在树上跳脚，"唐竹！"

唐叶城的唐竹，光听这姓氏就知道谁家公子了。

可就算是城主家的少爷还不是被恶霸说三道四了，亏得凌鱼还帮他出头来着。这会儿他不但不知恩图报以身相许就算了，就连顺手把她从树上"摘"下来都不愿意，凌鱼心里跟泼了胆汁儿一样苦。

好在唐竹走了两步又回来了，凌鱼意外中带着点惊喜，恨不得在树上翩翩起舞。她收回自己风尘女子的语气，开始撒娇，说："唐竹哥哥，我知道错啦，你快帮我下来成吗？"

唐竹好整以暇，声音清朗如玉，问："挺乖的，跟我说说错哪儿了？"

"错不该躲到树上，我擅水，应该躲到水里。"说得有理有据，完全没想过自己一个女儿家，整天跟人打架合不合适。

唐竹说："再想想。"

想个屁！凌鱼气急，决定随遇而安，不就是在树上过一夜嘛，谁还不会经历一下啊。

她索性坐下来晃动着脚丫子，心想谁要是救她下去她就嫁给谁。

于是扯了自己裙子上的一条布，趴在树上写了几个字，好歹大树之巅，来都来了，算是听了传言，许了愿。

可是鲜有人知道，唐叶城还有一个传说，据说城里一隅住着一个姑娘，眼泪可以化成珍珠。

凌鱼心想那姑娘那么值钱，肯定特别受人爱戴了，不像她，被扔在树上，又冷又饿。

这么一想还真饿了,莫名其妙的香味使劲儿往树上钻,没饿也给香饿了。她往树下看了一眼,差点没栽下去。

毕竟谁能想到呢,又俊俏又富贵的唐竹少爷,此刻正在树下卖馅饼,香味儿恨不得窜天飞。

这不是折磨她吗?

唐竹抬眼看过来,嘴角的笑又好看又阴险:"想清楚了?"

"没。"

唐竹心太软了,扔了俩馅饼上来,说:"继续想。"

贰

凌鱼从树上下来已经是第二天的事了。

她心想唐竹可真行,人家都是一个翻身衣袂飘飘,抱着姑娘转着圈,优雅而又好看地落在地上,唐竹居然就放了个梯子让她自己爬下来,她最后几步还掉下来摔地上了。

他在旁边倒是笑得开心。

她揉着酸痛的肩膀,自己可真是长了一颗江湖儿女的心,却有着大小姐一般吃不得苦的命。

虽然命也不怎么好,凌鱼想了想,自己三岁丧母,五岁没父,七岁的时候遇到唐竹,还对她不屑一顾。

前不久遇见崔置,说是推心置腹,却只是因为她命理不俗,说两人必定有什么互相成就的事情,所以得好好相处。

就跟他昨天骗那个恶霸一样的套路。

凌鱼心想自己可真是苦命的小姑娘啊,不禁在心里打起了快板。

可这么一转身就又看见唐竹了。

敢情一会儿没见就是回家换衣服了啊。刚刚白衣飘飘是温润公子的路线，现在一身黑衫未免太衬身形，看样子是要赶着出城社交。

毕竟城主少爷的主业可不真是卖馅饼，而是拉帮结派，跟临城搞关系。

凌鱼娇俏地笑，拍了拍自己裙子上的灰，说："唐竹公子，好巧。"

"是挺巧。"唐竹走上来，提小鸡一样把她提着往前走，还说，"凌鱼，你刚从树上下来又想背着我去哪儿？"

怎么就不能去哪儿了？凌鱼说："你别皱眉了，皱着眉不好看。"说完就看见前面人群里迎面走来的恶霸，又来？这崔置怕不是忽悠不成反被打死了？

凌鱼立马挣开唐竹，站到他前面，揉了揉拳头说："你放心，有仇报仇有怨报怨，今天他不把我打死我不会让他碰你的。"

说什么呢。唐竹又皱眉，说："你就打架的事儿积极得不行。"

可不是。

凌鱼心想昨天打不过可以跑，今天就不行了，今天不仅要在唐竹面前表现一下，还不想连累唐竹。

她扭头，趁着恶霸还没走过来，说："唐竹，要不你先走吧，我打起架来太难看，你怕是会对我印象不好。"

唐竹上上下下看了她一番，说："也是，你现在挺好看的，我向来对你印象好。"

"真的吗？"

先不说真的假的，唐竹说完掉头就走了。真走啊，凌鱼心里苦。她可怜兮兮地看了看唐竹的背影，溜得可真快。

而这头恶霸也已经不见踪影了。

凌鱼一头雾水，街上人来人往，难不成那恶霸没看见他们吗？亏得自己丧失了一小段与唐竹单独相处的时间。

"喂，凌鱼！"崔置招着手兴致冲冲地赶来，"凌鱼！凌小鱼！"

街角巷子深处，唐竹扭头看了一眼外面一闪而过的道袍，"凌鱼"两个字在耳边烦得他不行，还凌小鱼？

他扭头看着对面五大三粗的恶霸，这人算是运气不好，自己现在的怒气估计全得撒他身上。

"准备好了吗？"唐竹环着手，好整以暇。

恶霸才不怕，好歹名动唐叶城，这人怎么可能打得过他，居然还问他准备好了吗？哈哈哈，恶霸在心里笑了三声，嘴上没笑出声，便被什么东西卡住了喉咙。

他满脸疑惑，只见唐竹只不过动了动手指，别是弹了个石头进来吧。他想着，面色涨得通红，于是举起拳头冲上去。

唐竹偏了偏头，长腿微微一动，没用多大力就把铁汉撂倒在地。

铁汉柔情，都快哭出来了。

唐竹问："她为什么打你？"

恶霸哭唧唧："我哪里知道，我不就是说了唐家少爷几句坏话嘛，她走着走着上来捶我一拳，我还苦呢。"

哟，还是为他出气呢。唐竹不知道为什么心情好了点，于是又问："你打她哪儿了？"

"我能打她哪儿啊，她捶完我就跑，跑得贼快，我手要是有你这么长我就打着她了。"

唐竹问完就没再问了，拎起恶霸挂到墙上，阴恻恻地说："你要真打着她现在应该就被挂到城门口曝尸三日。"

"啥？"恶霸心想那小道士说得可真没错，自己最近遇人不淑，怕是会遇到不讲道理的人，没想到这么快，还这么不讲道理？！自己好端端走在路上被捶了，怎么就成该打了？

虽然现在人为刀俎，他为鱼肉，恶霸依旧斗胆问了一句："我说我的，她走她的，我就不明白她为什么打我。"

唐竹抬眼，懒懒地说："你说她相公，她没打死你算是手下留情了。"

相公？恶霸脸上拧巴成一个极大的难以置信——那个贼虎的姑娘？是唐家的人？

唐竹继续说："她没说她是唐家的少夫人？"

话音刚落，巷子口涌进来一群人，面前恶霸很明显松了一口气，看来后援到了，这人再厉害也寡不敌众啊。

可是很显然高兴得太早了，此人不是寻常人啊！

叁

唐竹回到唐家的时候，所谓的唐家少夫人正在受训。

唐夫人坐在那个红色的檀木凳子上，没记错的话，那凳子还是凌鱼进山里找了师傅学手艺，后一点一点打出来的，连上面的花都是她自己雕的。

不过，唐夫人可能不记得了。

"唐由得你的性子，可是你既然在我唐家待了这么多年，也该知道我唐家的规矩，我可不想外人对我唐家说什么闲话！"

"唐……夫人……"凌鱼垂着头，"我知道错了，您别生气啦。"又乖又甜，一点都不像外边打野架的姑娘。

还挺能演的。唐竹也说不上来自己哪里来的脾气，总之就是心情不好。他走过去一把拉过凌鱼，还来得及说话便闻到一股酒味。还真找死。

凌鱼本来就醉醺醺的，这会儿被猛地一拉，一个晃悠差点没站稳，幸好唐竹箍得紧，顺势就把她揽进了自己怀里。

凌鱼倒一点都不害怕，还往他怀里蹭了蹭，说："少爷，你回来啦。"

唐夫人看在眼里，刚准备拍案而起大发雷霆，唐竹却面色冷硬，说："我的人我自己管。"说着打横抱起凌鱼往外走去。

唐夫人气得心痛。

唐竹甚至是一脚踢开房门的。

凌鱼这会儿清醒了说："唐少爷，你可别把我的门给踢坏啦。"又说，"算了你踢吧，我既然会打凳子，修个门也不成问题。"

唐竹抿着唇，眉头皱得很深，走到床边把人扔了上去。凌鱼大概皮厚，一点都不觉得疼，还舒服地翻了个身。

唐竹强行把她翻过来，问："跟谁喝酒了？"

"崔置啊。"

唐竹不认识崔置，但大概也知道一点，问："那个道士？"

"对！"凌鱼傻乎乎地笑，"是的小道士，他还给我算命来着，说我鸿运当头，命理不凡。你跟了我，我指不定旺死你。"

很好。唐竹终于明白自己为什么气了，手上关节刚刚揍人揍得这会儿还痛着，她就跟别人喝酒喝到不省人事？

"跟了你？"唐竹压着怒气，"那你刚刚喊我娘喊什么？"

凌鱼不明白，说："你说唐夫人吗？"

唐夫人？唐竹又问："那我是谁？"

"傻子。"凌鱼笑，"你别是个傻子吧，你叫唐竹啊，唐家少爷呢。"

"你怕是不记得你自己是谁了吧。"唐竹很明显已经非常生气了,可是在凌鱼迷迷糊糊看来,唐竹可能真的是傻了,问东问西烦到不行。这会儿也只能耐心解释:"我记得啊,我是凌鱼,你在路边捡的。"

"那你告诉我,"真是最后一个问题了,唐竹问,"你和我是什么关系还记得吗?"

凌鱼这会儿沉默了,说:"记得。互相利用的关系。"

唐竹忍无可忍:"拜堂成亲的关系被你吃了?"

"那不是不作数的嘛,又没洞房。"

"洞房了就作数了?"

"看心情吧。"

凌鱼说完就睡了,完全不记得接下来发生了什么,只是隐隐约约看见唐竹摔门而去的背影,可真好看。

好看的人生气了怎么办,当然是哄哄他啊。

肆

唐竹是在两年前娶亲的。

新娘子是邻城城主的女儿,门当户对,强强联姻,本身就是一件很美满的事情,更何况这两人还两情相悦。

可是谁知新婚的那一天新娘子消失了,唐家急得不得了,好歹已经十里红妆,宴请四方,新娘子要是跑了该多没面子。

可是当时一身红装、眉目如画的唐竹不缓不急,指着一旁吃喜饼吃到眼红的凌鱼,说:"别吃了,过来。"

"干什么?"凌鱼腮帮子都吃痛了。

唐竹一把夺了她手里的喜饼扔了,说:"换了衣服上花轿。"

"啊?"

就连唐家二老也是震惊得不行,可是眼下又别无他法,为了让婚宴继续下去,只能将就着这么一个馊主意了。

于是凌鱼就一头雾水地跟唐竹拜了堂,成了亲。
可是这不算什么吧,况且这么两年以来,两人什么都没有说破,甚至依旧跟以前一样"你玩你的我玩我的"的关系。
非要扯出点什么关系,那也扯不出来什么关系。

凌鱼觉得头疼得不行。
她其实没醉,就算醉了,也被唐竹那几个问题问到心神不宁了,所以他到底是什么意思啊,该不会是想落实他俩拜过堂成过亲的关系吧。
这么一想觉得自己还挺美滋滋的。

可是很显然不是,唐夫人似乎已经忘了她干的那些丢脸事,这几天非但没有骂她,还整天笑嘻嘻地对她嘘寒问暖。
凌鱼心里发怵,想找唐竹,可是这人自打那天从她屋里出去后就再也没有出现过。她心里隐隐有点不安了。
她正这么想着的时候,唐夫人端着什么东西进来,笑脸盈盈地说:"小鱼,饿了吧。"
"还好吧。"凌鱼心想刚刚不是给我吃过午饭了,这会儿猪也不会饿这么快吧。可是看见唐夫人手里端的东西就明白过来了。
喜饼?又是喜饼?
接下来的凌鱼觉得自己已经听不见声音了,只能看见唐夫人嘴唇张张合合,眉眼弯弯,说:"这些年辛苦你了,邻城城主家的林小姐已经回来了,这会儿唐竹正去接她进门呢。"
凌鱼反应了一会儿,拿起喜饼一咬一口,嘿嘿笑:"那林小姐这些年干什么去了，唐竹也舍得等。"

"哎！"唐夫人按捺不住激动叹了口气，"我们唐家当年被高人指点，说是家门不干净。于是邻城城主就将自己女儿送进山中修仙，拿两年的自由换一点指点，现在回来旺我家门，我们唐家可得名垂千史。"

"这样啊。"凌鱼嘴里满满的喜饼，含混不清地说，"这样的话唐竹可真有福气，我是他我得美死。"

"是吧！"唐夫人捂着嘴笑。

凌鱼想，谁说唐叶城的传说是假的，城门口那棵大树就可以帮人实现愿望，所以唐竹还是必须得感谢她，对她感恩戴德。

而且这个时候她才知道，唐叶城的另外一个传说也是真的，唐叶城住着眼泪会变成珍珠的姑娘。

可是她这么值钱，为什么没人爱她？

城门外，榕树上，淡黄色的丝带随着风晃啊晃，上面凌乱的字迹已经不甚清晰，还有点油渍，但是依稀能辨得出来写的什么：

祝唐竹与她，恩爱有加。

伍

如果崔置是凌鱼的话，可得气死。崔置说："你该不会真指望着坐稳了唐家少夫人吧。"

气死，凌鱼大言不惭，说："唐家少夫人什么玩意儿，我稀罕这个位置吗，我好歹是命中大富大贵的人。不稀罕的。"

"是这样吗？"

闻声，凌鱼背后惊出一阵冷汗，转过头去，唐竹站在酒馆门口，旁边还有一位亭亭玉立的小姐，估计就是林小姐了，生得好看又仙气飘飘的，果然是修过仙的人。

唐竹继续说："怎么，唐家少夫人这个位置就这么让你瞧不上吗？"

不是。凌鱼心里说，嘴上却被林小姐截断了。她走过来，十分自来熟，说："小鱼，我认识你。"

什么小鱼啊，这才第一次见呢。凌鱼看了看唐竹，又看看林小姐，说："小林，我可没怎么见过你。"

崔置在后面"扑哧"一声笑出来，走上来说："这位是林涵吧。"

林涵俯首作礼："崔道长，早有耳闻。"

"怎么，才两年就出师，果然是骨骼惊奇？"

谁都能听出来崔置语气讥讽，凌鱼却在旁边听得云里雾里的，这两人怕不是仙友吧。还没弄清楚，一旁一直没说话的唐竹走上来拉住凌鱼，说："你别听了，跟我回去。"

"回哪儿啊？"凌鱼挣扎了一下，崔置就十分贴心地上来拦住唐竹的去路，说："唐少爷，你要等的人已经等到了，这小鱼也该放生了吧。"

"不好意思，我已经娶了她，拜堂、成亲，该有的礼节一点没少，放不了了。"唐竹面无表情。他很早就看崔置不爽了，不过正面交锋这还是第一次。

凌鱼心想这还是唐竹第一次承认她，心里不免有些美滋滋的。可是崔置也不急，笑道："那这位林小姐呢？"

凌鱼也想问，怕不是她做大自己做小，脑袋里面瞬间补出一场自己抱着孩子坐在灶前递柴火的样子。

不要吧。凌鱼想到这里，她看了唐竹一眼，唐竹也正目光十分不善地盯着她。

凌鱼尿。

"林小姐只不过是为当年的事情登门拜访我唐家二老，有什么问题吗？"唐竹一本正经。

"是没什么问题。"崔置看了一眼凌鱼，"只不过奉劝唐少爷，这世间弱水三千，这一瓢却是饮不得。"

为什么，难不成是兄妹？凌鱼跟着唐竹走，边走边想，可这样的话，不管是唐夫人还是唐城主，也没见他们对她好啊。

凌鱼虽然看不出来有什么想法，可是心里慌到不行。唐竹拉着她，后面跟着林涵，凌鱼忽然想问问林涵了，毕竟情敌之间肯定会把事实当中最不好的一面放大了说给她听。

不过也不对，凌鱼想，自己怎么就把人心想得那么坏呢。

想着想着，脑袋撞上一堵墙，抬头才看见是唐竹的胸膛。

"你慌什么？"唐竹问。

凌鱼四周看了看，不知道自己什么时候走到的唐家，一直跟在后面的林涵这会儿也不知道去哪儿了。她说："我没慌啊。"

唐竹看了她许久，最后毫无征兆地一把将她拉进怀里，下巴搁在她头上，微不可察地叹气，说："凌鱼，我一直在这里的。"

凌鱼有点蒙，说："唐竹，别是你在慌什么吧？"

"你别说话了。"唐竹狠狠按着她的头就不让她看他，"所以你也必须在这里，哪里也不准去，明白了吗？"

凌鱼老老实实地点头，点完了心里又想，那可不行，我明天还要出去打架呢。

"你这次走了，我可能就找不到你了。"

"什么？"凌鱼没听清。

唐竹也没说了，松了手："乖，去玩吧。"又说，"别跟崔置玩。"

陆

不跟崔置玩就跟林涵玩啊？而且林涵看起来也挺想跟她单独相

处的。

凌鱼正在后院池塘喂鱼。

这里本来就是为了唐夫人的情趣建的一个小花池，后来凌鱼觉得单调，就偷偷捉了条鱼丢进去喂。

虽然经常性地忘记喂鱼了，可是每次来看这鱼活得甚至比她好。

凌鱼心想，这鱼怕不是跟她一样苦，被人捡回来了却没人照顾，还得自己顽强地生长。既然如此，她就跟唐竹一样了，都是极其不负责任的主子。

凌鱼小声讲："你别长了，你再长就被吃了。"

"你还挺闲的。"林涵就是这个时候来的，站在凌鱼后边忽然说话，吓得她差点没栽进池塘里。

凌鱼回过头，说："你放心吧，我跟唐竹这些年清白着呢，你的位置依旧是你的位置。我早晚得走。"

"你知道了？"林涵有些意外。

凌鱼心想你和崔置都这么说就算了，连唐竹都怕我走了，我又不傻。

不过，她懒得说话，继续喂鱼。

林涵笑："既然如此也省得我解释了。"

凌鱼说："你别解释了，你要说的我可都知道。"

也不管林涵什么表情，凌鱼继续说："你走的这两年根本就不是去山中修仙，不过是为了除掉我，修炼什么邪门妖术修炼得走火入魔了，这会儿回来看来是暂时压住了魔气，就又迫不及待地来对付我了。"

周围的空气渐渐凝固起来，凌鱼甚至觉得池塘的水都不动了，她缓缓抬起头，看着眼睛渐渐变得赤红的林涵。

凌鱼眼底无一丝波澜，还格外平静地说："你别想了，你想的我都知道。是不是打算把我变成一条鱼扔进这水池里，然后再跟唐竹恩恩爱爱？"

"哼。"林涵冷笑一声，"挺聪明的。"

那是，人都是有心的。因为对唐竹太过上心，所以才会暗地里去查他喜欢的姑娘为什么不要他了。

"我还挺气的，唐竹那么好的人你不要他。你可以为了私欲撇下不要的，可是杀了我我都舍不得放下的宝贝。"凌鱼喃喃，"所以我当时甚至有点窃喜，好歹一辈子一次的拜天地，是和他一起的。"

林涵眼看着就要动手了，凌鱼还非得再补充一句气她，说："林涵，我仔细想了，你这么担心我会对你和唐竹的感情生活有威胁，是因为你觉得唐竹是喜欢我的吧。我觉得挺好了，我有时候也会这么肖想一下。"

林涵已经在双手凝了咒，眼看着就要打过来。

凌鱼也不躲，不过她确实也躲不开。毕竟人家都修炼成魔了，而她不过是一个据说命很好眼泪还会变成珍珠的富贵人。

崔置不知道是什么出现的，一把捞起她飞起来，愤愤的语气，说："你别是真想变成一条鱼吧，那样我带你走的时候还得给你备个缸。"

"变成鱼我吃得少，不糟蹋粮食。"

崔置把她放到树上，心想这个时候还开得出来玩笑，心还挺大的。不过也没多管，一个翻身扬起道袍的衣角，凝了气力去对付入魔的林涵了。

柒

"陵鱼人面，手足，鱼身，在海中。"

传说，陵鱼的眼泪会变成珍珠，他们从海里上岸后，就借住在凡人家中，织布贩卖。离开的时候，就向主人索取一个盘子，哭出满盘的珍珠酬谢主人。

上一世，凌鱼因为爱上了主人没有离开，逆了天，所以上一世的唐竹活得特别短。

后来遇到了崔置，封了她的记忆，带着她等来了唐竹的这一世。当年没有哭出满盘的珍珠用来酬谢，如今就用人世的小半生来偿还。

谁知道凌鱼是拿什么作为筹码说服了崔置呢。

不过现在的凌鱼没想到自己还真是条鱼，怪不得崔置见面就说她命理不凡，毕竟是个执念很深的妖精。可是转念又一想要是回了原形别不好看吧。

她蹲在地上，被崔置打晕的林涵正躺在她边上，而崔置环手站在一边，说："这会儿知道怎么办吧。"

凌鱼不明白，说："崔置，你活了几百年了，别真是神仙吧。"

"怎么，别打神仙的主意，神仙现在救不了你，"崔置一眼就看出来凌鱼图谋不轨，以前单纯到近乎傻气的小人鱼，现在越来越像狡猾的人类了，还不赶紧回海里去洗涤一下灵魂。

凌鱼悻悻然，觉得崔置可真不好说话。

所以她现在要做的必须要做，用自己被封印了几百年的灵识化成的珍珠替林涵洗去灵魂里那些不堪的一面，然后林涵还是以前的林涵，善良美好，足够与唐竹在一起。

就像唐夫人所说的，家门不净，得有一个人帮他们除一除浊气。唐夫人肯定想不到最后是她来拯救唐家。

凌鱼想，现在唐竹总该一生安稳，长命百岁了吧。只不过，她失去了灵识，怕是会变成原形回到海里了。

算了，本来就不是一路人。

凌鱼站起来，拍了拍手，说："走吧。"

"去哪儿？"

凌鱼愣了一下，回头看见唐竹站在那里，风吹起他的衣袍，如墨的发丝也跟着扬了起来。

要命，都要走了还给她留这么好看的印象，怕是会记一辈子。

"凌鱼。"唐竹又喊了一声。

凌鱼回过神来，说："回家啊。"

"你家就在这里。"唐竹走过来，气势递增，"不是说我是你打死你也不会放手的宝贝吗？"

"我说着玩的。"凌鱼说，"我还说了我不稀罕唐家少夫人的位置呢，你别只听好的不听坏的啊。"

唐竹觉得自己十分想掐死这个一脸无所谓的凌鱼，可是也十分想抱紧这个倔强到想哭又忍着不哭的凌鱼。

最后还是崔置打破两人之间的僵持的，简直是自己找死。他说："唐少爷，你马上就可以跟林小姐一生一世了，把凌鱼留在这里不好吧。"

"那是别人的一生一世，我的一生一世里面只有一个人，跟我拜过堂成过亲说了把我当宝贝的人。"唐竹忍了忍满腔的怒气，看着凌鱼的眼睛一个字一个字地说，生怕她听不见一样。

凌鱼咬着唇，依旧倔着，说："那你说一句喜欢我来听听。"她其实没什么别的意思，就是肖想了几百年的事情，走之前不留什么遗憾就好。可是说完她又急忙给自己台阶下，"算了，别说了，我要走了，下辈子有空再来找你。"

她绕开拉着崔置，逃命一般往前走，可是走了两步又停了下来，唐竹的声音像是藤蔓一样缠住了她的脚，然后渐渐蔓延至全身，甚至胸口突突跳动的心脏也被狠狠攫住。

"是挺喜欢的。"唐竹说，声音仿佛是混在风里的一阵叹息，漫不经心，"喜欢到想逆天了。"

崔置心里一顿，回过头，只见唐竹垂着头，身旁却已经云波暗涌。

"凌鱼，你上辈子都有胆子和我在一起，这辈子跑什么？"

"人妖殊途，我终究是陵鱼一族的命运。"凌鱼低着头绞着手指，"上辈子害了你，总不能生生世世害你吧。"

"可是我上辈子爱了你，就得生生世世爱你了。"

天色骤变。凌鱼觉得心里有种窒息般的感觉，她猛然抬起头，只见唐竹缓缓离地。闭上眼的前一刻，她听见崔置的一声沉呵，还有唐竹的声音。

他轻声说："既然是命，不过是逆天改命而已。"

眼角的泪化成珍珠，落地而碎。

捌

凌鱼醒过来的时候身旁坐着崔置。

她睁眼看了房椽很久，似乎在回忆发生了什么，可是想完了却格外平静，然后缓缓开口，问："崔置，逆天而为会怎样啊？"

崔置吓了一跳，平复了半天，想了想才说："不得好死。"

凌鱼心中一沉，崔置生怕吓死她了，说："那是普通人，你问的那个人不得好死的话，就只能好好活着呗。"

凌鱼猛地坐起来，也不悲伤了，问："他在哪里？"她甚至才意识到自己躺在唐家，连床上的雕花都是她以前亲手雕上去的。

"刚刚不是还挺镇定的吗？"崔置看着她满脸困惑，觉得好玩就走过去逗她，"现在醒了就跟我继续赶路，回海。"

"不要。"凌鱼头一次反抗，"我不走了。"

"为什么？不是说好的吗？你要不走的话没两天变回原形，又丑又怪，城里人追着你打喊你妖精，唐竹再护你也没法儿做人啊。"

崔置以前就是这么吓她的，可是这会儿她真的舍不得了，说："可是我已经嫁给他了。"

"不是说不稀罕唐家少夫人的位置吗？"

"可我稀罕他心里的位置。"凌鱼只是昏迷，并没有失忆，而昏迷前唐竹说的那些话她每个字都记得清楚。

两人就这么僵持着。

忽然，崔置笑起来，算是玩够了，问："能站起来吗？"

凌鱼不明白，试了试腿上的力道，健步如飞应该没问题。崔置就继续说："唐竹在城外榕树下了，赶紧过去吧。"

"到底……"

"都说了唐竹不是什么普通人，为你逆天的事也不过是历劫而已，况且逆他的天，改他的命，别人谁管得着啊。"崔置絮絮叨叨，"我以后也得历劫，他欠了我一个恩情到时候也得还。"

为什么要历劫？凌鱼觉得自己可能还没晕好，这会儿越听越糊涂，崔置解释烦了，推着她出门，说："神仙都得历劫，本来这一世的劫是林涵的，可他点名生生世世要你，我俩好歹几百年的仙友，就帮他一把隔了一世把你送过来。这会儿就这里到城门口的距离你别还要我送吧？"

不要了，我自己去。

城门口。

凌鱼站在那里看着唐竹从树上缓缓落地，宛如一阵落地的风，却是真真切切的他。

她看了好久，生怕一眨眼人就不见了。

"站那里做什么？"唐竹开口，侧头看过来。

一眼之间，好像除了相爱这件事所有的一切都不存在了一般。

凌鱼忍了半天才说："你上树下树这么容易，上一次还让我自己爬梯子下来。"

唐竹笑，手里黄色的丝带被风吹雨打糟蹋得不成样子。

"以后再乱写乱画我就把你扔到树上连梯子都不给你。"

"不给就不给！"凌鱼忍不住了，声音都带了哭腔，冲过去扑进他的怀里，蹭了半天才说，"完了，我眼泪不是珍珠了，我不值钱了。"

"是不值钱。"唐竹揉着她的头，无奈地叹气，"但值得我逆天改命换一个你。"

树上的叶子抖落着洒下满地细碎的阳光，缠在枝头的红色丝带随着风飘起来，一字一句仿佛是刻进了岁月里。

他写，年年有我，岁岁与她，唯愿足矣。

浮舟记

文/晏生

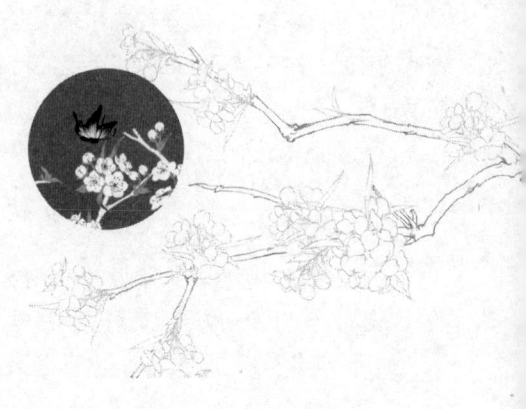

晏生,小花阅读签约写手。
拖延症患者,懒癌晚期。
追求舒适度,喜欢棉麻和木头做的东西。
喜欢独处,也爱热闹,多数时候还是会一个人去买柳橙汁。
希望有一天住进深山老林写故事。
代表作品:《林深时见鹿1、2、3》《此去共浮生》《悄悄》。

壹

白虎和熊打架,白虎输了,被咬掉一只耳朵。

这事传到檀翀耳朵里时,他还在跟天枢星君对弈,从容落下一粒黑子置于棋盘之上,冰冷沉静的一张脸,波澜不惊。

反倒天枢星君八卦起来,斟酌着同他讲:"你府上的老虎打架,竟还会输,听起来真稀奇,也不知那头熊是哪位上仙养的……"

见檀翀不语,天枢星君又道:"我听说,这只老虎还是你下凡历劫时带回来的,可有此事?"

他这是明知故问。

九重天上的大仙小仙都知道,沧容帝君檀翀下凡历完劫,因割舍不下,从凡间带上来的有三样:一头白虎,一位女官,一个幕僚。

听说檀翀在人间时,那头白虎陪他南征北战,共历生死。

那位女官乃他红颜知己,是他心头朱砂痣,梦里白月光。

那个幕僚替他出谋划策,运筹帷幄,收复万里河山。

都说檀翀对着两人一虎情谊深重,白虎被他养在府邸中。女官蒹葭入住青华宫,众人已默认她是檀翀的妃,青华宫的女主人。幕僚杜修被赐了一块妄生海旁边的地,当个悠闲的仙官。

当然,这都是传说,外人也不知真假。

檀翀一回府,久候一旁的蒹葭迎了上来,匆匆行了个礼,道:"帝君,白虎被咬伤了,伤势颇重……"

她替檀翀端上沏好的茶,碧色莹莹,茶香四溢,连同女子衣襟上的芬芳在夜色中浅浅漾开,萦绕在鼻尖。

檀翀不动声色地避开倚过来的蒹葭："我去看看。"

白虎躺在地上，鲜血淋漓的左耳已被包扎好。

檀翀看它，目光冷清，如雪夜稀薄的月光，幽而凉。白虎企图从中找到一丝怜悯，撒娇似的把脑袋挨过去。

檀翀拍了拍它，声音低沉："不过是少了只耳朵，如此也好。"

白虎委屈，张大嘴，欲嗷嗷叫，却被他千年寒冰似的眸光一慑，俯下身，乖觉地趴着不动了。

"疼吗？"檀翀又问。

白虎复又抬起头，期待地望向他。

墨黑眼睛望向远处浮云山巅，他幽幽道："你当初咬下她一只耳朵时，想必她比你疼。"

檀翀已经许久不曾梦到在凡间的那些事。今夜却有所不同，那个穿着补丁小袄、光着脚丫的小姑娘，重新来到他梦中。

檀翀下凡历劫，转世投胎，生在了西函的帝王家。太子长羲，他生来一人之下万人之上，身上背负统一嬴沧大陆的重任。

少年老成，十二三岁的年纪，端坐于金碧辉煌的殿中，喜怒哀愁皆不形于色。长大至如今，人生未曾出过半分差错，他活成了所有人期待的模样。

唯一的意外，是他养在身边的小姑娘。

浮舟是长羲捡回来的。

夏日烈阳灼烧大地，田地干涸，西南边境连旱三年，寸草不生。浮舟的父母兄长死在了乞讨的路上，只剩下她。

她那时七岁，丁点儿高，丁点儿大，尤似稚童。

长羲微服私访时，她在马车后跟着跑了十里路。每次长羲看见后面那团脏兮兮的黑影消失了，车队夜晚停下来在驿站歇息，翌日黎明朦胧的天光中，她却总会重新出现在他眼前。

昼夜不休地赶路，小姑娘脚底的草鞋被磨破，踩过荆棘时，满脚的泡与鲜血。

长羲终于开口同她说话："你老跟着我做什么？"

"哥哥——"

"我不是你哥哥。"

浮舟低下头，难过地说："你就是哥哥。"

她有个大她五岁的哥哥，为了给她抢半个馒头，被人乱棍打死在松石岗，没有再回来。

长羲蹲下来，与她同高。旁边的灌木丛上碎光流萤浮动，浮舟看清他，玉冠白面，狭长眼角下有一粒朱红的泪痣。

她后退一步，绊住石子跌坐在地，呜呜哭起来："你不是哥哥……"

长羲耐心望着面前缩成一团的孩子，暗纹玄色深衣中，他朝她缓缓伸出手："我叫长羲，太子长羲，以后便是你哥哥。"

浮舟泪眼婆娑。

她怔怔地、小心翼翼地被握进一个温凉的掌心。

她忘了纵声哭泣，忘了源源不断的疼痛，忘了深深刻在心上的无望。她的命运在那一刻两人交叠的手中发生转圜，潮湿的眼瞳映见少年太子深邃的眉目，温柔得像记忆中很遥远的灿烂星光。

不出半日，深宫之内传遍了，外出赈灾的东宫太子捡了个来路不明的孩子回来。从皇帝到后妃，轮番来问了个遍。

眨眼就到秋日狩猎，长羲把浮舟带在身边一同去了。

她比兄长矮两个头，学兄长模样，挺直肩背坐在轿辇之上，端庄肃穆。却被浩荡声势所慑，双手颤颤冒冷汗，悄悄揪住兄长的广袖。

长羲被蹭了满手的汗，袖子一角被她不知不觉中踩躏成潮湿的一团，他目视前方，余光里却把这一幕收入眼底。

嘴角始终含笑。

"浮舟——"

"嗯？"

"若实在怕，就躲在哥哥身后来。"

浮舟听罢，挪了挪位，盘腿堪堪坐在他身后。

少年如涧边松柏，挺拔坚硬的背脊后，藏下一方小小的天地。小小的天地里，藏住一个满眼天真的孩童。

她知他不是哥哥，他渐渐却成为她视若生命的人。

所以狩猎场上，小小的她敢朝着白虎奔跑过去。明明那么胆小，却仿佛一瞬间长大，也能英勇地保护一个人。

长羲上猎场，浮舟原本被留在外围的营地休息。一直到天黑，其他人陆续满载而归，唯独长羲迟迟不见人影。

浮舟扒在帐篷口，望眼欲穿。

"虽然山中有老虎，太子殿下武艺高强，必能平安归来。你莫再望了，不如进去歇一歇，吃点儿东西填饱肚子。"

劝浮舟的这位侍女名叫柚冬，模样生得好，心气也高，守在东宫三年有余，算是在太子身边待得长久的一位。

她在旁一怂恿，浮舟如她所愿跑了出去，身影很快隐于苍茫夜色中。

待太子回来，柚冬连说辞也早在心中拟好，到时就讲姑娘顽皮，丢了。

不过是一个无亲无故养着打发时间的玩意儿，与猫猫狗狗无异，丢了便丢了，能掀起多大的风浪？柚冬想，太子过几日便忘了。

可太子的反应，却让柚冬无法承受。

高兴时勾一勾嘴角，生气时蹙一蹙眉头，素来无大喜大悲的人，这次雷霆大怒。他高高在上，俯视跪在脚边瑟瑟发抖的柚冬："那么大一个人，是说丢就能丢的吗？"

"殿下，是姑娘自己贪玩，才不慎、不慎……"

上扬的凤眸中黑白分明，藏着翻涌的情绪，他似笑了一笑，眼神却是阴鸷的："我家姑娘胆子小又怕事，你别趁她不在，就欺负她。"

一张白面皮，冒着森森凉意，长羲嘴边那抹突兀的笑刺眼又叫人胆寒。

柚冬磕头求饶，外面山头传来一声虎啸。

长羲拔腿冲出去，策马朝声音传来的方向疾奔。

他赶到时，情况不如所想的那样坏，浮舟并未受伤。

她趴在高高的树枝上，白虎在树下打转，双方僵持不下。

浮舟一见长羲出现，双手双脚缠着大树哇哇大哭，哭得打嗝儿，话也说不出。长羲以为她是被吓的，正欲安慰她几句，白虎已经发现他，朝这边扑过来。

长羲赤手空拳，不多时便受了伤。白虎几次三番被打倒在地，却又重新站起来。

耗到双方精疲力竭，长羲却意外踩中猎户埋下的兽夹，白虎趁机张开血盆大口，而浮舟不知何时从树上下来了，挡在长羲面前。

长羲揽住她往旁边一滚，却未来得及。满地枯黄的落叶上洒下一圈血迹，一只小耳朵掉落其上。

长羲浑身一凛，不敢去看浮舟的伤势。直到完全把白虎制伏，他抱起已经昏迷的浮舟，面上终于浮现一丝痛色。

东宫太子养在身边的小姑娘，从此变成了独耳的小姑娘。

贰

十五月圆,女官蒹葭前去瑶池采露,被熊咬断筋骨,四肢皆废。

短短一月内,继白虎被咬掉耳朵之后,沧容帝君的府上出了第二桩事。

帝君檀翀素爱吃茶,蒹葭于是练就了一手好茶艺。她有个旧习,每逢十五月圆之夜,出府去瑶池荷叶上采集新鲜的露珠,用来冲茶。

檀翀为此夸赞过她两次,她便愈加上心。

这月十五,她受到一只凭空冒出来的黑熊的袭击,双手双脚皆被锋利的牙齿一口咬断。惨厉的哭声惊动了南天门守夜的天兵,才把她送回青华宫。

檀翀前去探望。

药王摇头叹气:"女官以后怕是只能委于床榻之上了,熊齿中渗毒,毒素已入侵女官体内。"

蒹葭闻言,悲恸难当,哭得梨花带雨,从雪白的窗幔之后痛苦地探出头,看向檀翀的目光中似有千言万语。

药王赶紧收拾收拾东西,悄然退出,免得打扰二人。

檀翀走近,端详女子那张沉鱼落雁的脸,温声道:"你如今残了,便在这后苑好生躺着,躺上万万年,也算个不错的归宿,你觉得呢?"

蒹葭因恐惧瞳孔急剧放大,她费力地想伸手抓住他,却徒劳。

"帝君,你……你……你不能如此对我。我对你一片痴心,你不能如此绝情……"

檀翀拂袖而去,目光里带着罕见的痛快。

蒹葭从榻上滚下,在他背后哑着嗓子哭:"太子长羲,长羲……"

太子长羲，已经许久没有人这样叫他。

浮舟刚来他身边时，很少称呼他为太子抑或长羲，亲昵时总把"哥哥"二字挂在嘴边念个不停。她与他生隙，对他产生畏惧之心，是在被白虎咬掉耳朵之后。

她住在东宫的偏院中养伤，见到长羲的次数却骤减。

伤口愈合时发痒，她整夜整夜无法入睡，想着为什么他还不来看她，他是不是也嫌弃她只有一只耳朵了。

越想越生气，浮舟爬起来悄悄摸去太子寝殿，她半路遇上一位清妍秀丽的女子。那女子的容貌与柚冬有七分相像，却不是柚冬。

浮舟亲眼见女子光明正大地进了太子寝殿，便躲在窗户下偷看。

女子在长羲面前跪下请罪，浮舟透过纸窗上小小的洞，看清她滚雪细纱裙上金丝银线绣成的葳蕤兰花枝，几颗圆润粉珠点缀，熠熠生辉。

她说："蒹葭知道柚冬姐姐在猎场犯下大罪，太子念在你我儿时的情面上，留了她一条性命，蒹葭很欢喜，也很感激。不敢再奢求其他的了，只望日后能留在太子身边伺候，戴罪立功。"

浮舟望着屋内娉婷的少女，莫名有些难受。

长羲背对着她，她看不见他脸上的神情。

自那日后，又过去半月。

浮舟的伤口好了，长羲终于抬脚来看她。

她散下长发，遮住缺失的左耳，掩盖耳畔那道丑陋的伤痕，坐在院里看星星。长羲挨着她坐下，她往左挪一个位置。

长羲再坐过来，她再挪一个位置。

直到两人之间隔开好大一段距离。

长羲问:"浮舟是不是生哥哥的气了?"

"你不是哥哥。"她大声地反驳,又低头望着自己的脚尖,讷讷地补充,"哥哥不会对我这样坏。"

不会六十天不来看她。每过一天,她就拿小刀在木桩上刻下一个叉。今晚数一数,已经整整六十道划痕。

她想起这些日子里宫女们说的闲言碎语,她们说新入住东宫的蒹葭姑娘,是太子幼时青梅竹马的玩伴,是他心中倾慕之人。

浮舟恨不能一夜之间长大,也长成窈窕少女的模样。

她不懂爱恨,总以为变成那样,站在长羲身边会很般配,他们便能般配着过完一生。

那一晚长羲离开之前对她说:"谁对你坏,你都要计较回来,睚眦必报,不能仍由自己受欺负,知道吗?"

浮舟点了点头。

等长羲走了,她才对着夜空的星星茫然地问:"你要是欺负我,我能怎么办呢?"

时间往后走,一晃就是十个春秋。

这十年中,浮舟见到长羲的次数依旧屈指可数,她逐渐被遗忘,平静地在东宫的偏院中长大。蒹葭得宠,长伴太子左右,只差一个名分。

西函与东隆开战前夕,浮舟又见了长羲一次。

她刚从翰林院的老夫子处讨来一卷珍藏的轶事簿,讲的是万千世界古往今来,够她打发时间。她心情不错,哼着小曲儿回到自己院中,看见一个长身玉立的青年,侧影颀长。

见面不识,她远远问:"你找谁?"

长羲回头。

她又愣了一愣,半晌才反应过来跪下行大礼:"拜见太子殿下。"

他于她，已与陌生人无异。

这是长羲一手造成的结局，可他如今却觉得心中有一丝痛苦难挨。宫中眼线遍布，他知她昨日在御花园中不小心踩了帝妃养的猫，前日在碧霄殿里种下两味药草，他知她因早课上分神被夫子打了手心，独自躲在柱子后哭了半个时辰。

他知她有了心悦的郎君。

翰林院的状元郎杜修，风流倜傥，一表人才，二十出头的年纪，岭南沽州人氏，家世清明。

十年有多漫长，足够稚子小儿长大成人，足够她淡忘太子长羲，足够她认识形形色色的人，足够她对另一个男人倾心。

横在墙头的枯枝都在今春发了芽，沪戎江的潮冲垮了堤岸，太液池被填平变成了练兵场。

人心又能有多坚定。

长羲把浮舟从地上扶起，淡淡一笑，给了她十年来的第一个拥抱："战事在即，我要走了，浮舟，你要好好照顾自己。"

不待她回应，他已经松开双臂。

望着她眉目温和，犹如一个真正的兄长。

长羲出征后，三年不归，战火连绵不休。

这三年，浮舟与蒹葭各据东宫一苑，相安无事。状元郎杜修借翰林院修书的由头时常入宫，路经东宫，又时常入内讨一碗水喝。

第三年，浮舟依旧没有等到长羲班师回朝，而蒹葭等到一道来自边疆的诏令，太子长羲诏蒹葭远赴边疆。

信上写：三年不见汝，以慰相思苦。

浮舟听闻后，把自己关在房中。夜半三更，仍然忍不住朝边疆的方向眺望，长羲长羲，我只愿你平安归来。

浮舟正默默祈祷，房门被无声打开，蒹葭一身华服，森然立于月光下。

她纤长的五指从缀饰着雪狐软毛的袖中伸出，拿过侍卫递来的长鞭，笑道："我明日一早便要启程去边关陪太子了，你我日后恐无再相见的时机，今夜特来了却一桩心愿。"

长鞭一挥，落在浮舟身上。

浮舟的拳脚功夫不过能扛过两三下，到了后面，便躺在地上没有了逃的力气。

一鞭落，一鞭起。

瓦上还积着未融尽的残雪，半弯的月冷清地挂在天际，院中晚风相送，树影浮动。

抽打的声音清晰刻骨。

她死死咬住下唇，腥甜的味道在口中蔓延。后背的衣裳裂开口子，露出狰狞的血痕。到第十一鞭时，到底没忍住，痛得闷哼了一声。

蒹葭露出满意的神色，俯下身撩开她左边的头发，指甲尖刮着她残缺的耳朵："你尚且还能听见声音，安然无恙，柚冬姐姐却因你全身皆废，苟延残喘地活着。她前几日咬舌自尽之前，嘱咐我，若是不能将你抽筋拔骨，她死不瞑目。"

锋利的刀刃，挑断了浮舟的双手双脚。

到了翌日中午，才有路过的人发现躺倒在血泊中昏迷不醒的她。

宫女们摸不准这位叫浮舟的姑娘在东宫的地位，在太子心中的分量，见她平素住在偏院，也难得太子召见，大约只是个可有可无的角色。

于是草草叫了太医，太医草草包扎，全都草草了事。

她从此被困在方寸之地，逼仄的房间，连爬都爬不出去，只有状元郎杜修常来看她。

浮舟没有熬过那个冬天。

生命快要走到尽头时,她痛苦地伏在地上,完好的右耳紧紧贴着冰冷的墙壁,外面有人在说——太子赢了,太子赢了。

普天同庆。

她睁大眼睛,看见轻盈的雪花落在纸窗上,无声大笑,笑得浑身颤抖,眼泪缓缓从眼眶中渗出,不知是悲是喜。

叁

妄生海涨潮,海底魔珠现世,仙官杜修双目被珠子灼伤,瞎掉一双眼。

沧容帝君檀翀等这一天,已经等了许多年。

在他还是凡间的太子长羲时,他就视一人为眼中钉、肉中刺,恨不得拔之为快。那人叫杜修,当朝翩翩状元郎。

浮舟的最后一段时光,在杜修的陪伴中度过。

状元郎日复一日养成个习惯,每日天将入夜之际,前来小坐片刻。躺在床榻上的浮舟是个绝佳的倾诉对象,他说什么,她都只会无声听着。

状元郎说:"太子正在回京的途中了,还有半月就可抵达。"

状元郎说:"太子竟没有战死,真是福大命大。"他目光毒怨,死死捏着手中的瓷杯,"他回来了,我估计就得死了。"

浮舟不太明白。

夜幕四合,房中暗下来,灰蒙蒙一片。

状元郎笑她天真:"是我杀了他留在东宫保护你的侍卫,让你一人孤立无援，是我劫了你送往边疆的书信，让他一直以为你在京城过得很好……"

一字一句，就像天地间纷飞的雪，把人全身冻僵了，了无生机。

"他以为你倾心于我，他以为你我已私定终身，他以为把蒹葭调去边疆，离你万里迢迢，她便不能加害于你……他那么聪明，会不会想到你沦落成现在的模样？"

"为什么？"浮舟挣扎着问。

状元郎靠在椅背上，空洞的眼睛失神地望着漆黑的半空："蒹葭想要的，我都得帮她得到啊……"

去翰林院路过东宫，每日进去讨一杯水，从来都不是为了浮舟，而是因为蒹葭。状元郎将这份心事藏得十分隐秘。

他与蒹葭，还有柚冬，均是东隆派来潜伏在西函的奸细。

他爱蒹葭，蒹葭却钟情于太子长羲。

这一场长达三年之久的战争中，蒹葭背弃了他们，甘愿出卖自己的族人，把一切对长羲和盘托出。待长羲归来，杜修必然没有生的希望。

但这又有什么所谓，他本就没打算活着回家乡。

他望着床榻上的浮舟，觉得她比自己还可怜。他放了一把火："把你烧成灰，长羲回来，也就死无对证。"

但浮舟命大，倾盆大雨及时而至，她被几个小太监从火海中救出来，只是被滚滚浓烟熏坏了眼睛。

这次没有人替她请大夫，所有人都认为她要死了，救不活了，何必白费工夫。

她就这样躺在床板上生生耗了三日，耗到一场鹅毛大雪终于落完，雪后初霁，有了日光。

她心中盘算着时间，长羲就快回来了。

可她双目混浊，辨不清物。一耳闭塞，听不见声。四肢筋骨被挑断，软如蛇蜥，颤颤爬行，半世卑微如泥，灵魂被踩进地底。

她喃喃问空气："哥哥，你可还认得浮舟？"

又自问自答："还是忘了好……"

如那冷漠相待的十年，便就这样一直冷漠下去，不闻不问，也不会伤心。她想着想着，头低下去，再没能抬起来。

宫女发现她的尸体，拿了几个铜钱让侍卫处理干净，运出宫外，扔进了乱葬岗。

长羲回到阔别三年的京城，皇帝为他设庆功宴接风洗尘，蒹葭附在他耳边说："前几日浮舟和杜修泛舟出游，浮舟贪玩，掉入江中被大水冲走了，实在怕你担心，到这一刻才敢告诉你。"

长羲找了一个冬春，没找到浮舟，生不见人，死不见尸。

他看着蒹葭："当年在猎场，柚冬说她贪玩，独自跑了出去。如今你又说她贪玩，掉入江中，她一个闲得发慌时也只去翰林院逛一逛的姑娘，能有多贪玩？"

又过两年，太子长羲继位，变成了真正的天子，手揽大权，他再也不用受人桎梏，行事小心谨慎。

他继位后做的第一件事无关朝政，而是血洗东宫。所有的太监宫女难辞其咎，两年前的真相在满地的鲜血中浮现，在每个旁观者的只言片语中拼凑出了浮舟曾经的处境。

长羲去了乱葬岗，万千白骨，分不出其中哪一具是他的小姑娘。

这一世长羲继位十三年，十三年后他因病离世。

算不得寿终正寝，但好歹也算在凡间顺利地历完了劫，变回了沧容帝君檀翀。

他去地府找阎王翻看命簿，却没能在上面发现浮舟的名字。她一个凡人，死后没有入六道轮回，成为一缕没有记载在册的孤魂，许是已经灰飞烟灭，许是尚且还躲在万千世界中的某一隅。
　　上天入地，檀翀却无法找到她。
　　于是他做了一件事，他把白虎、蒹葭、杜修带上了天庭。

　　"谁对你坏，你都要计较回来，睚眦必报，不能仍由自己受欺负。"长羲教给浮舟的，她一定记得。
　　檀翀想，如果他找不到浮舟，那么就让浮舟主动现身。
　　他一直在等。
　　他与天枢星君对弈时，白虎被凭空出现的熊咬掉一只耳朵，他知道，浮舟回来报仇了。因果报应，前世谁欠她的，她该拿回来。
　　很快，蒹葭也被熊攻击，被咬断筋骨。檀翀愈发坚定心中的猜测。
　　如今只剩下杜修，他便去杜修那处守株待兔。

　　檀翀曾赐杜修一块妄生海旁边的地，让他做个闲散仙官。
　　却少有人知，那块地连接妄生海与魔界，乃炼狱之地。上半日受烈火焚烧，下半日又天寒地冻。杜修困在其中当个地仙，生不如死。
　　又过了半月，那头神出鬼没的黑熊果然再次现身，檀翀抓住时机，困住黑熊。
　　黑熊愤怒咆哮，却在檀翀扇动妄生海潮，海底魔珠现世灼瞎杜修双目之后，愤怒渐渐平息。檀翀替它做了它要做的事。
　　檀翀拍拍黑熊的头："带我去找她。"
　　黑熊不予理会。
　　檀翀说："我不会欺负她。"

肆

鹿蜀山位于昆仑雪域，离天宫很近，山脉绵长，南北纵横似有千万里。

黑熊把檀翀带到一处洞口。这里有无数个这样的洞口，宛如迷宫，倘若没有人指路，他还真无法顺利地找到。

檀翀沿着冰砖砌成的甬道走进去，一路漆黑冰冷，不知走了多久，前方出现一点莹莹亮光。

厚厚的草席上，一人抱膝而坐。

那人有他熟悉的眉眼，从前世到今生。

浮舟听见动静，起初以为是黑熊回来了。

她曾在雪域中救下一头幼熊，他们依偎着生存下来。她只是一缕魂魄，连寄托的身体都没有，无法顺利进入天宫。黑熊长大了，它替她去天宫，完成那些久埋心中的夙仇。

睚眦必报，是长羲教她的，她都记得。

她抬头，回来的却不是黑熊，是她如有亿万年不曾相见的长羲。上一世最痛苦的时候，她没有等到他，后来所有的希望与眷恋在时光里消磨殆尽，哪里想得到竟还有再相见的一天。

眼前的人，是真是假？

无论是真是假，她都得勇敢地、珍重地再多看他一眼，然后铭记，终有一日灰飞烟灭连魂魄也消散时，才不会觉得遗憾。

她走到他面前，吸了吸鼻子："我一直想问问你，如何才能狠心舍弃一个人……你从人间带走了白虎、蒹葭和杜修，唯独忘了我。"她低着脑袋，滚烫的泪珠砸在自己赤裸裸的脚背上，像冰冷的刀子，"想来我在你这处，也算不得什么。"

再多的话，都只是徒劳辩解，檀翀缓了两秒，喉咙才发出声音：

"长羲说好了要陪你一辈子,是他食言,没有做到。"
"浮舟,我把檀翀的永生永世赔给你,可不可以?"

伍

青华宫人去楼空,沧容帝君檀翀不知所终。

天枢星君失去了天上地下唯一一位合心意的棋友,十分不甘心,四处打听他的下落。某一日从西海龙王那处得到一小道消息,说是巡逻的虾兵蟹将看见有位神似帝君的男子携一女子在海边散步,后面跟着一头魁梧黑熊。

天枢星君听后双目熠熠,愈发来了兴致。

星君座下一只刚化成人形的小仓鼠得知此事,拿着笔墨纸砚去南天门摆了一个摊,来往的各路神仙,凡提供沧容帝君行踪或八卦一件者,得金松子一颗,作为交换。

不多久,小仓鼠捧回了一本又一本厚厚的《沧容帝君八卦录》,供天枢星君消遣,即便不下棋,他也有了打发时间的乐子。

"你那么多金松子哪儿来的?"天枢星君问小仓鼠。

小仓鼠提心吊胆地说实话:"还不是从您的金库中偷来的。"

"甚好,"天枢星君说,"我平素少有人情往来,那些金子也没地儿花,以后都交给你打点了。"

小仓鼠领命,预备开分店,再去凡间另摆一个八卦摊。

看热闹的人越来越多,这事传得越来越开。

终有一日,沧容帝君本尊携伴侣来到了小仓鼠的摊子前,他手指点了点仓鼠面前的生宣纸,笑道:"小友,我口述,你记录,下一本就叫《浮舟记》。"

萋萋

文/狸子小姐

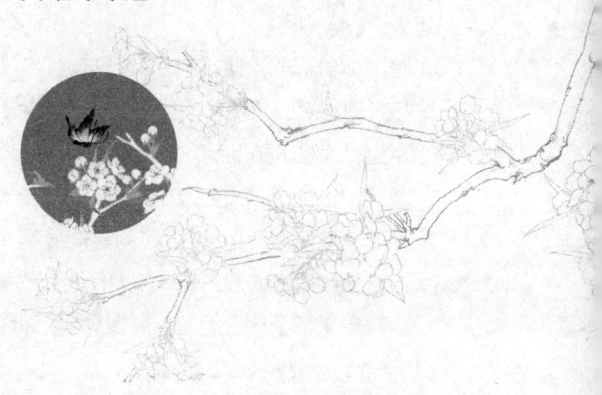

狸子小姐，小花阅读签约写手。
选择恐惧症重症患者，路痴，无方向感，迷糊，死宅，吃货，间歇性休眠。
最高纪录是一个月清醒时间不到四分之一。
唯一的解药就是书中的帅哥美女和美食，当然，看小说好像效果也不错。
代表作品：《嘿！那只淡定君》《幸而春信至》《幸而春信至2》《逆袭之星途闪耀》《美好如你》《有时甜》。

楔子

  从得知消息起,蘷蘷就这么呆坐在房间,愣怔地坐在窗前,不言不语,不吃不喝,像被抽空了灵魂的提线布偶。
  她想过随葛莫一起去,没去成,反倒换来了更加严密的监视。
  "你这么折磨自己,阿莫也不会回来,何况他也不愿你这样。"沈归言抽空过来,见她这样,心里揪成一团,说话却还是一板一眼。
  没了葛莫的叶蘷蘷,又回到了先前沉默寡言的样子,甚至比以前还多了一丝冷漠。
  "你告诉我,他还活着,对不对?"蘷蘷终于有了点反应,揪着沈归言的衣襟,急切地问,"他那么厉害,怎么可能会死,他还说过要娶我的,他还要娶我啊。"到最后,已经哽咽得不像样子。
  沈归言伸手将蘷蘷揽在怀里,明知道那件事她没办法接受,却还是一字一句清晰地告诉她:"阿莫的遗体下个月就到。"
  "为什么去的人不是你,为什么死的那个人不是你?!"
  终于来了个熟悉的人,蘷蘷只得把所有恨压在了沈归言身上,一口咬住他的胳膊,绝望地低吼。
  痛吗?不痛的,该痛的是他的心,明明和葛莫同时遇见了她,可她却只看得见葛莫,甚至恨不得死的那个人是他。
  他嫉妒,一直都在嫉妒,可现如今,他多希望自己能够这么一直嫉妒下去,那样至少证明葛莫还在。
  直到蘷蘷软弱无力地跌坐在地上,沈归言才缓缓地开口:"阿莫葬礼之后,沈家便会来提亲,我会娶你。"
  "沈归言,你乘人之危。"
  "就当是我乘人之危,可现下除了我,你也别无选择。"
  错了,不是别无选择,而是那时她以为,离了葛莫,剩下的选择，皆无意义。

壹

"蘡蘡……蘡蘡……你为什么，为什么嫁给了别人……"

蘡蘡猛然惊醒，伸手擦了擦额头的冷汗，眼睛无神地怔怔看着洞黑的房间，好半天没有缓过神来。

"怎么，又做噩梦了？"枕边跟着她一道醒过来的人，眉头紧锁，柔声问道，满是担忧。

"我没事。"半晌，才听见蘡蘡似有若无地应了一句，面朝里躺下，留了一个冷漠的背影。

葛莫，应该是怪她的吧。

不，是恨她，恨到即便已经过去三年，还是会时不时地出现在她的梦里，一遍又一遍地怪罪她。

他也该怪她的，怎么能不怪呢。

枕边人翻了个身，将她拢在怀里。蘡蘡本能地挣扎，不过只一瞬，她就顺着他这么躺着。

这一闹，她定是睡不着的，至于他，估计也睡不着吧。

她是害怕那一句句满是抱怨的责怪，他呢，估计是因为她吧。

都说沈家公子城府深，明明是好兄弟，却在他尸骨未寒之际娶了他的女人。也说沈家公子肚量大，大到娶了一个心里装着别人的女人，还当作掌上宝般宠着。

沈归言确实宠蘡蘡，宠到前两天蘡蘡又被老夫人寻着借口教训之时，差点和老夫人翻脸，还白白挨了家法。

可蘡蘡呢，对沈归言向来冷淡，甚至对他冷言相加，几个服侍她的沈家下人，私下都说这少夫人真是不知足。

不知足？萋萋听到的时候，面色一顿，却也什么都没说。她确实有些不知足，甚至不知好歹。

当年，葛莫因战事离去，次年殉国，而早就看她不惯的大娘，顺着理由给她找了一肥头圆脑的商贩做小妾。

若不是突然出现一个沈国公之子，她恐怕现在真成了那个肥头圆脑商贩的小妾，哪轮得到她现在这样在沈家作威作福。

萋萋听见他轻声叹了一口气，并无表示。她没办法骗自己，更不能骗沈归言。

沈归言与葛莫是顶要好的兄弟，从小就打成一片，葛莫向来大大咧咧，做事从不遮拦，沈归言倒是沉闷寡言得多，相较之下，反倒显得心思深重。

都说他俩一文一武，将来定能有一番大作为，可谁曾想，造化弄人。

天一亮，沈归言轻手轻脚地起身，就算一夜未眠，早朝还是免不了要去的。即便他已经尽量放慢动作，衣料摩擦的声音在这样寂静的早晨还是格外清晰，又怎么可能不让根本没睡的萋萋知道。

"我想去南丘庵住段时间。"终于，在他准备离开之时，萋萋突然幽幽开口，声音清冷，不卑不亢，一双澄澈的眸子毫无刚醒的蒙眬，直勾勾地看着他。

沈归言脚上的动作一怔，猛地转身，眉头紧锁着，过了好半响，他才淡淡地说了一句："知道了。"

她知道他会这么说，不管她要求什么，他总是这一句，不问缘由，也不做安排。

南丘庵的师父见萋萋来，吩咐人收拾了一间客房，安排住下。

萋萋是南丘庵的常客，一年总有那么几回会来南丘庵住上一段时间，短可三两天，长则十天半月。

"叶施主何苦生生折磨所有人？"师父趁送菜的空当，漫不经心地问。

蘡薁看着她笑了笑，却没有回答，只是埋下头开始吃饭。

折磨所有人吗？可不折磨，她这心又怎么能安？

葛莫是她自八岁起就放在心间的人，是她以为这辈子一定会嫁的人，是她全部的依靠，是她嫁给沈归言之前，她眼里心间唯一的人。

"师父是不是也觉得我应该放下？"蘡薁苦笑着，"可放下，他就真的离我而去了啊。"

师父淡淡地笑着，不再点拨，当年蘡薁满身湿漉地晕倒在庵门处，连着病了数十天，才算挨了过来，那时蘡薁一心出家，可惜尘缘未了，她怎么也没答应下来，只是没想到，蘡薁执念会如此深。

这次蘡薁住得久了些，每日要不去后院梅树下呆坐一晌，要不就在房间不慌不忙地抄些经书，更多的时候，都是站在后山的崖顶，远远地看着远方的某处坟冢。

回到沈家已是整整两月后，刚进门，她就瞧出了不对劲，恰巧叶家带过来的小丫鬟疾步跑到她跟前，小心翼翼地同她说："姑爷坠马，现下还躺在床上。"

难怪，难怪院子空落落着没几个人，沈国公就这么一个独子，这下摔伤，恐怕没有几人闲得下来。

蘡薁转身朝着沈归言的书房走去，吩咐一旁的小丫鬟："先别跟老夫人提我回来了，等过会儿她午睡再来喊我。"

"你不去看姑爷？"小丫鬟问得有些急，连称呼都忘了带。

"不差这一会儿。"蘡薁面色淡淡的，一丝连她都没有察觉的担忧溢出眼底，却很快掩了过去。

小丫鬟盯着蘡薁离开的背影，歪着头想了好一会儿，小姐这次回来,好像有些不一样了,至于是哪里,说不上来。

中午一过,小丫鬟过来准时来叫她。

萋萋搁下手上书,不慌不急地去见沈归言。

她有事要说,顾不得他是否还在病中。

"你就算是再怎么学,也不是他。"遣走了房内所有人,萋萋瞧着半躺在床上的沈归言,冷着声说。

"可你爱他。"

"对,我爱他,"萋萋盯着沈归言,一字一顿地强调,"也只爱他。"

沈归言的心思向来藏得深,就算听她这么说,脸上也没有任何变化,只是讨好地说:"我渴了,被训了一上午,连口水都没喝。"

"那就继续渴着。"虽是这么说着,萋萋还是去给他倒了杯水,甚至担心会烫,还晾了会儿。

沈归言接过水,状似不经意地问:"去看他了?"

萋萋没有回答,算不上,她始终没有勇气去看他,去看了他,她要说些什么,告诉他现在她过得很好,还是告诉他,她想他。

不能的,都不能,她没办法说服自己撒谎,也没办法让他不放心。

下午,等老夫人一醒,萋萋过去请安,没说几句,就被随便寻了个理由罚跪在院中。萋萋知道,这是老夫人在替沈归言出气呢。

沈归言摔成那样了,她怎么能让她这么自在地在沈家晃悠。

这一跪便直接跪到了天黑,要不是因为下雨,小丫鬟见着雨一时半会儿停不下,将事情告诉了沈归言,恐怕还不知道跪到什么时候。

沈归言强拄着拐杖过去,一手拿着伞,一手拄着拐杖,也不说话,就跟着她这么受着,最后还是老夫人看不下去,命人将他俩送回了房间。

"为什么不告诉我？"沈归言很少这样严肃地说话，平时的他，总是带着些文人的儒雅。

初秋的雨，多少有些凉意，薹薹性子硬，哪怕冷得直打哆嗦，却还是肇着脸反问沈归言："告诉你，是让你再和老夫人吵一架，还是让你和我一块挨罚？"

"我说你相公！"

"你清楚，那只是个称呼。"薹薹强调，却又忽然很认真道，"不要再为我和老夫人闹，不值当。"

沈归言知道她这么说的原因，上次老夫人也是寻着借口想罚她，后来因为他而作罢，却也为此气得在床上躺了很长一段时间。

老夫人自生了沈归言后落下病根，身体一直不好，这一点沈家上上下下都清楚，更何况他沈归言。

"值不值当是我自个儿的事。"兴许是被她气急了，沈归言说话也重了几分，顾不上脚上的伤，转身朝床榻走去。

"沈归言！"薹薹厉声叫唤，那是她生气的表现，"你身上的衣服还湿着。"最终，她还是将那些气话给吞了回去。

说着让人给他找了干净的衣服，而她则去了旁边的厢房，那里已经有人替她备好了热水。

"小姐，连我都看得出来，姑爷对你那是顶好的，你怎么就不明白呢。"替她更衣的时候，小丫鬟并不满意薹薹的做法，忍不住在旁埋怨。

"下次再有那些事别多嘴告诉他。"说起这个，薹薹板着脸教训。

"为什么？"小丫鬟显然是不高兴了，嘴翘得都能挂东西。

薹薹戳了戳小丫鬟的脑门："哪来那么多为什么，我的事什么时候轮到你管了。"

"小姐这是在逃避问题。"

蔓蔓笑了笑，不再废话，说想要单独待上一会儿，便打发了她出去，让她在门外等着。

贰

那沁进骨子里的寒气，哪是随便泡个澡就能赶走的，本来已经应了老夫人的话，照顾沈归言，到最后却是谁也靠不上谁。

"现在知道药苦了。"沈归言看着端着药迟迟不敢喝的蔓蔓，略带嘲讽地说。

本来就满是药味的院子，这下两人都病了，味道更是大到刺鼻。

蔓蔓看了他一眼，怄气似的一仰头喝了个精光，强忍着胃里的翻滚，咬着牙说："沈归言，你腿都这样了，怎么还能天天往这儿跑？"

自从染上风寒，蔓蔓就主动搬去了厢房，个中缘由，说不上来。

"吃些甜的压一压。"沈归言避开她的问题，伸手拿过摆在一旁的蜜饯，递给她。

"应该给你摔断了就好。"蔓蔓瞪了他一眼，愤懑地诅咒着，却还是伸手接过小碟。

沈归言忽然凑近，目光徐徐地盯着蔓蔓，一字一句地说："那你可就得照顾我一辈子。"

"你！"蔓蔓发现连躲都没地方躲，只得咬着牙硬撑着，仰起头冷着声音说，"我会给你一碗毒药，死了干净。"

沈归言眸中有一闪而过的黯然，随即又换上那副不温不火的模样，离开的时候提醒她关窗。

就算是这样，沈归言还是每日过来看她，看着她喝完药才离开，下人都说沈归言对她是极好，萋萋听了去，只是冷笑两声，并无表示。

她知道这是下人在为沈归言鸣不平，就连老夫人都想着法子让她看清楚沈归言的心，那些没几个弯弯肠子的下人，意思自然表达得更明显。

小丫鬟以前也会时不时地跟着说两句，自从上次被训了之后，倒是开始学会闭嘴了。

老夫人唤她过去，已是初冬。洛城靠北，天气冷了下来，向来身体不好的老夫人已经用上了炭火。

“你嫁过来多久了？”老夫人不缓不急地倒了一杯茶给萋萋，漫不经心地问着。

萋萋接过，却不着急喝，淡淡地回答：“过了年关，整整四年。”

老夫人向来点到为止，不会把话说透，这不，已经将话转向了别处：“林尚书的大女儿和你认识，听说也到该嫁人的年纪了吧？”

“是的，比我小上两岁，早该到了。”萋萋微微点了点头，虽然对沈归言恶语相向，可在老夫人面前，她从不刻意挑事。

闻讯而来的沈归言不知道听到了多少，只是一冲进来，就一把将萋萋从榻上拉到自己身后，对老夫人说：“我说过，我只会娶萋萋一人。”

“当初就不该让你把她娶进来，真是给我们沈家蒙羞吗？”

原来是为了这事，萋萋知道这事早晚会来的，外面已经有不少人都在传，说沈家找了个不会生娃的媳妇，老夫人听到，想必心里不好受。

这下，没有人再说话，屋子静得出奇，最终还是萋萋率先受不住，伸手拉了拉沈归言的衣袖，提醒他认错。

沈归言也意识到自己方才的冲动,微微欠身道着歉:"母亲,孩儿愧疚,不过这事,我自有打算。"

不等老夫人说什么,沈归言已经拉着蘘蘘朝自己小院走去。

出来得急,蘘蘘甚至脚上连鞋都没来得及穿,现在踩在刚下过雨的地砖上,没几步,袜子便湿了进去,凉意直袭脚底,并不好受。

蘘蘘张了张口,想说什么,可看到沈归言并不怎么好的脸色,只得生生吞了下去,最终还是沈归言反应过来,一把将她抱起。

"沈归言,你放我下来。"蘘蘘被他突如其来的动作吓了一跳,伸手环过沈归言的脖子,却也被一干下人看得不好意思,只得怒斥沈归言。

沈归言并没有理会蘘蘘,脸色黑得能滴出墨来,一到房间,直接将她往床上一扔,也不管她有没摔痛,蹲下身帮她脱了袜子,指尖微凉的手拢住她的脚。

"沈归言,你……"

手掌温温的暖意透过脚底慢慢袭上心头,那些破口而出的言语哽塞在喉咙里,怎么也说不出来了。

"母亲的话你不必放在心上。"沈归言缓缓开口,半是愧疚半是安慰。

蘘蘘想抽回脚,反倒被沈归言握得更紧。她心里像是吹起微微的风,轻颤着,说不上的慌乱。

过了很久,她才冷冷地开口:"林尚书的女儿挺好的。"

沈归言故意忽略,没有回答。

"她因为你,拒绝了一干提亲者,眼看就要成大姑娘了,你不能……"

"叶蘘蘘,我在你眼里就这么一文不值?!"从老夫人那边压抑到此的怒气,终归还是没能克制住,沈归言放开她,居高临下地瞪着她,恨不得将她剥皮吃了,"用得着这么千方百计地将我推给旁人吗?"

看着沈归言盛怒离开的身影,蓁蓁张了张口,还是什么都没有说,方才沈归言不注意,松开她的时候,脚撞在了床榻上,已经肿了起来,看来是被她气得不轻。

叁

不知道是因为她的原因,还是抵不过老夫人,总之,林尚书的女儿还是娶进了门。

他们新婚那天,蓁蓁待在院子里,漫不经心地抄了一下午的书,小丫鬟站在旁边,好几次想劝她关上窗户,却还是不敢去打扰。

院里几株红梅是她嫁过来时,沈归言命人从南丘山移过来的,不知道是不是搬运时伤了根本,一连好几年都没有动静,今年倒是开了,朵朵娇艳,说不上是好是坏。

今日的婚礼,排场虽比不上当初,却终究还是热闹的,就算这院子已经算是僻静处,却还是能够听见那震天的鞭炮声。

沈归言寻来已是深夜,一干下人早被她打发走了,房内就留了她一人,对着窗外怔怔发呆。

那满带着酒气的身影闯进来,让她下意识地皱起眉,却又无意识地迎了上去,扶住那摇摇欲坠的身体。

"现在你很满意吗?"沈归言反手将她困在门上,语气无奈、怨怼。

他们新婚,沈归言也是将自己喝得烂醉,只是那一次,他脸上是挥之不去的笑。他说,他高兴,可到最后,却又哭了起来。

那是蓁蓁唯一一次见他哭。他说,去他妈的义气,以为这样让给我,我就会感激吗?

薏薏知道他与葛莫的感情，从小便是好友，一同读书，一同谈着理想抱负，说要为周南国做出一番作为，那时候他们高谈阔论的飒爽豪情，细想起来，恍如昨日。

而如今，他看着她，问她是否满意，这世上，已经没有了葛莫，而她，还视他为仇人，该是有多凄凉。

"沈归言，林尚书的女儿……"

还不等她将话说完，沈归言已经低头吻在她的唇上，那么激烈的、恨不得将她揉碎吞下的吻。薏薏本能地推开他，换来的只是他圈得更紧。

薏薏只得用手捶他，可渐渐地，她放弃了，由着沈归言那般吻着，由着他将她抱到床上，一层层地褪去她的衣裳，从唇吻到脖颈、胸口……

那些在新婚之夜没有发生过的事，在今夜，一一做遍。

"喝完想想该怎么去解释吧。"薏薏一早便吩咐厨房做了醒酒汤，只等沈归言一醒就给他，昨晚醉成那样，今早起来未必好受。

"薏薏，我不后悔！"沈归言忍着头痛坚定地说，更像是说给自己听。

薏薏没有回答，见他不接，干脆将碗往旁边一扔，转身离开。昨晚是她一时心软，又或者是意乱情迷，可说到底，她也不觉后悔。

随后的一段时间，沈归言说有事要忙，一连走了一月有余，直到年关将近，才回到沈家。

期间因为老夫人的原因，薏薏倒是见过几次林家女儿，却从未私下来往，沈归言新婚当天留宿她这儿的事，搁谁都不会好受。

薏薏怀孕已是年后的事，今年林家女儿刚嫁过来，老夫人自然也关心了些，薏薏向来不喜欢凑这些热闹，于是闷在自己院子里，没怎么出去。

沈归言知道后，放下手上的要事就赶回家中。

相比较于沈归言的欣喜，蘩蘩倒显得平静得多，半躺在窗边的软榻上，手里拿着本书，漫不经心地看着，见他来，也就微微抬了抬眸，淡淡地说了句："是真的。"

"那今晚我便搬过来住。"

"随你！"蘩蘩本是打算拒绝的，可终归没那样做，她知道沈归言在想什么，既然如此，倒不如让他心安，何况，她也不想费口舌。

对于沈归言的举动，老夫人倒是难得没说什么，到底是沈家这代的头一个孩子，就算嘴上再不喜欢，也终归还是重视的。

第二日，沈家便找了一个有经验的婆子照顾蘩蘩，沈归言也挤着时间陪着她。

因为孩子的原因，蘩蘩对沈归言也不再那么冷言相向，偶尔两人还能平和地说上几句话。

这大概是两人成亲以来最为融洽的时间，虽谈不上有多亲密，可看在下人眼里，总归是多了些希望。

就连蘩蘩有时候都有种错觉，如果他们之间没有葛莫，或许，她也会顺其自然地心悦于他，也不得而知。

到底是有很多事务在身，看着沈归言每日疲惫的样子，虽听不到他抱怨，蘩蘩还是能够察觉到。

"我不会对孩子怎么样，不用你日日来看着，何况还有那么多人在。"蘩蘩冷着脸地说着，语气好不到哪儿去。

沈归言看了看她，不咸不淡道："你以为我是为了这些？"

"可我看着你烦。"

沈归言忽然笑了："蘩蘩，你要真疼惜我辛苦，可以吩咐厨房，多做几道好吃的。"

春枝细雨

/161/

"谁疼惜你,我是嫌你碍事。"心思被人戳破的感觉并不好受,蘡蘡到底还是知道羞愧的,脸霎时红了起来。她转头看向别处,却无法掩盖那慌乱的内心。

沈归言知道她脸皮薄,倒也不继续逗她,可嘴角那浅浅的笑意,说明他心情不错。

若没有书房发现的那些信件,两人或许真可以这么好下去也不一定。

沈归言的书房没有明确对她有禁令,反而有种希望她日日过去的意思,但蘡蘡除了偶尔去拿几本可供消遣的书,却也从不刻意去书房做什么。

信件被沈归言藏得很隐蔽,却又像是冥冥注定,蘡蘡不过是随手抽出一本书,它们就像是长了腿似的,全掉了出来。

如果不是上面那再熟悉不过的字,蘡蘡也绝不会动手翻看。

他们三人的字是同一个先生教的,若不仔细看,没人分得清他们三人的字,不过,葛莫的字,蘡蘡向来一眼就能认出来。

那些信已经有了些年头,连纸都变得泛黄,应该是葛莫去世前写的,里面清清楚楚地分析着北疆的形式,也在里面说着他的一些打算,同时还有一些提及她的只言片语。

蘡蘡看得太过认真,以至于沈归言进来都毫无察觉。

"蘡蘡,你听我解释!"沈归言三步并两步走到蘡蘡身边,伸手收起了那些信。

"沈归言,是你害死了阿莫!"蘡蘡憋红着眼瞪着沈归言,她不能怪圣上,便只能将过错推到沈归言身上。

"蘡蘡,事情不是那么简单!"

"让我走,还有……"蘡蘡顿了顿,决绝道,"我不想再见到你!"

到底对蘡蘡的打击很大，沈归言果真没有再出现过，又或者，他好像又有了新的事情要忙，小丫鬟说，姑爷这几个月早出晚归，人都瘦了一圈。

蘡蘡当作没听见，每天该干吗继续干吗，可到底还是受了那些信的影响，最终抑郁成疾，导致胎儿早产。

接到消息的沈归言，火急火燎地赶回来，最终还是没能保住胎儿。

老夫人自是生气的，如今这样，却也不能说什么。

蘡蘡见沈归言来，罨着脸说："你来干什么？"她知道沈归言有多在乎这个孩子，变成这样，多少有些愧疚。

沈归言屏退所有人，伸手将蘡蘡抱在怀里，柔声安慰着："没关系的，我们还可以有的，等你调好了身子……"

"不会有了。"蘡蘡目光无神地望着某处，声音微弱如丝，"放我走吧，我想去南丘庵。"

"蘡蘡，你不要想不开，要怪那也是我的错，与你无关。"

"沈归言，你就放我走吧，我想走。"蘡蘡皱着眉强调，"如果你还不想把我逼死的话。"

过了很久，才听见沈归言开口："好，我放你走！"一句话，他竟是咬着牙才说了出来。

话说到那份上，沈归言又怎么能不放人，他没办法不顾及她。

肆

蘡蘡离开沈家的时候，瘦得像片薄纸，风一吹就能刮倒似的，她只带走了身边的小丫鬟，那是她从叶家带过来的人，总归不放心放在别处。

她养病期间，知道那些她以为是葛莫的信，其实是沈归言用来迷惑敌人的，军中有人通敌，这事葛莫只告诉了沈归言，在事情没有确定之前，只能秘密进行。

却不想，终究还是差了一步，而葛莫，中了奸人暗算，事情也再次陷入僵局。

这事其实并不能怪沈归言，姜姜知道，可不怪沈归言，她又能将事情推到哪儿去，只是反倒更加没有脸面对沈归言。

其实，这几年沈归言一直在准备替葛莫报仇，实现他收复北疆的志愿。

可为了不让她多想，更不能走漏风声，事情一直都在秘密进行，也难怪习文的他会从马上摔下来，她还天真地以为他是为了学葛莫。

那些早出晚归的日夜，那疲惫不堪的身子，甚至那句不后悔……

她明明能够敏感地一眼就知晓沈归言的心思，却生生会错了他的意。

她应该想到的，他与葛莫的交情，怎会对葛莫的事情无动于衷，甚至还大大方方娶她进门，他不是不痛心，而是藏在心底。

师父还不知其中缘由，只是见到她这般，忍不住劝道："逝者已走，你更应该在乎眼前人。"

"迟了，已经迟了啊。"姜姜呢喃着，眼里是化不开的无奈。

听说，林家女儿已经由沈家另寻了一处好人家；听说，沈归言已经去了北疆，就在她来这儿后不久；听说，北疆战事吃紧……

这些本不该扰了佛堂清净的消息，接二连三地传到她耳边，少不了那小丫鬟的功劳，可她现在却恨不得天天听到。

他们之间有过经年累月的纠缠，有过昙花一现的温情，却在失去孩子的那一刻彻底终结。

她，终究生生折磨了所有人。

葛莫给过她年少时候的无畏与欢喜，而沈归言给她的是包容，是爱惜，是足够她记住一辈子的深情。

可如今，良人已散，方知回首，已晚矣。

"小姐，出大事了。"小丫鬟向来遇事慌张，却也知晓分寸，这般没规没矩叫喊着，倒不多见。

"站着好好说。"薑薑现在虽然没有心思教育她，却也见不惯她这般咋咋呼呼。

小丫鬟无奈，却还是规规矩矩地站好，只是语气还是焦急："北疆快马传来的消息，姑爷他受了重伤。"

薑薑的心没由来地一颤，却还是控制着情绪问："好好说清楚。"

"听说姑爷为了抓住当年害死葛姑爷的奸人，不惜孤身犯险，才导致身受重伤，就连圣上这次都盛怒，从上到下骂遍了当时在场的所有人，说务必要保住姑爷的命，现下有能力的御医都出发前往北疆了。"

"小姐？小姐？你有听我再说吗？"小丫鬟担心薑薑，见她半天不说话，赶紧唤道，生怕她出点事。

"我们也去吧。"过了好半晌，薑薑终于开口。

"小姐你说什么？"

薑薑已经不顾小丫鬟，她起身离开，只留了一句："收拾好行李，明天一早出发。"

临走之前，薑薑终于去看了葛莫。

自葛莫去世之后，她从来没有去看过他一次，不敢，不愿，不想，要说是不肯接受事实，可她都嫁给了沈归言，又怎么不算接受事实呢，她只是在埋怨自己。

当初葛莫走的时候，说一定会回来娶她，可她当时正在生气，便随口说了一句，回不来最好。

却不料，一语成谶，葛莫真的没能再回来。

听说沈归言身受重伤，她忽然心里一惊，葛莫走的时候，带着她那些气话，沈归言呢，从一开始，她就诅咒他，说恨不得死的那个人是他，她不能让沈归言也带着自己的诅咒死在那破地方。

就算是死，也得听她告诉他，她爱他，虽不知道从什么时候起，却是真的爱他。

她知道葛莫不会怪她移情，因为世上只有葛莫最希望看到她幸福，看到她快乐，葛莫若真有在天之灵，就请保佑她，不要再次失去爱人。

半月后，蒌蒌终于到了北疆军营，看到沈归言的那一刻，顾不得旁边还有无数士兵，哇的一声就哭了出来。

沈归言看不下去，只得将她拥进怀里，柔声安慰着："放心，我命大得很，何况也不能让你守寡啊。"

"你要是敢死，我就随你一道去。"蒌蒌哽咽着，捶着沈归言的胸口，委屈地说。

"咳！"沈归言刚能下地，被这一捶忍不住咳了一声，"你这样，我恐怕也命不久矣。"

"尽胡说！"嘴上这么说着，蒌蒌吓得立即停了动作，一把拉开他的衣服，看到那缠遍全身的白布，轻柔地摸了摸，"疼吗？"

"疼。"

"很疼吗？"

瞧着蒌蒌微皱起来的眉头，沈归言笑了笑，反问："那你心疼吗？"

蒌蒌知道自己被耍，脸霎时红了起来，干脆下重手一拳捶在沈归言身上，瞪着眼地说："疼死你活该！"

沈归言不顾身上的疼痛,伸手将蓁蓁抱在怀里,温情脉脉地说:"可我舍不得你哭鼻子。"

蓁蓁假意挣扎了一下,便紧紧地抱住沈归言。

她的前半生,因她自己,错失了太多,余生,她定会紧紧地拽牢,绝不松懈。

天水一方

文/应小苔

应小苔,曾用笔名"草摩落落"。新名取自"应怜屐齿印苍苔"。
蜀中人士,喜爱猫狗,善做梦。执笔十年,记梦记幻。
作品多见于《男生女生》《花火》《飞魔幻》。
曾出版短篇合集:《镜花物语》。
即将上市作品:《天水集·双花酿》。

淹

薄雪初融的时候，渔村就开始准备了。

淹听到海风的声音，便拉开破布窗帘，外面热热闹闹的，正是在搭建祭祀用的祭台。

这燕国的江山靠着大海，开春雪一融，就得下海捕鱼，之前总会有这么一场盛大的祭祀，村民把冬日里也舍不得杀掉的牛羊猪宰杀，再供奉给海怪，以祈求风调雨顺。

这也不知道是哪一年传下来的规矩，反正从淹懂事起，就是这样的。

淹其实只是老巫女从海边捡回来的婴儿，听说几次大浪也不曾将她淹死，所以就得了这名字，但这并不妨碍她长成了这个村里最美的姑娘，身形窈窕，明眸皓齿，在老巫女的调教下，从十岁起，就开始主持祭祀。

淹有些莫名焦急，她推开窗户看出去，外面依然是白茫茫的一片，远处的海水和蓝天连成一片，看起来仿佛没有尽头。往年的这时候，阿娘总会很严格地让她不断地练习各种占卜和祭祀之术，而今年……

"淹啊，你切把窗户关上吧，抓紧换了衣服，祭祀就要开始了。"老巫女站在她身后，小心翼翼地说。

自从选秀的事情下来，一向严厉又霸道的阿娘，竟然也客气了许多，让淹好生不习惯，平日里来往的姐妹也不来了，更不要说那些老是围着她转的少年郎，好像都商量好了，一起消失了。

"我……听着那海风吹得有点厉害……"淹有些结巴，面对阿娘，她总是有点紧张。

"你就不用操心这些。"阿娘越发慈祥，"这祭祀年年都这样，不会有问题的。"

她只好惆怅地"哦"了一声，将帘子放了下来，屋里又变得昏昏暗暗。淹从来没离开过这个小渔村，也不知道宫里是什么样子，燕王哙又是什么样的人，她更不明白她为什么就必须要去很远的地方陪伴一个老头子，还必须装作很恩爱的样子。

淹有些不心甘，却也不知道自己到底要什么，她只得叹了一口气，任由阿娘将那细麻袍子换上。

这渔村虽小，但是祭祀的规矩，确实一点都不马虎的。

首先是在傍晚时分敲响锣鼓，由盛装的巫女带着村里未出嫁的姑娘们起舞，三牲瓜果是要整整齐齐地摆放在面对大海的祭祀台上，等那橘色的太阳一点点地没入海中，四周漆黑一片的时候，祭祀才是真正开始。

所有的姑娘和村民都只能在黑暗中等待，不能出声，更不能点燃火把，安静的夜里只能听到海浪的微潮和巫女身上细碎的银器敲打之声，据说海怪会趁着黑暗来享受祭品，直到巫女跳完最后几个舞步，拉长了声音喊道："点火咯——"

这时候才有人去点燃巨大的火堆，重归光明。

可是这么多年，谁也没真正见过海怪的样子，甚至也不曾少过半个瓜果，或许这祖上传下来的东西，也就是个噱头罢了。

倒是这历年来的巫女，一个比一个美，纤细得仿佛一阵风就能吹走。

淹一直有些心不在焉的，舞步也踏错了好几个，跳完这支舞她就能飞身成凤了，却不知为何，她心里没有一丝开心。

反正夜色也是黑的，谁也看不见自己，就算自己什么也不做，海风也会吹的衣角叮当作响，也不会有人知道的，对吧。

她索性停了下来，任由带着腥味的潮水飘在脸上，一动也不动。

让风……再吹得大一点吧……

"唰！"海上这就刮起一阵腥风，防不猝防地卷过来，夹杂着粗大的海水，重重地拍在众人的面上。

火光不起谁也不敢说话，大家只得紧紧地趴在地上，一时间杯盘碗盏乱翻，祭台上的大旗也猎猎作响。

海边也不少见大风，可是如此怪异却是从未见过，盘旋在祭台上方，足足半晌才散去……

"不好了！不好了！"黑暗中，有个尖细的声音叫了起来，"巫女大人不见了。"

四周一片哗然，黑漆漆的，什么也看不见。有人喊了几声，火堆也立即点亮了起来。

老巫女被人扶着走过来，立即倒抽一口冷气，祭祀台上凌乱无比，瓜果散落了一地，连站在中间的淹，也消失不见了。

"怕不是……给海怪抓走了吧……"有人战战兢兢的，压低着声音说了一句。

淹虽然长了那么大，可是连村子都没离开过，如果不是这次的选秀，按照阿娘的意思，她是村里的巫女，就该一辈子用清白之身守护村子。

她小时候倒是在破羊皮卷上看到过，不知道是哪一代的巫女留下的手札，画着一只人身蛇尾的怪物，赤红色的头发，蛇尾上铺满了鳞片，青面獠牙，甚是恐怖。

——"有盘古后裔旁支，人身蛇尾，赤发有鳞，然其尾钉于海，亦不能离之。"

面前这个少年虽也是赤红色的头发，却是异常清秀，他穿着海蓝色的袍子，衣袖口皆是绣着金色的长尾之物，似蛇非蛇，似龙非龙。

他正坐在身边，认真地端详着自己。

"你醒了?"少年看到她睁开眼,甚是惊喜的样子,伸过手就要扶她。

淹很害怕,尖叫着推开少年,躲在墙角。

她浑身痛,骨骼仿佛散架了一般,手臂上甚至还留着清晰的爪印。

然而这些都被人细心地敷上了药膏,清凉凉的,很是好闻。

空气中弥漫着浓烈的海腥味,这看起来似乎是一个石室,高大冰冷的石墙,屋里的光源皆来自于墙上那几百颗闪闪发光的珠子,地面更是红色巨大的珊瑚,还摆放着用芭蕉叶捧着的瓜果。

一股阴冷之气包围了淹。

这都并不是村子里能有的东西,也许是在一个海岛上了。

"你为什么带我来这里?"淹小心地挑选着字眼,生怕激怒了他。

然而少年依然只是笑着,他眼睛里仿佛有着更亮的明珠,海蓝色的衫子衬得他越是单纯:"我觉得你长得好看,所以就将你带回来了,再说了,那祭台上的东西,不就是献给我的吗?"

"我不是,阿娘说我是燕王的女人了,所以谁也不能碰我。"她将自己的小腿抱住,靠在身后的石墙上,仿佛要把自己整个人都镶进去。

"那,你想去吗?"少年笑着问她,仿佛就是邻里间的家常。

淹忽然想起来,这是第一次有人问她这个问题,阿娘和村长念叨的,也不过是莫大的荣耀,恪守本分,以及莫要忘了故乡的众人。

淹心里动了一下,从怀里摸出一把占卜的蓍草,随手往地上一丢。

她是这村里最优秀的占卜师,凡事占卜问卦已是寻常,阿娘常说,天意总是不可逆转的。

然而今天她眼前却只有一片茫然,蓍草四散着躺在地上,任凭她努力地睁大了眼睛,却也是什么也看不见。

罢了……

她抬起头来看着面前这个清秀的少年,认认真真地说:"我不想去。"

姜敛

姜敛是这燕国王子的伴读。

他今年刚刚及笄,提亲的人几乎都快踏破了大门,可母亲总是不答应,说他的婚事,得齐王说了才算。

母亲是先王的妹妹,而姜姓更是燕国的望族,所以他打小就被送入宫中陪伴王子们读书,学习剑术兵法。

原本也是在宫里住了十多年,却是都不知道这王宫的南面还有这么一个地方的。

那日原本约好剑术师父临时犯了旧疾,课程取消,姜敛无所事事便独自一人顺着阴凉的宫墙乱逛,却不料,走到最宫墙的最南边,原本整齐的石板变得乱七八糟,杂草丛生,一个红墙高瓦两层的小楼出现在眼前。

小楼上爬满了各种藤蔓,开着红红紫紫的小花儿,甚是别致。

姜敛年少气盛,好奇心犯了,便用轻功飞上墙头,想看看这神秘的小楼里是什么。

却见墙内甚是普通,无稀罕之物。正失望时,隐约听到哪里传来丝竹之音,伴随着约是十五六岁的女子声音,正在低声吟唱,歌声甚是清甜。

姜敛心中为之一动,又顺着墙根绕了小半圈,才看到里面小楼上有个伸出来的露台,正端坐着一个长发女子。

他从未见过如此清秀脱俗的姑娘,肤白胜雪,双眉微蹙,肩背笔挺，披散着及地的长发，仿佛是一座精美的玉雕，三分通透，七分灵动。

宫中什么时候有一个如此绝色的女子？

他几乎看得呆了，先王的女儿们都已出嫁，当今王上的几个公主他也都见过，莫不是他那舅舅又从哪里纳来的新美人？可是也没有道理将她放在这么偏僻冷清之地，还囚在这么高的围墙内。

露台上的女子似乎也发现了他，便停下了歌声，定定地看着这边。

姜敛那一身轻功是绝佳的，这宫里大概也就他才能一跃就飞上这个墙头，也就只有他能一窥这红墙之内的美人，但是他也不敢莽撞地进去，便从路边摘下一朵不知道什么野花儿，从露台的围栏缝隙里递了进去。

"你是谁？"姑娘说话的声音和她的歌声一样清甜可人，但是不知道为何有些冰冷，仿佛是从海底的深渊传来的。

"我叫姜敛。"他站在墙头，隔着围栏一抱拳，"是王子们的伴读。"

"噢……"姑娘若有所思地点了点头，始终也没有伸手来接那朵花儿，也不再说什么。

姜敛觉得有些尴尬，摸了摸自己的鼻子，便把花儿插在了围栏上，又往后退了一步。

"是在下有些唐突了……这就离开。"他低下头又作了一揖，瞧着那姑娘的锁骨上，似乎是挂了一个什么亮闪闪的东西。

"你……"姑娘犹豫了一下，"我不能离开这里，你下次，替我带一只白兔来可好？"

姜敛愣了一下，但还是爽快地答应了："一言为定。"

没想到这几乎被遗忘了的别宫中，居然还住着如此绝色的佳人。

姜敛忍不住心动，这几日总时不时就会溜到小楼，偷偷看她。除了那只兔子，姜敛还变着花样从围栏的缝隙里递些糕点果品。

除了姜敛自己，仿佛是没有一人还知道这宫中，还有一个南园的，他明里暗里问了好几个王子皇孙，都是毫不知情。

他还发现了，这个南园虽看起来荒废，暗地里却有一队侍卫巡视着，轻易不肯放人过去，那日不过是他运气好罢了，刚巧让他得了空子钻进去。

"若是不然，你回去问问你母亲吧，她和先王亲好，说不定是知道的。"有个人皱着眉头想了半天，这才吐出这么一句来。

淼

戌时一到，宫里又陆续点燃了灯火。

淼站在露台往外看去，太阳刚刚落下，剩下一根细长的红晕还在，好像是把那脂粉抹在了素白的绢儿上。

她想起母亲口中那个一望无际的大海，忍不住又伤感了起来。

她记忆里也只有母亲的样子，还有一些凌乱的属于父亲的记忆，剩下的就是无边的大海和蓝天，偶尔有些不快，也没有什么寄托。

龟甲和蓍草散落了一地，竹简和羊皮也乱成一团，也就只有她这宫里，入夜后是没有人伺候的。

锦衣玉食固然不缺，白日里也有人收拾打扫，可来来去去也就是这几个面孔，一到夜里更是大门紧锁，她出不去，也没有人进得来。

除了，那个人。

她又拾起蓍草逗了一逗金丝木笼子里的白兔，那可是王子们装鸟的笼子，却被姜敛装了兔子送过来，这寂静的小楼里，才终于有了一个陪伴。

想到姜敛，淼的嘴角露出一丝笑意，随即又皱起了眉头，说起来好几天没有看到他了。

淼在这小楼里出生,在这小楼里长大,却从来没有踏出过这红墙半步,若他不来,她也无法出去找他……

"唉……"

淼又叹了一口气,默默地将灯花儿剪掉,百般无聊地捡起龟甲把玩。

外面似乎是有风吹过的样子,窗棂咔嚓一声,就被人从外面拉开来。

"敛!"她看见蹲在窗沿上的男子熟悉的面孔,忍不住就叫出声来。

"嘘!"姜敛将一根食指竖在嘴边,压低了声音说,"来的路上还看见两队巡卫在附近,你且小声些,免得把他们引来了。"他说完就从窗台上跳了下来。

他从怀里摸出一个裹得严严实实的小方盒来:"这是我今天从宫外买的麻糖,甜甜的,特别好吃,就想着给你带一些来。"

小姑娘立刻欢快地笑起来,脸上的阴霾一扫而光,捻了一块他说的麻糖放在嘴里,是从未有过的醇甜。

"我问过母亲了。"姜敛一边笑着看她贪吃的样子,一边笑道,"原来你还是王女,你母亲叫淹,是这后宫最美的后妃,当年先王可是把她从海怪那里救回来的,封了美人,特地修了这个南园给她住的。"

淼的手忽然就抖动了一下,但是,她还是什么都没说,又捻起一块麻糖放入嘴里。

"母亲还说了,你出生就会笑,未及满月就能说话,先王怕你招来是非,才把你关在这里,虽然现在王上有些怠慢……好歹你也是个王女,长得又跟你母亲一样美,如你母亲还在世,定是把你当成宝……"

他只顾着自己喋喋不休,不曾注意那姑娘不知道什么时候就把头埋着,并不说话,眼角亮闪闪的,似乎还有些泪珠儿。

"哎呀哎呀。"他立刻就慌了神手忙脚乱了起来,"我定是不该提起你母亲,让你伤心了。"

姑娘手中还举着半块麻糖,泪珠儿顺着就滑到了衣襟上:"我并不是你口中那位燕王的女儿,母亲也从来不想被囚在这红色的院子里,她时常想着大海和蓝天,然而却到死也没能如愿。"

"你说你不是王女……"姜敛被吓了一跳,他仔细看着眼前这个姑娘,似乎并没有开玩笑,"你究竟……是谁?"

原本这些事都是淼心里最深的秘密,原本她以为,她会带着这些秘密在这里终老,尸骨和母亲埋在一起,然而今晚不知为什么,她想把这些秘密全部告诉眼前这个人。

姑娘的眼泪在灯光下闪烁着圆润的光圈,仿佛是小巧的珍珠,她捻起一粒轻轻地放到姜敛的手中,小心翼翼地说:"你且仔细看看,这是什么。"

从未想到过眼珠儿也能被这样捻在之间,姜敛瞪大了眼睛,将之举到灯下,珠儿在手心里滚动了几番,硬硬的、冰凉凉的,就是一粒珍珠的样子。

"我的眼泪……滴下来就会变成珍珠,而我的父亲……就是你口中的那位海怪。"

她从地上那一堆乱七八糟的羊皮中翻出一张来摊开,上面画着一个清秀的男人,赤红色的头发,人身蛇尾,高高地站在海浪上,背后是一片水连着天,无边无际的蓝色。

"这便是我母亲留下的画像,她原本和我父亲生活在海洞中,那里有无数的夜明珠和红色的珊瑚,还有温润的海水和一望无际的天空,但是你们的燕王不甘心……硬是派兵杀死了我父亲,夺走了母亲。"

一时间只觉得空气仿佛都凝固了起来，姜敛的耳边尽是嗡嗡嗡的响声。

"我便是他们眼中的怪物。"淼低着头，她的眼睫毛剧烈地抖动着，衣襟上又滚落了一串珍珠，"若不是我继承了父母的能力，早就被杀了，若又不是你无意闯了进来，我也定是不会向外人提起。"

"可是你母亲，进宫两年后才生下你，若说你不是王女……"

"不是！"淼斩钉截铁地打断了他的话，"别人不知，母亲又岂会糊涂，我父亲是海神，我们本身就是孕育两年才出生，母亲入宫后的确艳压群芳，也曾独宠一时，可我终究不是这燕国姬氏的血脉。"

说罢她伸手在虚空中画了一个什么，就像是火光划过，空中就平白闪现出一个奇异的符号，接着又一闪，飞快地化作一只蝴蝶的形状，扑扇着从窗户飞了出去。

姜敛的脑子里乱哄哄一片，都说当年的淹美人孤傲高冷，得罪了先王后才被贬在此。

"我父亲的尾鳍被一神剑钉在海中，本无力一战。岂料对方咄咄相逼，父亲被沾满了剧毒的桃木箭头射中，他是担心我已经怀孕的母亲，在临死前逼出自己的内丹，送入了母亲的肚里，也就是我身上，不是为了我，母亲也定然不会在这宫里委曲求全。"

小姑娘的嘴唇上下翻动，仿佛是在讲一个陌生的故事。

"可是，我明明听说，你母亲原本就是献给先王的美人，在祭祀上被海怪抢走，先王听说后大怒，这才发兵的啊。"

"大怒……"姑娘凄厉一笑，"对一个素未谋面的乡野女子吗？不过是有人为了抢夺父亲的内丹修炼罢了。"

"那……"姜敛小心地寻找着字句，"你既然是神族，为何不带你母亲逃走？"

听得此话，淼的神情就更加低落起来，她拉开自己的衣领，露出两片洁白的锁骨，那上面正是上次见过的那只银环，穿透了皮肉，紧紧地裹在了骨血之中。

"因为他们既想占有我继承自母亲的占卜之力，又惧怕我父亲留下的神族力量，所以，从我出生起，就施了咒用银环将我锁住，我此生也不能离开这里。"最后几个字仿佛是被咬断了一般，碎碎地掷落在地，就算是瞎子，也能感受到她的无助和愤怒。

姜敛小心地伸手摸了摸，冰冷的银环似乎并没有因为靠着女孩的身体而增加一些温暖，那周遭一圈的皮肤已经有些干瘪萎缩……

他几乎快说不出话来，只觉得一阵阵心痛，仿佛是万蚁噬心，也不知从何安慰，忍不住就将她搂在了怀里。

姑娘的身体有些轻微颤动，他耳鼻里皆是醉人的体香。

"我去求母亲……把你接出这王宫可好？"姜敛捧起那张娟秀的小脸，认真地问。

"可……可以吗？"她似乎是看到了曙光，紧紧地抓住了姜敛的手臂。

"只要你。"他顿了顿，"答应嫁给我。"

"我答应！"几乎是毫不犹豫，淼就答应了，她将双手捏得紧紧的，"我嫁给你。"

这大概是姜敛这辈子听过的最动听的声音了，他看着淼拖着哭腔却是一本正经的样子，小嘴因紧张还在颤抖着，一下子就吻了上去。

她的双唇是冰冷的，略有些咸味，长长的睫毛带着水迹覆盖在眼帘上，姜敛第一次尝到女人的味道，迷离到不能自已。

幸得这长夜且还漫漫，幸得这小楼也还远离尘嚣。

子之

如今的燕国，愈发乱起来。

先是燕王哙联合楚、韩、魏、赵四国攻打秦国，但未能取胜，于是各自退兵，而后又要禅让王位给那国相的儿子子之，自己称臣，这子之却并不得治国之道，偏好一些旁门左道，还精通方士炼丹之术，也不知使了什么手段迷了这燕王哙的眼睛，夺了这燕国的大权在手。

听说他似乎并是不满足的样子，非要夺了这燕国的天下才满意。

然而淼却并不关心这天下的大事，她把弄着手中的龟甲，几条裂痕已然说明了一切，大局已定。

"你倒是说话啊，到底怎么样？"

眼前这个男人焦急得不得了，在这屋子里来回踱着步子，眼睛死死地盯着跪坐在地上的淼，这三年燕国生灵涂炭，听说太子平怕是要造反了。

"你先告诉我，姜敛到底去哪里了？"淼尽量克制住自己的情绪，咬着唇说道。

男人估摸着四十来岁，体格粗大魁梧，虽穿着描金纹的长袍，脚上也是一双上好的鹿皮靴子，却是没有半点斯文，活脱脱一个凶煞鬼的样子。

"你！"他声音更是粗糙难听，"你居然跟我子之谈条件？"

淼不屑地笑了一声，起身坐到窗前，平静地看向外面："那你自己看龟甲好了，反正燕国的事，也跟我没有什么关系。"

原本这占卜问卦之事，没有人比这个巫女和海神之女更要厉害的了，只不过她算尽苍生，却独独不能预知自己的未来。

这次不知道为何，连姜敛的，她也看不到了。

从上次见到他到现在，已然足足有一个月了，她心里焦急万分，却又寻不到半点消息。

"哼！"身后的脚步声重重停止了，换成男人的咬牙切齿，"原来是你在作怪，难怪那小子非要指婚，将你下嫁于他，我就说嘛，他如何得知这宫中还有你这个怪物的存在。"

淼并不接话，依然看着窗外。她抠紧了自己的手心，努力地让自己看起来很安静。

"实话跟你说吧,姜敛已经被派上战场了,让他立点军功再回来,不然拿什么来迎娶王女啊?"

子之拉着嘴角诡秘地笑了笑,仿佛是有什么天大的秘密没有言明。

淼的手明显一抖,脸色也瞬间惨白了下来,她在自己纤细的手指上咬了一口,让血滴到那块龟甲上,任由血色沿着裂缝蔓延开来。

幼时也曾今见过母亲跪在他面前,苦苦地哀求用自己换来女儿的自由,却只不过换来他更多的刁难。

这个男人最喜欢的事,就是夺走别人最心爱的东西,把别人的苦苦哀求当作最快乐的事。

若是想跟他有些什么要求,只能是有更好的东西去交换才行。

"算出来了没有,到底要如何,我才能获得更大的权力?"身后传来男人不耐烦的声音。

淼回过神来看了一眼破碎的龟甲,心中忽然有了一个绝望的打算。

"我还不能告诉你。"她回过头来,看着已经要发怒的子之。

小时候,她最怕的就是这个人要发火的表情。

虽然母亲去得早,但是她大概睁眼起就有了记忆,每次他一发火,母亲总是会被为难很久,甚至会被折磨得遍体鳞伤,生不如死。

"你这个小丫头!你是不想活了对吧?"子之咬牙切齿地看着她,眼睛里闪着寒光,仿佛下一秒就会将她生吞活剥。

他就是这样的一个人,从来不掩饰自己的欲望和喜怒。

淼给自己松了松气,尽可能地让心安静下来,努力地不让自己逃避对面的目光,轻轻地说:"你先听听看呗。"

"你说!"男人使劲地一挥袖子,重重地站在了她面前。

"我知道,你留着我,不过是因为我的能力罢了。"她觉得嗓子有些干痒，轻微咳了两声，"我从我母亲那里继承的占卜之术，和我父亲留给我的神族之血。"

"哼。"子之用鼻子哼了一声，大概是表示认同。

"你有了这一切，还有什么得不到？还有什么，需要问我？"

淼认真地看着他，伸手在自己锁骨上那只银环上比了一个手势。

男人的表情在那一瞬间就凝固了，他不可思议地看着淼："你以为我没有想过吗，当年若是能直接夺走那海怪的内丹，我早就送你们一家团聚了，至于这么多年留着你生事端？"

淼伸手摸了摸锁骨上那只银环："你当然不会知道，当年我父亲在临死前，将他的内丹和所有的记忆，全部送入了我的体内，所以即使你杀了他，也什么都得不到，如今只有我，拥有你想要的一切。"

子之从来没有见过这个被囚禁了多年的女孩有这样的目光，仿佛是一把利剑插在他的身边，没有半点柔弱和哀求。

"成交！"他点了点头，眼睛里都是满满的贪婪。

淼顿时松了一口气，不管怎么样，只要能摘掉这个该死的东西，她就能离开这里。

她一定要离开这里！去找姜敛。

灯花儿晃动了几下，将淼的影子在墙上拉得老长。

她脸色有些苍白，人也瘦下来一圈，正从一边拉过一卷羊皮，轻轻地抖开来。

腥味让她几近呕吐，忍了半天，这才又从袖里摸出一把细长的小匕来，斜着刀口在手腕上轻轻地划了一刀，鲜红的血液立刻就涌了出来。

"呼……"她忍不住呼了一口气，看着小碗里慢慢地滴了小半碗鲜血，又将之倒入小砚中，和墨汁混在一起，搅拌均匀。

做完这一切，她的脸色就更加苍白了。

"我以我血，诅咒得到此卷轴的人，都将被众叛亲离，不得好死。"

小砚里的液体忽然就沸腾了起来，仿佛被高温烧开，噼里啪啦地冒着泡泡。淼的眼睛里都是仇恨的眼光，牢牢地看着这一切。

接着小狼毫在墨汁里滚了两下，端端正正在羊皮卷首写下几个字：

天水集——灵术。

灵

风雨欲来的时候，往往都特别安静。

也许那个燕王唅，此时正焦头烂额吧，听说太子平已然聚集了党徒军队，准备背水一战了。

淼将那几卷手书的羊皮卷叠在一起，紧紧地用红绳绑了，她也没什么细软，小兔子是带不走了，只好放在了后花园中。

淼觉得自己的心在拼命地跳动，也许这十几年来，这是唯一让她如此激动的事了。

"东西呢？"

她刚推开小楼的门，一个高大的中年男人就已经等在门口。

子之看起来更是迫不及待，他一伸手，就要抢淼怀里的东西。

小姑娘急忙伸手画了几下，掌心便冒出了一朵蓝色的火焰："你若再往前一步，我就都烧了它！"

"你！"男人恨得咬牙切齿，"你到底要如何，我怎么知道你手中的可是真的秘籍，万一……"

"没有万一！"淼打断了他的话，轻轻地将一卷展开半截，"你看到了吗，这都是我混着自己神族之血写成的，每一句都是一个血咒，只要你拥有了它，就等于拥有了全部力量。"

"天水集？"他眯着眼睛念着卷首的大字。

墨迹带着浓浓的血腥味，在阳光下有些泛红，子之的眼睛里闪着贪婪的光，他捏着淼锁骨上那只银环，轻轻地念了几句，使劲一拉，那东西就从姑娘的体内脱开来。

淼只觉得从锁骨蔓延开一阵剧痛，一时间天昏地暗，浑身的力量都被抽走，动弹不得。

果然这个家伙，不会给自己留一丝内力。

"你自由了，滚吧。"

有人拖来一卷破草席，将淼裹了进去。

耳边只听到子之放肆的大笑声："我会回禀王上，你已因病暴毙，拖出行宫掩埋了，还有那个姜敛，军队里早安排了几个探子，一出城，就在北边的小树林解决掉他了。"

什么？怪不得，一直卜不到他的卦象……

天空忽然下起来暴雨，噼里啪啦地敲打在耳边，淼只觉得世界一片灰暗，昏死了过去。

等再醒来，已经被甩在一个不知道什么地方的角落里。

她从未离开过那小楼半步，也不认识铜钱和粗糙的粟米饼，一个鞋底从来没有沾过泥土的小姑娘，在这乱世中，还能做些什么？

淼将身上的披风扎紧了，首饰和发饰皆摘下丢掉，一个人逆着人流，往尚还在战乱的西南方走去。

四周围皆是慌乱的人，一个老头奇怪地看着她，问道："战乱将起，何不逃？"

逃？逃往哪里？

淼摸了摸自己的小腹，那里是一个新的生命，一个跟她一样，一出生就看不到父亲的可怜虫。

"你就叫灵好了。"她似乎是在自言自语，"希望你会有巨大的灵力,再也不用受人摆布。"

大概是被那银环锁得久了,又耗费了太多的鲜血在那羊皮卷的血咒上,剩下的就只有这么一具破碎的身躯,明明只有半日的路程,她硬是走了三天,这一路她断断续续打听着燕国大军的方向,几乎在野外摸遍了每一具弃尸,终于在一条河边找到了姜敛的尸骨。

一把长剑从他后心中穿过,将他牢牢地钉在了树上,终日的风吹日晒,已化作白骨。然而那熟悉的衣饰和骨骼,还是让她一眼就认了出来。

"我曾经看到你父亲就死在我面前,然后我却不能哭,也不能伤心,因为肚子里还有你,我们还得拼搏下去。"

淼想起母亲的话,只觉得浑身骨头都碎了。她再也支撑不住扑倒在地,找到姜敛或许他还活着的信念在一瞬间土崩瓦解,天地间只剩下灰暗、孤独和绝望。

淼咬破了唇咬出了血,却一滴眼泪也没有留下,她收拾起尸骨,又重新踏上旅途。

——"海之西南有雪山,终有雪,有一物名为千岁,千年一结花果,树高大繁茂,盘根错节,树下无雪,四季如春,其果生津润燥,服之可消百病,闻之增寿三年,若入药炼丹,或能保千年不死。"

"灵,和母亲一起努力吧。"

父亲的记忆中,有这么一个地方,集天地之灵,对于淼来说她现在的任务就是找到这个地方。

每日日出而起,靠着日头指引方向,永不停止赶路,终于隔着远远的山涧,看到了那一片白茫茫的山麓中挺拔的大树。

白皑皑的雪地上,拔地而起的大树高高地站在中间,开满了黄白相间的花骨朵儿,树冠之下皆是一片黑土,没有半点雪花,盘根错节的树根仿佛是四通八达的筋脉，将一切围在里面。

神树还开着花儿，或许等上百年就会有果子。

淼的嘴角又露出了一抹微笑，这抹微笑跟她第一次见姜敛时一模一样。

肚子忽然剧痛起来！

想必……姜敛的孩子就要出生了吧？

小腹部一阵一阵紧缩，淼几乎要昏死过去。迷迷糊糊中，她感到背后的神树抖动了几下，一只树桠将她接起，缓缓地放在树干下。

她仿佛看到母亲口中那片一望无际的大海，接着一望无际的蓝天，一切都很美好，除了没有姜敛。

又一阵剧痛袭来，淼拼命地抓紧了装着姜敛尸骨的包裹，一用力，"啊"的一声，身下一股暖流，一个黏糊糊的东西，从身体里分离开来……

"灵……是你吗？"

她努力爬起来，一个皱巴巴又瘦小的女婴，浑身都是血，还来不及哭上一声，冰冷的小身子仿佛还有些透明，就已经没了呼吸。

血从她的身子下不断地涌出，很快将大树下染得一片通红，淼一点也不觉得痛，反而意识开始模糊了起来。

"呵！"她惨笑了一声，这是神族的血，能厚泽万物，却是救不了自己最心爱的两个人。

"神树啊，我以我的血做交换，保我孩儿之魂魄不散，以树重塑其身，平安长大！"

淼几乎是用尽了最后一丝力气，她将手中的孩子高高举起，只见那婴儿的身躯开始发光，大树居然抖动了几下，俯下身来将那孩子抱起。

"敛，女儿长得像你……"

她似乎还带着一丝微笑，紧紧地搂住那包尸骨，沉沉地睡了过去，再也不会醒来。

树根们仿佛活了起来，扭动着将她裹在怀里，慢慢地沉入了泥土里，黄白的花儿仿佛获得了巨大的力量一般，瞬间都绽放开来，树荫下冒起了千百种小芽，仿佛是在为她送行。

"哇——"又过了许久，树冠上忽然传来一个婴儿的啼哭，响亮又清澈，久久地在树荫下回荡。

大树仿佛是一个慈爱的老人，轻轻地晃动着手臂哄着孩子，花朵们就随着摇摆，真是美不胜收啊。

也许，很快就要结果了吧。

——"盘古之君，龙首蛇身，嘘为风雨，吹为雷电，开目为昼，闭目为夜。死后骨节为山林，体为江海，血为淮渎，毛发为草木。"

（编者注：此篇为应小苔新长篇《天水集·双花酿》的一个前传，姜敛和淼的女儿灵灵在百年后长成了一个白胖软嫩的萌娃，因为贪吃米糕而结识男女主，后自咬其肉赠与男主，继而得以用其肉炼成了不死丹药献予秦王。）

丫头

文/云上

云上,生于江南,长于江南。
喜欢做咖啡,也喜欢烘焙,
喜欢宅,也喜欢到处旅行。
最爱是写喜欢的故事,
因为所有的时光,都会停留在文字里。
代表作品:《我只是怕惊动了爱情》《我在云上想你》《许我向前看》《可惜没有如果1、2》《我在等,等风等你来1、2》《如果天黑来得及》。
微博@我是云上

丫头来到京城的时候是夏天,这个夏天发了大水,爹娘和弟弟都在大水里丧了命,单单她一个人活了下来。

她从未离开过那个小山村,她娘亲去世前曾经抓着她的手,狠狠地、用力地对她说:"活下去,丫头,活下去。"

她无处可去,随着一群流民走,等到京城的时候,那群流民已经只剩下稀稀落落几个人,丫头和他们一起进了城,看着这个大气的、华丽的、热闹的城市,不敢相信自己的眼睛。

这个世界上,怎么会有那样的天差地别。

第一次瞧见周将军,便是她初次来到京城的那日。

她饿得不行,想同卖包子的老板娘讨一点东西吃,却被一把推开,而后她听到老板娘嫌弃的声音:"滚滚滚,臭乞丐。"

忽然来了很多官兵,原本散开的人群也不知怎的忽然都拥过来,她被人挤来挤去,头昏脑涨。

身旁似乎有人在说,是周将军打了胜仗回朝了。

她好不容易站定,小心翼翼地问身旁的大妈:"周将军是谁?"

大妈看了眼她脏兮兮的脸,嗤一声:"你还是不是大越的子民,怎么能连周将军都不认识?他可是顶顶厉害的战神,打了无数胜仗,是大越王朝一人之下万人之上的大将军。"

大街上热闹得厉害,遥遥地就能见到有大队的人马过来,最前面的人一身铠甲,坐在高高的大马上,就像是从天而降的神。

人群又开始涌动,丫头被人挤着往前,她站都站不住,可是她也想要瞧瞧,那个一人之下万人之上的大将军,究竟长什么样子呀。队伍越来越近,百姓们欢呼着、尖叫着,她还来不及仔细瞧清楚,就被身后的人群推搡了出去,她眼前一黑,只听得一声马儿嘶叫,恍然抬头,便见马蹄从她头上收回,坐在马上的人微微低头,瞧着她。

她倒抽一口气,咬紧了唇,忽然意识到自己浑身臭味,满脸脏污,下意识地低下头。

刚刚还吵嚷的大街好像突然就安静下来,她仿佛能听到头顶马儿粗粗的喘气声。

她犹豫片刻,又慢悠悠地抬起头来,正好对上他的眼睛。他戴着那么厚的头盔,除了眼睛什么都看不到。但是那眼睛可真好看呢,像是她在家乡的夏夜看到的星空。

周将军问她话:"你可是有什么冤情要诉?"

脑子里一片糨糊,丫头呆了呆,声音小得仿佛是在自言自语:"我……我饿了……"

丫头没想到自己居然能被周将军带回去。

周管家看到她的时候皱了皱眉,不明白周将军怎么就把这么一个小姑娘带回家了,听说还是在京城大马路上捡来的。

她怕被周管家给扔出去,连忙保证:"我会干活,也很有力气,做菜也好吃,真的。"

毕竟是周将军带回来的姑娘,周管家哪里真能把她扔出去,甩甩手给她拨了间下人房,让她先把自己收拾干净。

刚收拾干净就有大丫鬟来唤她过去,她还以为这就要去见周将军,不料去了才发现是位头发花白、满身雍容的官夫人。

她跪下来,官夫人让她抬头,仔仔细细瞧了瞧:"怪道会把你带回来,叫什么?"

"丫头。"

"行,丫头,从今天起就去阿羌那里服侍着吧。"

后来丫头才晓得,那官夫人是周将军的母亲。阿羌,就是周将军的小名。

丫头在周将军的院子闲了两日都没见到人，据说是皇帝把他留在宫里留了两天，到现在还没能放出来呢。她每日也就料理下花草，睡睡觉，倒是这辈子来过得最闲适的日子了。

这日已是她在来到将军府的第三日了，她照惯例在园子里料理花草，一旁墙头忽然就有黑衣人飞了进来，稳稳落在她身边。

她吓得一屁股坐在地上，差点就惊叫出声："你是什么人？"

那人淡淡瞧他一眼，也没理她，兀自转身就走，可把丫头急得，连滚带爬地起来，冲上去就挡在那人面前："你你……你擅闯将军府，知……知不知道是要被抓起来的？"

黑衣人眉心微皱："你……"

"你……你什么人！我可叫人啦！"丫头强撑气势，"来人啊来人啊，有小偷！"

黑衣人吐出一口气，上前一把就捂住了她半张脸："住嘴！"

已经来不及了，周管家风风火火地赶过来："怎么了怎么了？哪里有小偷？"话音才落，他看到面前的人，停住，颇尴尬，"将军，您回来啦。"

丫头原还在挣扎，听到这话浑身僵住，喉咙里有声音："将军？"

她又抬眼看向他，他正巧低垂下眼，她看到了同一双眼睛，那仿佛夜空一般的眼睛。

丫头腿都差点软了。

周将军收回手，脸上无甚表情，却能显而易见地看出不耐："她是谁？我不是说了不要丫鬟伺候？"声音沉沉的，像是压抑着怒气。

周管家也搞不懂了："她就是您从大街上带回来的姑娘呀，老夫人说送您院子里来，您要是不喜欢，那……"

"将军，您别赶我走。"丫头瘪瘪嘴，小狗一样的眼睛瞧着他，可委屈了哪。

丫头还是留在了院子里，不过周将军说了，他不需要贴身丫鬟，所以丫头依旧无所事事，成了整个将军府最闲的闲人。

阿爹、阿娘从小就教育她不能白吃白喝，她怎么着都想着为周将军做些什么。

丫头向周老夫人院子里的丫鬟姐姐学了煲汤，想着光是汤也喝不饱，便又做了两个家乡的菜给周将军一起送过去。

丫头敲门的时候周将军正在书房心无旁骛地看兵书，不耐地说了声："什么事？"

丫头委委屈屈的声音从门外传来："周将军，是我哪……我给您送吃的来了。"

他正翻页的手顿了顿，到底放下了书，抬头说："进来吧。"

便听她欢天喜地应了一声，推门进来，一见到他就咧嘴笑，眼睛都快看不见了："将军，您快过来吃，我刚做好的，还热腾腾的呢。"

周将军没起身："你放下，先出去吧。"

丫头脸上的笑便顿了顿，悠悠地抬起眼看他一下，像是怕被他发现似的，又立马低垂下眼："可是……可是等会儿就冷了呀，您一早上都没吃东西，要不先来吃吧？"

她没等到周将军应答，明白自己逾越了，连忙放下东西匆匆要走。还没走到门口，忽然听到一阵椅子摩擦地面的刺啦声响，她愣愣了一会儿，回头，周将军果然站起身来，走了过来。

她又笑起来，小跑着回去，一一介绍她的手艺。他依旧冷着一张脸，却拿起碗筷吃起来，一点没嫌弃。

丫头瞧着他吃，忽然就想到之前听到旁人在说周将军，说他从没露过笑脸，眼神冷得像是能杀人，虽然是大越王朝独一无二的大将军，但也是杀人不眨眼的大魔王，手上已经不晓得染了多少人的血。

丫头却觉得，周将军是个好人，而且还是个顶顶好的好人。她捧着脸笑,见他吃得好已经心满意足。

周将军原先每天就只吃一顿,有了丫头顿顿做饭,顿顿盯着,饮食倒是逐渐正常起来,连周老夫人有日瞧见他,感慨着似乎是胖了一些,为此还多赏了丫头一个月的月例。

丫头最起先还有些怕周将军,次数多了也就不觉得他可怕了,她觉得他就像是只纸老虎,表面上冷冷冰冰生人勿近,实际上有着一颗热心肠。

虽然她将这话讲给周管家听的时候,被反问一句:"你说的真是我们家将军?"

咦,难道她说错了吗?

丫头每天就想着研究各种菜式,一有新菜便想着立马就给周将军送过去,这日也是,她好不容易做了道新菜,匆匆忙忙就端着过去了,书房里头没人,她便去了内室,敲了敲门。

"进来。"

周将军果然在里头,她一边进去一边说:"将军将军,您尝尝这道菜,我保证好……"

话没说完,手上端着的瓷盘便哐地掉了下去,碎了一地,而后半句话堵在了喉咙里,怎么都说不出来了。

一向一身黑衣的周将军,这会儿脱光了衣服坐在浴桶里,在泡药浴,大概是水有些热,他的脸颊红红的,倒不似平常那样冷冰冰的。

她颇有些尴尬,却挪不动脚:"我……我不晓得将军,将军您在……"话又没说完,却是看到了他胸口遍布的疤痕,一道又一道,密密麻麻,大大小小,有一道最长的,从他的左边肩胛骨往右下角延伸下去,没入水中。

这该是多少次在生死边缘走过?

她忽地就有些哽咽:"疼,还疼吗?"往前走了两步,又顿住了脚步，脸腾地红起来，背过身，"我我……我先出去啦。"

"站住。"他沉着声音，停顿一晌，又加了一句，"等着。"

"啊？哦……哦……"她便不敢再动，像块石头一样呆呆地在原地站着不敢动。

只听得身后一阵水流起伏的哗哗声，她的脸颊越发红，还没能回过神来，下半身忽然腾空而起，她惊呼一声，下意识地抱住面前的东西，这才意识到自己竟被将军给抱了起来，也才意识到自己抱着的，正是将军的脖子。

周将军披上了衣袍，直直地立在这里，她头一次这么近距离地瞧他，原本就有些失控的心这会儿跳得更加厉害了，怦怦怦怦怦怦，像是要从喉咙口蹦出来。

她是怎么了？

"将……将军？"她颤颤悠悠地叫，像是被吓到发抖的兔子，眼睛也不敢看他，睫毛颤得厉害，似是周老夫人身旁丫鬟手里的那把小扇子。

"没看到地上的碎片？"他的声音里带着关切，丫头也不晓得是不是自己听错了，"你的脚伤到了。"

丫头低头一瞧，可不是吗，刚刚被她摔碎的瓷碗一片片都尖利得很，刚刚也是着急，这会儿才感觉出脚上的疼来，轻轻叫一声，又觉得自己很没用，周将军身上那么多伤疤都没喊疼，自己却不过一个小口子便忍不住。想着，便咬了下嘴唇不敢吭声，也不敢喊疼。

周将军像是明白她在想什么，迈了几步将她放在凳子上坐下，启唇："疼就说出来，忍着谁知道？"

丫头抿抿唇，小心翼翼问他："那将军呢？你疼吗？"

周将军没有立刻回答，去拿了些东西蹲在了她面前，这才说："已经疼过了，现在不疼。"也不知道是真话还是假话。

周将军要脱她的鞋子，她吓得连忙缩回脚，他不满地扫她一眼，似是在说又怎么了?

"怎么,怎么能麻烦将军呢……"她又红了脸。

"嫌弃?"

"当然不是,我……"

"那就好。"他不再多说,直接脱了她的鞋袜替她擦拭伤口,上药。

丫头低头看着那个大名鼎鼎的周将军此时蹲在自己面前,整颗心便像是软得能化成水了一般,她低声嗫嚅:"在我老家,要是看了女孩子的脚,那可是要……"

"说什么?"周将军抬头看她一眼,随口问。

丫头涨红了脸摇头:"没……没什么。"想了想,又接了一句,"我是想问,将军,那日,您为什么要带我回家啊?"

周将军的手顿了顿:"看你可怜。"

"可怜的人那么多呢……"

"所以,要把你换走?"他声音冷冷的,不像是在开玩笑。

丫头还真怕被赶出去,连忙抱住他的胳膊:"不要不要,将军你可千万不要赶我走。"

不知道是不是看错了,丫头总觉得自己像是隐约瞧见了周将军的唇角,有那么一刹,翘了起来。

虽然只是一闪即逝。她家将军,好像真的不像大家说的那样,是个冷血无情的大魔王呢。

"对啦,将军,你能教我认字吗?"

周将军愣了愣,点点头。

丫头的脚伤不严重,再加上周将军那瓶顶好的金疮药用着,没几日便痊愈了。

那几日她被周将军拘着,什么都不能干,只能认认字,可把她闷得慌。才蹦跶两日,她便从周管家哪里听说周将军后日要跟随皇帝一起去狩猎。

大越边境小国不少,其中最不服帖的便是西凉,前阵子周将军便是将西凉给打了个底朝天,近段时间大概也不会有什么战事,皇帝便就又想到了狩猎这茬。

只是,狩猎啊……

丫头给周将军送饭的时候,眨巴着眼睛,特别可爱地问他:"将军将军,将军后日是不是要去狩猎啊?"

"嗯,怎么?"他淡淡应一声,抬头看她。

她双手叠在小腹前,手指绞着,一双水灵灵的眼睛瞧着她,满脸希望:"我都没见过呢,狩猎……"

周将军愣了愣,收回眼神,声音沉下来:"你留下。"

丫头连装可爱都忘了,呆呆地望了周将军一会儿,忽然明白过来,轻轻回一个是,便乖乖出去了。

换作平常,她定会拉着他的胳膊:"将军将军,你吃这个,这个可好吃了,那个也吃呀,好吃不?我就知道你会喜欢……"

惹人烦得很。

可她不说了,反倒让人不习惯了。

周将军夹菜吃了口,觉得今日的菜似是什么味道都没有,他吃了几口便没了胃口,放下筷子,看着门口她一直悉心护着的那株不知是什么花的东西,移不开眼。

到了那日,周将军骑上了马,周管家眼看着他与随从驾马而去,刚回过身,打着这几天可以趁着周将军不在的时候和他们多搓几盘麻将的算盘,还没跨进家门呢,就听到身后一阵马蹄声。

他都来不及回头看,便有人似是一阵风般从他身边卷过。

他在原地愣了好一会儿,才意识到刚那可是他家将军啊!

周将军没去别处,回了自家院子,在自己书房门口的那棵不知名小草前把蹲着的丫头给拉了起来:"会不会骑马?"

丫头没反应过来。

他又问一遍。

丫头摇头。

周将军似是咬了咬牙:"去把衣服收拾下,走。"

"走?走去哪里?"

周将军咬牙的痕迹更明显了:"狩猎……"这两个字像是从牙缝里挤出来的。

丫头终于回过神,惊叫一声,立马就重回了房间。

她家周将军怎么突然就改变主意啦!

到了狩猎场,丫头又后悔了。

因为不知为什么,周将军不让她出帐篷,也不晓得要是不出帐篷,她还过来干什么?伺候他穿衣睡觉?

丫头这么一想,又觉得最近大概被周将军宠得有点过分了,怎么能这么嫌弃本职工作呢。

可是,她真的好想出去玩……

所以,溜出去一下下,应该没关系吧?

肯定没关系的!

丫头偷偷跑了出去,原是想逛一圈便马上回来的,不料回来时却不记得路了,在众多帐篷间转来转去,晕得慌。

然后她就闯了祸。不小心进了别人的帐篷,偏偏那个别人,还是皇帝最宠幸的妃子。

她被押着跪在那里,头抵着地,不能抬头也不敢抬头。

她想,自己大概是真的被周将军宠坏了。

"你是什么人？"问她的那人声音很好听，软得不像话。

"我……我迷路了。"丫头声音颤抖着，"我是跟着周将军来的！"

"周将军？"那人停顿了下，忽然说，"抬起头来。"

背上的压迫消失了，她咬咬唇，小心翼翼地把脑袋给抬了起来。

丫头先瞧见她的银丝绲边的裙摆，然后看到那双她放在腿上的纤长的手，再往上……

她突然就忘了呼吸，呆呆地什么反应都没了。

那个人，和她长得太像了，就像是在照铜镜一般。只那人天生高贵，眉眼间的神态却是迥然不同。

那人看到丫头也愣住，而后唇角一勾，竟像是在笑："这样啊……"

丫头听到她让身边丫鬟去把周将军叫过来，跪在那边不敢动弹。

周将军来得很快，匆匆掀帐进来，看到丫头好端端在那里才皱了皱眉，叫一声："丫头！"

丫头抬头看他，委屈："将军，我错了……"

周将军懒得和她说话，只道："如有冒犯，还望娘娘海涵，我的小丫头太不懂事。"

娘娘看了他一会儿，才说："带走吧。"

周将军抓着她的胳膊，像是拎个物件一般把她拎了出去，走到帐门口，身后忽然穿着一声轻笑："周羌，你瞧，其实你如我一般，并未放下。"

丫头懵懵懂懂地仰头看向周将军。

周将军直视前方，却什么都没说，只大步往外走了去。

直到回到帐子，周将军才把丫头扔下，丫头摔在软绵绵的毛皮里，什么话都不敢说。

周将军也不说话，这样冷冰冰的周将军让她有些害怕。

丫头怕他再也不肯理她，往他身边挪了挪，扯扯他的衣角，软软地叫："将军……"

周将军看她一眼，回两个字："闭嘴。"

丫头吓得眼泪瞬间就掉了下来，也不敢再看他，低着头默默地掉眼泪，想着自己有什么资格哭，明明就是做错了事，可偏偏就是，忍不住。

下巴忽然就被人捏住，她被迫抬起头来，眼眶里还盈着大颗的泪珠，一不小心，便顺着脸颊滚下来，正好落在那捏在她下巴的大手上，烫到人的心里去。

那只手颤了颤。

她不敢看他，垂下眼睛。

那只粗糙的大手忽然就覆上了她的脸，胡乱抹了抹，抹得她脸疼得更想哭了。

"还敢不敢不听话？"

他这话一说，她便更委屈了，也顾不得什么，张开手忽然就扑进他的怀里："将军，我错了……你别赶我走……我下次，下次再也不敢了。"说着还打了个哭嗝。

周将军愣了愣，到底抬手，不自然却又轻轻地在她纤瘦的后背拍了拍："再哭，再哭就把你扔出去。"

这话也就丫头会信，吸着鼻子说自己不哭了，然后眼泪还哗哗地掉，让人忍不住就想笑。

然后周将军就还真的笑了。

他一笑，丫头也就笑了，咧着嘴，傻乎乎的，就跟什么都没做过一样。

周将军简直不想跟他家这个傻子说话，抬手想拍她脑袋，最终轻轻放下来，在她头顶抚了抚："知道错了就好。"

丫头知道错了，所以丫头不敢再出去了。

但是丫头也不敢问，为什么那个娘娘，会长得和她那么像。

她只晓得，那天晚上周将军回来得很晚，她问旁人，听说是在皇帝帐里，回来之后脸臭得不行，她屁都不敢放，乖乖地缩在角落当乖小孩。

倒是周将军在床边坐了一会儿，忽然就叫她："丫头……"

她嗳一声，走到他面前。

她长得矮，即使将军坐着，两人也差不了多少。她微微低头望着他，他很久都没动作，然后蓦地将脑袋靠在了她的肩上。

他搂了搂她的腰："丫头。"他又叫，声音微哑，听得人心里头一颤一颤的。

"怎么了？"她都不敢大声说话。

将军不回，又叫她一声："你不懂，什么都不懂。"

丫头的确不懂，不懂周将军怎么了，也不懂，为什么自己的心会跳得这么快。

后来问了府里的小姐姐，她才明白，这大概，就是喜欢了吧。

她喜欢上她家将军了呢。

回程那日，丫头远远地又瞧见了那位娘娘，被人扶着上了马车，帘子落下来的时候，她总觉得娘娘看了过来。

她呆呆地站着没动，直到将军叫她，她才哎一声，匆忙跑了回去。

回去后没几日，皇帝忽然派人来传圣旨，将军府一家子人全都跪着去接旨，那公公说了一长串，丫头只听懂了几句话，似是她家将军又升迁了。

是什么，辅国大将军。

丫头不懂,只觉得应该是好事。奇怪的是,将军却像是并不欣喜,不过他那张脸常年都冷冷冰冰,哪里看得出什么喜怒哀乐。

晚饭时,丫头便多给将军做了两个菜,说是要给他庆祝。将军盯着桌上的菜看了好一会儿,忽然抬头问她:"你觉得,该庆祝?"

丫头不明白:"难道不应该吗?将军不是升迁了?"

"升迁……"他忽然低头,轻轻一笑,"是啊,升迁是好事。"

将军的反应实在奇怪,丫头站立不安,小心翼翼地问:"将军,是不是我说错什么话了?"

"没有,没说错。"

"可是……"

周将军忽然拉了她一下,让她在他一旁坐下:"你也吃。"

她不敢坐:"没事,我,我不饿的。"

"吃。"他只说一个字,虽带着命令的口吻,语气却不重,反倒是有些纵容与安抚。

丫头觑他一眼,放下心来。

本以为只是周将军一时兴起,之后几天,丫头每每都被他拉着坐下陪着一起吃,她说不合规矩,他冷冷说一句:"我就是规矩。"

丫头无话可说,心里却暖得很,她家将军呀,也就是脸上冷冰冰的,其实心里什么都知道。

丫头到将军府也有了一段时日,院子里那些原本半死不活的花,也被她养活起来,如今生机勃勃,都开出花来,整个院子里都飘着香。

丫头每日例行给花浇水,周老夫人身旁的大丫鬟却忽然找她过去。

自从来到将军的院子里,她活得格外自在,倒是忘了府里还有个老夫人,老夫人虽则端庄,但丫头却打心底里畏惧,过去的时候,一路战战兢兢，不晓得是不是自己犯了什么错。

　　周老夫人如那日一般坐着，她也如那日一般跪在地上，不敢抬头。

　　"丫头是吧。"她淡淡地叫她的名字，"从今日起你就不用在将军的院子里服侍了，我给你寻了更好的去处，张嬷嬷，人我给你带来了，毕竟是将军府里出去的人，之后可要让你儿子好好待她。"

　　丫头即使再不懂事也明白这是发生了什么，她跪着往前行了两步，在地上磕了三个响头："太太，是不是丫头做错了什么？丫头一定会改，您别赶我走。"

　　"这话说的，夫人是为你好才放你出去的。"旁边的嬷嬷帮着搭腔。

　　丫头急得要哭出来："夫人，求您了，别把我赶出去，夫人，求求您，夫人……"

　　哪里有人理她，张嬷嬷上来拉她："丫头，来，跟嬷嬷走吧。"

　　几个人一起拉着她出去，她喊不出声，也无法反抗，眼泪糊在脸上，不明白她究竟做错了什么，才会这样被赶出去。

　　早上将军出门时，她还说等他回来的……

　　"住手！"

　　丫头浑身一惊，也不知哪里来的力气，挣脱开捂住她嘴巴的手，叫："将军……"

　　周将军瞧她一眼，冷冷说："全都给我放开！"

　　周老夫人气得起身："阿羌！"

　　"母亲！您忘了我同您说的话了吗？"

　　"她留不得！"周老夫人咬牙切齿，"我知道你还念着阿茗，所以想留个赝品在身边守着，我睁一只眼闭一只眼。猎场的事情就算了，这次你又拒了皇上给你指的婚，你让他如何想？那个辅国大将军,你比谁都明白是什么意思!"

"他忌惮我又何止一日两日的事情?"周将军声音依旧冷冷的,"母亲,那些事情,都和她没有关系,这次便算了,之后我不想再看到有这样的事情。"

他转身,蹲下身,问她,冷冷的声音里带了丝暖:"没事吗?"

她呆呆地,还未反应过来:"没……没事。"

"我们走。"

他拉着她起来,她腿软,没了力气,差点就摔倒在地,他扶住她,动作微顿,干脆将她一把打横抱起,迈着大步出门。

周老夫人叫他:"阿羌,你明知道你不能有软肋。"

他没理会,继续往外走。

丫头的脸颊靠在他的肩膀上,看到身后的周老夫人满脸气恼,她心里突突地跳,又转头看向他,脑海里却忽然传来刚刚周老夫人说的话。

赝品。

她蓦地闭上眼睛,连呼吸都轻下来。

周将军送她回房间,将她轻轻放在床上,抬手想理一下她的头发,她却突然往后退了退,躲开他的手。

他的手在空中尴尬地停留了几秒,才收回去。

"母亲的话,你别在意。"

她不敢看他,只是轻轻点点头。

他还有话想说,想安抚她,也想同她解释,可话到了嘴边却又说不出口,最终只是说了句:"那你好好休息。"

他起身要走,丫头才敢看他,他都走到门口,她没忍住,叫他一声:"将军……"

他回身:"怎么了?"

她抿抿唇，想问，却最终没问："没什么。"

她想知道，他为什么会拒绝皇上的指婚。

她也想知道，为什么她就成了赝品。

她更想知道，那个阿茗，是不是就是同她长得相像的娘娘。

她是什么都不懂，可她不是傻子。

大约是将军吩咐过，这段时间都没有人敢来找她的麻烦，一切像是和之前一样，可一切，又像是都变了。

将军变得更忙，每日不是去宫里，便是在书房，听周管家说，是边境突然又有了战事，不过据说没什么危险，应该不会派将军出去。

丫头听管家这么说就放下心来。

这段时间她都不敢同将军说话，那件事情之后，总归有些不一样了。

只是宫里却还是传了旨，命周将军即日出征。

之前无事可干的丫头便忙碌地开始替将军收拾行装，将军回来，正巧看到她，她放下手里的东西，不知该怎么面对他，想走，却又觉得这个时候不该走。

她捏着自己的手指，颤着声音问他："将军，你多久会回来？"

"快则一个月，慢则……"他没说完。

可是丫头明白他的意思。

他怕她担心："简单的战事而已，很快便能回来，你等着……"他顿了顿，"你等着我。"

她抿着唇，轻轻应一声，无话可说，想走，却被拦住。她刚想抬头看他，却突然被抱住，她被禁锢住动不了，有些呆滞。

"丫头。"他叫她，"那日我母亲说的话……"

丫头等着他继续说，他却停了下来，再出声时，只说："等我回来，等着我……"

丫头将脸埋在他的胸口,点点头。

"等我回来,我就……"

他的话没说完,周管家来叫他,说是要出发了。

他松开她,低头认真地看了她一会儿,转身就走,走了两步又大步回来,紧紧拥住她。

"等我回来娶你。"他说。

她愣愣的,他已经从她的视线消失不见。

丫头回过神来,匆忙跑出去,却只能看到他骑在马上离开的背影。一如她第一次瞧见他的时候一样,那时她见他骑在马上朝她而来,而这次,她却只能远远地送他离开。

将军出征的晚上,丫头怎么都睡不着,心里头又总想着将军走前的那番话,翻来覆去,到底坐起来,打算去书房瞧瞧。

刚刚披上衣服,她便听到房门被急促敲响的声音,而后是周管家急匆匆叫她:"丫头,丫头你睡了没?"

丫头连忙去开门:"周管家,怎么啦?出什么事了吗?"

周管家满脸匆忙:"你赶紧收拾下东西,等会儿就跟我走。"

丫头不明不白,可周管家这样说,她也不敢说什么,赶紧收拾了行李。

周管家带她从后门出去,坐上一辆小小的马车,丫头掀开帘子,问他:"周管家,你要带我去哪里?"

"都是将军的安排,会带你去见将军。"周管家说着将一张字条塞到她手里,"相信将军,也相信我不会害你的。"

丫头抿抿唇,低头打开手中的字条,他知道她识字不多,只写了一个字——走。

是将军的笔迹。

丫头点了点头说好,放下帘子,马车飞快地冲了出去。

马车颠得厉害，不知道过了多久，忽然就停了下来。

丫头犹豫了下，问："是到了吗？"

外头没有声音，她深吸一口气，往前探身，慢慢掀开帘子。

一排官兵围在外面，挡住了去路，那个奋力赶车的马夫，已经倒在了前头，嘴角还渗着血。

她不明白怎么会突然出这种变故，却也知道这种时候，层层官兵围绕，她已经逃脱不了。

她缓缓地下车。

那群官兵忽然就让出一条路来，有个穿着一身玄衣的男子大步走上前来，看到她微微一怔，而后笑："果然长得同阿茗有七分相似。"

"你是谁？将军呢？"丫头忍着害怕，问。

那人哈哈大笑，倒是旁边有人斥道："放肆！敢这么对陛下说话。"

居然是皇上。

丫头一愣，不知道该作何反应，已经有人打在她的膝后，她腿一软，跪下来。

远处有马蹄声响起，在寂静的夜里格外刺耳，丫头总觉得像是有预感，回头望去，那一片黑暗中，她的将军逐渐出现。

"将军！"

周将军收住缰绳，如初遇那次一般，他高高在上，她却好像是低到了泥土里。

周将军跳下马，将她扶起来："没事吧？"

她摇摇头："没事，可是将军，你怎么回来了……"

将军没来得及回答，那边皇帝已经冷笑一声："是啊，此时应该赶往战场的辅国大将军,怎么会出现在这里,是不是得给朕一个说法?"

周将军静静地看着他,没有说话。

"还能有什么说法,"皇帝又笑一声,"连夜将母亲和情人带走,又不听命赶往战场,不是叛国是什么?"他声音猛地肃然,"还不给我把这个意图谋反的乱臣贼子抓起来。"

周将军蓦地往前,一把抓住皇帝的衣领,低声咬牙切齿地说道:"放了她们。"

"我不放呢。"

"同归于尽。"

"我放呢?"

"我死。"

皇帝抬眸看他,腰后的尖刀扔在地上。

"好。"

丫头莫名地看着他们,不知道到底发生了什么。

周将军忽然回身,握住她的肩膀,将她紧紧地抱住。

"我说要娶你,并不是玩笑,是认真的。"将军在她耳边低声说。我知道那日你听到了母亲说起阿茗,知道你定是误会了。

原想到时等我回来再解释的,可怕你总是挂念着。

丫头,我曾经是忘不了阿茗。可那只是曾经了。

自从她入宫之后,我便再没有对她有任何非分之想。

你便只是你,只是那个脏得看不清楚脸的小丫头罢了。

将军直起身,看到她满是泪痕的脸,轻轻替她抚去泪水:"别哭丫头,你先走,不要回头,一路往前走,走得越远越好。"

"那将军呢?"

"我会去找你,然后一直陪着你。"

"真的?"

"真的。"将军说,"听话,你先走,记着,别回头。"

丫头一直都是那个听话的丫头,她听将军的话,一步步地往前走,没有人再拦她。

她不想哭的,可泪已经模糊了眼睛。

哭什么,将军说了,会来找她的。

周将军看着她越走越远的身影,捡起尖刀,看向皇帝。

皇帝瞧着他:"我从不是出尔反尔之人,这点你不是最清楚,我放人了,那你呢?"

周将军又看了一眼丫头已经快消失不见的背影,双手握紧了刀柄。

丫头啊,我恐怕,娶不了你了……

丫头听说了,周将军与西凉勾结叛乱,已经被当场斩杀。

那个一人之下万人之上的将军,那个说会来找她的将军,那个说会娶她的将军,再也回不来了。

她无处可去,可这次再也没有将军会骑马来到她面前,将她带回去了。

她跟跟跄跄,仿佛回到初次来到京城的那日。

"滚滚滚,臭乞丐!"

浮生渡

文/猫可可

猫可可,小花阅读签约作者。
文艺又安静的双鱼,爱纠结,喜家宅。
并不高冷,只是不懂如何亲近;偶尔撒娇,那时候的自己有点陌生。
最享受和最煎熬的事都是写故事,渴望自己信手拈来,却总是焦灼在每一句话每一个词中。
愿随时光一起成长,把更好的故事送给你。
代表作品:《渺然但迟遇》。

引言

云蔽皓月，舟泛三途，舟上有一个穿白衣的少年，单手撑着脑袋，昏昏而睡。

过了不知多久，从河上飘来了一个声音，唤他"云翎"。

那人有些恼怒地睁了一只眼，掐了个诀，将那发出声音的笨熊给拉进了结界里。

"无子，说了很多次，要唤我君上，不要喊我云翎。"白衣少年睁开眼，曜石一般的瞳里潋滟浮动，却只看一波河水，全然不顾五体投地落在舟上的男子。

无子爬起来，老实憨厚地立在少年身边："天君遣人送来一张帖子，请你去参加三日后的法会。"

云翎仍旧不为所动，玉白的手指搅乱了河面："不去，法会这么无聊的事情，不适合我这样的翩翩公子。"似乎还得意地挑了挑眉。

倒是旁边的无子脸色僵了半会儿，才又道："据说这次的法会，妖君行陌也会去。"他顿了顿，有些别扭地反驳，"云翎不是什么君上，也不是什么公子。"

好像没听见他的后一句话，云翎翻身而起，随即聚了灵力往河边飞去。

"妖君算什么？能当烧鹅吃吗？"

无子在晃悠悠的小舟上没能站稳，再次趴了下去，目光却追随着那抹白色的身影，一点点清明起来。

他张张嘴，似乎想说什么，但最终还是沉默地低下了头。

他大抵知道，不管嘴上怎么说，云翎都会去的。这就是他们不自觉的身不由己。

壹·断袖

藏在树上睡觉的云翎是被一阵大风给刮下来的,落地的时候,束发的红绸被树枝挂住,如瀑黑发落下来,衬得那张俊美的脸生出几分女儿的娇态。

恶狠狠地瞪了一眼扰她清梦的大鹏鸟,她抬手从树上拿回红绸,将满头黑发重新束起。目光随意地扫着法会上的众人,想起无子说给她听的那些话,心底突然生起一些说不清的滋味。

妖君行陌,大抵是千百年来最难对付的妖君了,嗜血难缠,喜怒无度,上位不过百年,天界的兵将就已经在他手上折损过半,天君无奈,只得派使臣来说和。

他倒好,随手一挥,将使臣送出老远,只留了一句话让使臣带回,百日之后,他要寻回从他宫中逃走的未婚妻。

这着实让天君难办,天下之大,谁人知晓他的未婚妻是谁。但无论如何,神妖两族的停战协议是成了,妖君没了其他动作,天君也没将此事放在心上。

现下,是终于要来寻他的未婚妻了吗?

但是,他的未婚妻又是谁呢?

"不管了,反正我是要去抢亲的。"云翎勾起了唇,转头便看见了不知何时立在树下的无子,他面上无奈,却毫无意外。

也不管他是不是听见了刚才的话,云翎笑起来:"我来消消食。"毫不违心地说完,她抬手摸了摸无子的脑袋,样子十分慈爱。

小仙云翎是个女子,这件事,约莫只有无子还记得。

而她心心念念从未见过的妖君行陌,这件事,也只有无子知道。

"他快来了。"无子开口,见她目露喜色,自觉地念了个诀,化成烟消失了。

云翎很满意他的表现,决定回去给他加两只烧鹅。

身后脚步越来越近,她刚才已经从无子的眼里看见了那道身影,红衣如血,簌簌生风。挂上一脸笑意,她转过身去。

"妖君……"她的声音生生顿住。

红衣男子身边站了个素衣仙子,雅致不凡,眉宇间有几分贵气。云翎恨得牙痒痒,却只是弯腰要做拱手礼:"赫连神女。"

天君亲封的神女,百年前还带领天兵灭了四境城,立了大功。云翎跟她见过几次,次次都结了梁子。

腰才弯了一半,便有风吹来,扶住了她的手,一个声音从头顶落下:"刚才那个,是你的妖宠?"

云翎一愣,抬头去看行陌,他的眉头似乎皱着。她心里不解,口中却恭敬地回了一句:"或者说小弟更为恰当。"

似乎松了一口气,行陌握住她的手:"那便好,你没有红杏出墙。"

"妖君这话是什么意思?"还不等一头雾水的云翎发问,被晾在一旁的赫连玥已经开口。几乎是同一瞬间,云翎看见了她眼底一闪而过的怒气。

心底轻嗤了一声。

"你要是困了,我便带你回宫里睡,这里人多口杂,扰了你的梦多不好。"行陌柔声笑道,并不理会赫连玥的问题。

随手捏了个诀,就将云翎化成了一朵晶莹剔透的水晶花,落到他的掌心,被他珍而重之地捧着。

云翎只乐于见赫连玥丢脸,忘了自己的处境。

"妖君,天君可准你带她离开?"赫连玥出声阻拦,却不想没能留住行陌，眼睁睁看着他化作一阵红烟，消失了。

"本君做事，何时需要人准许。"

一直到接近妖界，兀自欢喜的云翎才被一股冷风唤醒了心神。

"妖君这是劫持了我？"

行陌被她突如其来的一句逗得发笑，抬手轻轻弹了一下她的花瓣，一声清脆的响。

"莫要胡闹，小心我一个不稳摔了你。"他一双瞳孔竟是琉璃金，美得摄人心魄，"你本就该住在这里，是我晚了些，让你流离在外，我的错。"

他的错？

这还是她向往很久的妖君？怎么跟传说中的不一样？这般轻柔而宠溺的语气，怎么会是随手一挥就收割数百仙灵的英姿决然的妖君？

想起传说中他要寻的那个未婚妻，云翎又问："妖君也许认错了人。"

"嘘。"行陌却未恼，只道，"妖界的气泽跟天界不一样，你且休息一下，我带你回落云宫。"

云翎了然。

虽然总是让无子叫她君上，但其实她不过是个百年前才开灵窍的小仙，突然到妖界，难免会不适。

"妖君原来是个断袖。"

隐约中，她感觉面对千军万马都毫不腿软的妖君行陌，趔趄了一下。

隐约中，她做了一个梦，梦中也有一双手如捧珍宝一样捧着她。

"你为何不信，我没有负你？"

那声音落寞而委屈，似乎才听过。

贰·心疑

自那日后，久无妖迹的落云宫突然就多了很多小妖，他们都好奇被妖君从天上带来的小仙童。原以为她是被当作玩物关起来的，却不想她整日过得比谁都好，妖君对上她，反倒更像是个听话的小弟。

"公子，尊上说，要是闲得慌，可以到落云宫以外的地方逛逛。"一个虎头小妖走过来，恭恭敬敬地道。

树上晃荡的那只腿停了一会儿，又重新晃起来。

小妖大着胆子看了一眼，看见那张俊秀的脸后，叹了一口气。

还以为妖君的未婚妻会是绝艳天下的女子，却不想只是个秀气小生。哎，可惜了。

"你去向他说，我要回去了。"还以为妖君有什么特别，以为妖界有什么特别，却其实都一样，无趣。

待了这些时日，也有些想念她舟上小憩的生活。

不等小妖去传话，行陌已到树下。他想了许久，还是想跟她一起走一走那些再熟悉不过的地方，却不想刚到宫外，便听见了她那句话。

金色的瞳孔染了怒气，他却不愿意对她发，只压抑着声音说："你刚说什么？"

云翎叹一口气，从树上坐起，俯视着他："我想回去了，无子一个人在凝霜宫，怕是有些凄冷。"

话音才落，她便从树上落下去，稳稳落在他怀里。他沉着眸子往落云宫里走。

"你要是想他，我让人把他带过来。"已是他最大的让步。

云翎却没能察觉，只皱眉道："凝霜宫里的西番莲也快开了，我得去照看着，还有师父闭关前让我抄的经书，我才刚开头……"

行陌在她滔滔不绝的时候捏了个诀，在她睡下之后将她放在铺了狐裘的床上，道："你记挂的，竟都是别的人和别的事吗？"
　　虽然如此，他还是遣了小妖，去天界凝霜宫，将包括无子在内的她挂念的所有一起带回来。

　　她醒后，见无子在身边，院子里还多了很多西番莲，皱了皱眉，什么都明白了。
　　"他这是要将我软禁在落云宫中？"
　　无子给她端了一杯水，递过去："他说，过几日就娶你。"
　　只这一点，让她觉得他是传说中那个人。她问："无子，你比我活得久，你可知他的未婚妻为何要离开他？"
　　无子难得没有回答她。
　　云翎自以为他是不晓，也没察觉他眼神里的复杂。

　　夜里，有小妖带他们去行陌的修罗宫。
　　云翎试着掐了几个诀，罢了才对身边的无子道："以前只喜欢吃烧鹅，却不想现在我们也成了别人嘴边的烧鹅。"
　　到了修罗宫，他们才发现，席上的人，竟然还有赫连玥。
　　云翎的目光突然变得不悦，也就是那抹不悦，让矮桌前喝酒的行陌勾了唇角。
　　"过来。"他朝云翎招手。
　　云翎示意无子退到一边，抬脚朝行陌走去，不过两步，那人却像等不及了一般，抬手一挥，她便落在了他身旁。
　　他伸手揽住她的肩："有你来贺我的生辰，我很欢喜。"
　　云翎心想，原来是他的生辰。若是还有灵力，或许她可以掐个诀，变几个稀奇玩意给他贺生。
　　"你要是有意，就亲我一下。"像是知道她的心思，行陌突然如无赖般地道。

他当真伸了半边脸过来。

座下的赫连玥脸色都变得铁青,瞪着她的目光像是要冒出火。

云翎端了一杯酒,碰了碰他手里的酒杯。

"生辰快乐。"

酒味入喉,灵台却清明了。她站起身,道:"我有些乏了。"

行陌似有几分失落,却没有阻拦,只让人带她回去。她走得匆忙,没有等无子,连带她的小妖也不知何时被甩到了身后,很快失去了她的踪迹。

反倒是不知从哪儿蹿出来的赫连玥,冷笑着将手中的刀,放在了她的脖子上。

"你都忘记了?忘了他是如何让你爱上他,然后用你的两魂六魄和灵元助我恢复?"

叁·过往

01.

恍恍惚惚中,云翎以为她去到了梦境。

她还是一个执着于修炼的小妖,刚刚成形不久,便霸着一座空山,自尊为王,让所有生灵都唤她一声"君上"。

日子一天比一天无聊,直到一个雨夜,雷声大作,漫天都是青白的光,她看着看着,便看见一只浑身燃着火的鸡兄掉了下来。

许是身上的火焰灼烧得厉害,鸡兄吃痛地在泥地里滚了滚后,便陷入了昏迷。

云翎撇撇嘴,嫌弃地用棍子戳了戳满身是泥的鸡兄,道:"这副样子，应该也活不下去了，带回去做烧鸡吧。"

她提着一只鸡，悠悠然回到自己的山洞里。

"君上君上，是什么东西？黑不溜秋的。"
"被雷劈死的鸡。"
"君上是要救吗？"
"不，烧来吃。"
"君上好残忍，莫不会改天把我也煮来吃了吧？"
"不，你化成人形应该很好看。"

云翎蹲在地上，一边生火，一边跟一株优昙花说话。那花哧哧地笑了，又为那只鸡觉得可惜，费力地扭过去看了一眼被随意丢在地上的鸡。

"啊！"

一声尖叫，吓得云翎手里的手险些按上熊熊燃烧的火苗。

"见鬼了？"云翎拧着眉，有些不悦地回头，顺着那花的角度，看见了躺在干草堆里的少年，虽然浑身脏兮兮的，那双刚睁开的眼睛却美得异常。

沉如寒潭，灿如繁星，初见凌厉森然，久了却觉得里面藏了清澈和无措，叫人忍不住多看几眼。

云翎蹲在他身边，有些疑惑地盯着他："原来你已经修炼成形。"

她盯得仔细，以至于少年羞红了脸："走开。"他随即念了个诀，浑身便蒸腾出一片雾气，雾气之中，他的皮肤渐渐变得白皙，不等她再看，已经多了一件雪色的衣袍。

云翎后知后觉，也红了脸，却挺起胸膛，大义凛然道："放心，我会对你负责的。"

"滚！"

一声厉喝之后,那少年再次昏睡过去。

云翎第一次被人这么大声吼,心里却生出了喜滋滋的感觉。她瞧着少年那张清秀的脸,伸手触了触他微微颤动的双睫。

"放心,我会负责的。"

她再次开口,笃定又欢喜的语气。

彼时的她还不知道,何为一见倾心,也不知道,自己原来从一开始就进了必输的局。

"小鸡,小鸡,你说天界是什么样子?天界看得到星星吗?"她坐在山巅,风吹起她的乱发,她只是随手一拂,脸上仍是笑意。

少年几番忍住想推她下去的冲动,大声说道:"我叫阿陌,陌路相逢的阿陌。"

她却还是笑嘻嘻:"小鸡,小鸡,我想修炼成仙,去天界转一转。"

阿陌举着一只烧鹅,就要往嘴里放,目光瞟见那个艳艳如火的身影,又顿住。

挣扎了半会儿之后,他才缓慢地走过去,撕下一块凉得差不多的肉,递到她眼前:"别做梦了,天界没那么好去。"他也是修行了好久……

两人都在发呆,一个不注意,那块鹅肉便落进了深渊之中,也不知便宜了谁。

"没有了。"阿陌转身要走,很快便被云翎压倒在身下。

她夺过他手里的烤鹅,得意地吃了一大口:"我的好小鸡,你人都是我的了,何况是烧鹅?"

她大笑的样子很好看,虽然满嘴油腻,却还是让阿陌失了神。

那几年,他们过得简单而美好,一个无赖一个清冷,一个追一个躲,相依为命,还收服了那只吃了他们鹅肉的笨熊。

山间静谧，暮色无声，烟雨重重惹雾笼。

美得像是一场梦。

梦碎却在一瞬间。

那一夜，皓月和星子都被遮在重云之后，天黑得可怕，若不是那颗不知被谁无意丢下的夜明珠，她甚至看不见近在咫尺的阿陌的脸。

他们被堵在洞口前，谁也无法再进半步。

彻骨的寒意从脚底传来，顺着血脉，顷刻间侵占了她的整个大脑。她本是生在雪里的白骨之花，从不畏冷，这一刻却止不住发抖。

"小鸡，你别怕，我保护你。"她将浑身是血的阿陌藏在身后，捡起他掉落在一旁的剑，后背挺得笔直。

来人是阿陌的兄长，不知为何跟他生了仇怨，非要让他死个彻底。

她那天才知道，阿陌并不是什么小鸡，而是凤凰，拥有九凤真身，灵元能让修炼之人事半功倍。

她闭着眼睛冲出去，手里的长剑却一点没有伤到面前的人。那人一挥手，便叫她滚落在十丈远的雪地里，喉间腥甜，鲜血止不住地呕出来。

为什么不好好修炼？

她脑海里唯一的一个念头，在遗憾，自己连心爱的少年都救不了。

意识涣散之前，她终于意识到，她在不知不觉中，已经喜欢上了那个冷面却心善的人。

"值得吗？"是谁在问？

她想要扬起一抹笑，像往常一样，然而无论她怎么努力，都做不到。

哪有什么值得不值得？

她回答道。

却无人能听到。

02.

浑浑噩噩，已不知多少年。

再次苏醒过来，入眼是熟悉的黑暗，有双手遮住了她的眼，掌纹清晰，她看过千百遍。

她突然就哭出了声。

"哭什么？"那声音虽也熟悉，却又更多了低沉。当初那个别扭的、爱干净的少年，已经长成翩翩公子，"不想见到我吗？"

她迫不及待地拉开他的手，只想看一眼他的容颜。

刀削一般的轮廓，皓月般清隽的脸上多了几分冷厉和肃杀，一双眸子如深渊，绞得人目眩神迷。

几分熟悉，几分陌生。

也许是因为睡了太久，她开口唤的是"阿陌"，而不是那声带着笑意和柔情的"小鸡"。

阿陌拿着水杯的手指颤了颤。

"你睡了很久，口渴了吧？"阿陌将水递给她，说话也俨然不是当初的样子。

她忐忑不安，不知该高兴还是该难过。

阿陌也没有多说什么，起身走了出去。

她突然觉得心头空落落的，像失去了什么宝贵的东西。睁眼看着周围，她发现他们还在她的山洞里，洞里的一切却都变了。

寻常人家的桌椅床被，寻常人家的小榻纱帘，木制的架子，上面放了花盆，开满了五颜六色的花。

难怪，梦里总是闻见幽香。

"都是他亲手制的。"

洞外走出来一个人影，虽不算高大，却比阿陌那小身板要壮一些。那人兴高采烈地朝她走来，脸上带着与样子全然不符的萌态。

"笨熊。"她扯了扯嘴角。

那人更是欢喜，按住她的手臂道："你竟然认得我！你竟然认得我！"

他力度之大，似要断了她的手臂。她倒吸一口凉气，龇牙咧嘴地道："松手松手，你是我的，我当然认得。"

她自顾自地揉着作痛的手臂，缓慢地支起身，并没有看见那人眼中几不可见的情愫。

"我竟然没死。"她深深地嗅了一口久违的空气，问，"我是怎么活过来的？"

那个问没能得到任何答案，她也不纠缠，饶有兴致地给笨熊取了个名字——无子。

年岁悠长，再无子然。

她错过了阿陌长成翩翩公子，也错过了无子修炼成妖，再不想错过他们绵长的以后。只用了半天时间，她便重新变回了当初那个不可一世占山为王的云翎。

漫天星辰闪耀，天际如河川，泛了粼粼波光。月色悠悠，照见她眼里的光。阿陌将她拥在怀中，手臂强健有力。

"阿陌，你会一直陪我看这样的夜色吗？"

不知怎的，从醒来之后，她便觉得莫名不安，一颗心悬着，怎么也落不到实处。

"嗯。"

阿陌声音轻柔，却无笑意。

她对自己说，是久在梦中，才对这一切失去笃定。

也许是为了缓解心里的不安，也许是因为想到那个噩梦般的夜晚，云翎像是突然开了窍，刻苦修炼起来。她所在的那座山是神山，她又误打误撞染了个路过仙人的灵气，才能先于别人修成人身。

她也很快修成了仙身，历劫那天，她看见阿陌赤红的双眼。

他们很久没好好见面，视线相对，两人都在彼此眼中看到了秘密。

力竭之后，她看见他朝她走来。

那只曾经揽过她的手朝她的后颈袭去。

耳边是无子愤怒而不解的吼声，在吼着什么，她已经都听不见。

狂风兀自卷起，吹乱了耳边所有的声音。她坠入虚空，恍恍惚惚，什么都想不清晰了。

"听说啊，那凤凰小仙盗走了神女，盗走又能如何，当世只有一人能救神女，但世间之大……"

那时她还未开始修炼，因为听了这一句，对那话中的凤凰小仙和神女充满了好奇。

其实不用这么费劲的，他只用说一句，他需要，她便可以不顾生死。

而现在，为什么有那么多的不甘？

是在不甘他的欺瞒，还是不甘，他所做一切都是为了别人？

抑或，不甘他的不信。

他不相信，不相信她爱他爱到可以放弃自己。

"云姐姐。"

气息奄奄的她被一个娇俏的女子关进了腥臭的药池里。日夜被毒虫啃咬的她,双目赤红,看得那女子的模样也无比狰狞。

她,就是美艳的赫连神女?

也不好看啊。

小鸡一定是瞎了眼。

03.

唤醒赫连玥,除了抽了云翎的两魂六魄和灵元,也几乎耗尽了行陌的所有灵力。他本就只剩下半颗心,在床上躺了数百年,才恢复过来。

他做的第一件事就是去找云翎,却被赫连玥告知,她因为愤怒,沦为魔物,建了四境城,专门救被逐杀的妖、魔、神,已经成为天君的心头大患。

震惊之余,他内疚不已,想要去看她的情况,就接到天君的旨意,要他随神女一起,毁了四境城。

他将计就计,孤身前往四境城。

高耸入云的城墙,一点一点地渗出血,滴落在地面,化成养料。城墙外大片的西番莲红得妖异,风过,散着残骨腐肉的腥气。

行陌皱着眉,她看似不讲究,骨子里却十分挑剔,屋子里要挂着香包,长留花的香气,好看的地方她都会多看几眼,又脏又乱的地方她从来都是捂着鼻子匆匆掠过。

"来者,谁?"有些嘶哑的声音,他却立刻认出是她。

他心里震了震,沉声回答:"故人,行陌。"

他的真名，行陌。原是琉璃殿的那位取的名字，自离开天界之后，再无人叫过。

城门那头的人顿了很久，久到连他都觉得等不及的时候，才又听见那道声音："不识。请回。"

他突然想到很久之前，他跟云翎躺在草坪上小憩。

"若是有一天，有人负了你，你会如何？"

云翎面色立刻惨白，却只是笑着回了句："他日相见，闻君不识。"

轻飘飘的话，叫他忍不住打趣："你那么缠人，不识正好。"

是吗？

为什么他现在觉得那半颗心绞痛着，让他无法呼吸？

他呕出一口血，刺目的红在白色的衣袍上开出一朵艳绝的花。

诧异，连他自己也没想到会如此。

"尊者留步。"一个人影追上他的脚步，声音如寒冰，"尊者若是能将赫连玥带来，云翎也许会打开城门。"

无子偷偷过来，只是想为她那些深入骨血的绝望讨个公道。

行陌身形晃了晃。

"阿陌！"赫连玥恰好跟着出现，见无子离他很近，便出声提醒，怕无子下狠手。

不等行陌反应，无子已经灵活地越过去，将赫连玥一脚踢到城门上。那是他熊生里最灵活的一次，让柔弱的赫连玥痛昏过去。

滔天的血腥气从缓缓敞开的城门里飘出来，视线也蒙上层血红的雾。源源不断的怒吼震得他头脑发昏，他却只是苍白了一点面色，紧跟在无子身后，入了城门。

他险些被城里的城民们撕碎。

"你来做什么？"笃定，笃定他的到来无济于事。云翎却还是让人将他抬进了落云宫，任他自生自灭。

也不知是凭着什么，他竟然好了起来。

好起来之后做的第一件事，就是在院子里为她做了烧鹅。他递一次，她扔一次。像一个死结，没有破解之法。

"以前爱过的，现在都不爱了。"临走的时候，她只留下了这一句话。

此后很久，她再也没有出现过。

行陌还坚持了一阵，时间长了，就作罢了。城民们接二连三潜入落云宫，将他折磨一番，却不害性命，他也只是咬牙受着，不喊一句。

落云宫的小娥们看见，铁石一样的心也生出了点不忍。

云翎日日坐在苍山山头，盯着落云宫的方向，赤红的双目揉碎了最后一点光。

她掐了一个诀，吹散了山头的云。正好有清冷的月光洒下来，她木然地伸出手，月光下，玉白的手指一点点消失，剩下骇人的森森白骨。

从药池里逃出来之后，她才知道自己再不能见月光。

那一晚，无子在她身边哭得声嘶力竭，她却没有半点痛意。

反倒是现在，突然有了细碎的酸涩感。

"他可到了？"察觉到身后悄无声息靠近的人，云翎缩回手，头顶的月光再次沉如阴云中。

无子握紧了拳头："真的要去吗？"

云翎不回答，只转身拍了拍他的肩膀："跟了我这么久，委屈你了。"

赫连玥告诉她，只要这次行陌立了功，他就可以成为万人之上的尊上，再无人敢笑他，再无人敢欺他。

她知道，天君还会将赫连玥许给他。

相伴那几年，她晓他的凄然，九凤真身带给他的，只有一次又一次的濒临死境。他可以助人，却无法救自己。

现如今，一切都已明朗。

他想要，她便都给他。

后来，四境城一夕之间被天兵血洗，前一天还被关在血池快要死绝的神女站在天兵之中，高高在上，美艳高贵。

底下，一柄长剑刺穿城主云翎的心脏。

两个人同时吐了一口血。

"为什么？"行陌难以置信地看着她，随即移形到她身后，抱住她下坠的身体。

那双曾经亮着光、狡黠动人的眼睛黯然无色。

她终究是没有说。

行陌，你还是欠了我。

肆·情痴

"你说，百年之后，他选你还是选我？"赫连玥拿刀挟了她，看也不看紧跟着赶来的无子和行陌。

向来矜贵高雅的赫连玥，只有面对她，才像个跌入尘埃的疯妇。

回过神来的云翎面色平静如水，目光犹自注视着殿门两旁盛绽的西番莲，刚才不曾觉得，它们竟然美得让人窒息。

好似自己的命并非在他人手上，云翎淡淡地笑开："昨日烟云昨日散，此时天光此时欢。"

她几次入死境，几次又再生，生死与她，已经没太多的干系。

"妖君，你可准我离去？"她声音如常，还是几分无奈几分洒然。

行陌凝视着她，最初看见他时的欢喜，后来看见他时的漠然，她竟然，是要统统都还给他。

她要走，从此天涯陌路人，应了他的名字，行陌。

"到现在，你们还是愿意做同心鸳鸯。"赫连玥痴痴地笑了，他们看似在诀别，却无一不是在她心上捅刀子。

她是何其骄傲的人？

第一次见他，血泊中仍旧不屈，她心下一软，倾尽所有救了他，他便成了她的软肋她的心尖刺。

然，换不回他的倾心以对。

赫连玥笑着，眼泪便落了出来。

"阿陌，你选她，还是选我？"心里知道答案，却还是问出了口。

行陌早已什么都懂了，他让赫连玥来，就是为了当着云翎的面，为她报仇。当初拒绝天君，堕仙成魔，却做了妖族的君，为的就是迎回她。

当初用一魂一魄引了她残存的一魂一魄，养于聚魂灯百年，再将她的元身养在自己的院子中。

他耗费心力，醒来却发现她已经消失不见。

那时他心如死灰。

心想，她终究是不愿意原谅他。

浑浑噩噩过了许久之后，有人传来消息，她在天宫，某位尊者宫中做个爱女扮男装、喝酒睡觉的闲散小仙。

他也想，无论如何也要将她留在身边吧。

现在她问,可准她离去?

半颗心脏突然作痛,剩下的半颗,在她的胸腔里,又是如何?

他顿了好久,才说了一声——

"好。"

一阵风过,带着淡而熟悉的馨香。

血色的衣袂里伸出一只手,将她推出,另一只手,按在赫连玥的手上。

"翎儿,我都还给你。"

赫连玥满脸是泪,却动弹不得。她怎么忘了,他早已不是那个会对着她的灵体说笑的少年,他翩翩风姿,洞晓一切。

"不!"她只能说这一句。

却也只能眼睁睁看长剑入体,穿过他的胸膛,那唯一的命门。

"行陌!"

无子瞧见身边的雪白身影似乎一颤。

"到底是解不开的结。"

她扯出一抹笑,嘴角却流出殷红的血液。

阿陌,你唯一守的誓言,便是同我共死。

我不能违心地说原谅,却还想跟你相依偎。

原谅我,自私一次。

你别回头,我会在落云山等你。

等你来,突然从树上探出头吓你。

终

无子忍着剧痛抽出自己的两魂六魄,凭着强大的意念,补齐二人的残魂,养在聚魂灯里,带着他们回到落云山,才倒下。

再醒来,他茫然地看着被苍雪覆盖的山,又瞧了瞧面前那个好看的灯。

像是寻到什么宝贝一般,将它抱紧怀中。

有人说过,她捡到的是此生最珍贵的东西,她不后悔。

他想,他也许也是。

这个灯,就是他要用命去珍爱的东西。

空梦长安

文/闻人可轻

闻人可轻,小花阅读签约作者。
伪温顺狮子座。
爱音乐、爱电影、爱动漫,男神是二次元里的夏目。
自认为这世界上没有什么事情是提拉米苏解决不了的,如果有,那就两块。
希望可以做一个温暖的带着虔诚去说故事的人。
代表作品:《等我嫁给你》《春江水暖》。

引子

长安城里下了一场桃花雨,他人说,雨色纷纷配得上前将军夫人的倾世容颜以及今天的这身红装。

府前安停白马喜轿。接亲队伍浩浩荡荡地排到了长安街上,将军黑衫裹身立于新娘窗前。

春风拂柳,竹叶簌簌,瓦片上去年的尘落到了他的肩头,英眉紧皱,末了还是一言未发。

沈千柔陪嫁,泣声问——将军不说点什么?

——好好待她,此去一别,高墙深宫,日子不好过。

将军,好无情。

壹

三年前,皇帝突生恶疾,卧床无法处理朝政,广陵商帮借此大乱。

太子季洛漓奉命携秦师越前去平息。

秦师越和季洛漓同年出生,他是他的陪读,亦是他的挚友,当然将来他会是臣,因为他将是君。

年少还是好儿郎,一个是心思细腻眉清目秀的帝王储君,一个是豪情万丈英朗十分的名将之后。

烟花三月的季节,广陵河畔柳絮飘摇,瘦西湖中水波荡漾。

驿站备下好酒好菜,言行谨慎只怕有毫微之错。

"我今日和秦将军之所以会住到驿站,是希望我们来广陵之事暂不要被下面官员知道,梁驿夫心中,有数?"

"有数,有数。"

"梁驿夫可知广陵商帮是谁在牵头？"季洛漓抬着眉，春风拂过，眼睛如琉璃。

"这……"小官颤抖，有些人是不敢得罪，但有些人却是不愿得罪。

"怎么，"秦师越举起白瓷杯，剑眉一拧，眼中尽是道不完的凛然，"梁驿夫是有什么难言之隐？"

"不敢，下官不敢。"小官闻言扑通一声跪倒在地，"只是那人，颇有些棘手。"

"哦？"季洛漓来了兴趣，"是做什么的，姓甚名谁？"

"广陵盐商之女沈司安。"

青瓦白墙后，小桥流水间，舞剑弄棒的正是盐商之女沈司安。丫鬟沈千柔端着一盘南橘端坐在桥头，看得兴起。

沈司安穿着淡青色的男儿衣衫，头发被高高束起，全身上下不沾一丝脂粉气，亦没戴一件金银饰，模样本来就生得俊俏，这样看来更多一份英媚。

桥上风来，她一招一式都有模有样的，广陵人都说，这沈司安是要当花木兰。

家丁来报，说堂中有两位英俊少年。

"年纪尚小，不嫁。"沈司安凝目，远山眉淡，眼尾上翘，嘴角不屑。

"但是小姐，两位公子不像是来提亲的。"

"提什么的也不见，打发了吧。"

"但是小姐，看两位公子的模样不像是寻常人家的出身。"

"那又如何？"

"见比不见好。"

沈千柔帮忙收了剑，递过南橘。

沈司安低头想了片刻,末了说一句,也罢。

沈家厅堂,坐北朝南,正是一日好时光。

季洛漓一身白袍,耳边发垂在肩头,手里拿着绫罗扇,清风拂面都在说好一个绝世美佳男。可偏偏,那股风到了沈司安这里,却换成了玄色素衣下,表情凝重的秦师越。

少年站在雕花大门前,黑发齐齐梳在脑后,如墨深处的眼睛里三分凛然七分平淡,站得挺直,一只手握着剑一只手背在身后,若说公子世无双,大概就是这般模样。

衣袂飘荡在风中,或许正是这飘荡挡住了沈司安看向季洛漓的视线,所以仅是那不经意的一瞥,她便用尽了一生的时间去还这当年轻许的姻缘。

"谁是沈司安?"

跨门,她随着声音寻到了正偏着头摇扇的季洛漓,那时的眼前人,还是一副未当君王的温润模样。

"何事?"

"听说,"季洛漓起身走向沈千柔,"沈小姐掌控着你们广陵商帮的全部运作,"看着脸色渐红的沈千柔,挑了挑眉,"一个柔弱女子竟能如此,佩服!"

她转身:"公子看错了,我才是沈司安。"

白色发带在脑后轻盈飘动,沈司安此时一身男儿青衫装在身,眉眼清淡,眼神敷衍。可即便如此,她那副清高傲气的样子还是一下就撞进了季洛漓的心头。

"果真是,江南儿女好风光!"季洛漓呆呆地望着英媚的沈司安,低语喃言。

"少爷,你不要忘了我们来这里的目的。"秦师越凑近他轻声提醒。

"目的不目的的……"

"很重要。"秦师越及时改变了他一向遇到绝色就轻佻的态度。

院中桃色芬芳，沈司安青衣不改，上下打量了眼前人，随即明白了来者何意。

"广陵商帮上缴给朝廷的税款都是按朝廷要求的商铺经营情况在给，不曾有过半分缺少，不知二位今天来找我沈司安可是为了这件事？"

"沈姑娘，"秦师越侧身，"以广陵往日商人的规模势力，不能够在成立了商帮之后所缴税款不增反减吧？"

若这话是季洛漓说的，她一定会有千万种对付的办法，可那是秦师越，眼神凛然的秦师越，她纵然心中不服，可话语出口却变成了——

"生意不好做。"

"你当朝廷是什么？"秦师越近一步，"黄口小儿吗？"

瑞凤细眼，眼有光却流而不动，眼尾处的睫毛微翘，他俯身前去，按下光阴悠悠责问："沈姑娘可知，你这是在犯罪？"

"那，你们朝廷搜刮民脂民膏，不问百姓死活，陷苍生于水深火热之中，又算什么？"她后退一步抵在木椅边缘。

"若当真如此，"季洛漓摇扇，"沈小姐为何不上请奏折？"

广陵本是富庶之地，往年贡献出来给朝廷的商税便占了全国的一半，而今年，广陵成立商帮之后，上缴的商税一下了减少到了往年的三分之一。朝廷屡次派人下来核查此事，不仅全部无功而返，而且人人都说情况属实。

如今见了这商帮的牵头人，也就不难明白那些人为何会那般无能。

"来来去去还不都是你们朝廷，即便是上请了奏折又能如何？"沈司安转身怒对季洛漓，"我看在二位和我沈司安年龄相仿的分上，今天就不为难你们了,请自便。"

好大的口气!

"你可知,你眼前站着的这位是何人?"秦师越低低地问,言语中不乏警告的意味。

"即便是当今皇帝,脱了龙袍站在我面前,我若想装作不知,谁又能奈我何?"沈司安转身抽剑,发丝飞舞间细光冷剑便斜斜地抵了过去。

"漂亮!"季洛漓一身雪白,直直地站在沈家厅堂内,莺歌燕舞的艳阳天里,仿似心头烙上了这世上最烫人的朱砂。

广陵三月天,便是那神仙遗落在这人间的一处繁烟,何处正争春,何处正伤人!秦师越在她拔刀抽剑的最后关头移身挡在了季洛漓身前,他说,沈姑娘,面前人,你伤不得。

贰

他说,沈姑娘,北方连年战乱不断,国库吃紧,将士在外抛头颅洒热血,若非如此,广陵之事随你高兴。

秦师越,你是何人!

深夜,深闺妆镜前,沈姑娘解发带,月影影绰绰,照得一副好容颜。那年风紧,只记得容颜之后是满心的喜欢。

日出,沈千柔来说,昨日的两位公子又来了。

金钗罗布一双眼,踱于那人面前,风也好花也好,既不是昨日所见,也不是今朝的想念。

"沈小姐若念及广陵人的苦难,不如和朝廷联姻如何?"季洛漓摇扇提议,"这样一来广陵人是你沈司安的人,你沈司安是朝廷的人,朝廷和广陵人便是亲人,亲人是不会害亲人的。"

"联姻与谁?"

"当今太子,"高高在上至无双的季洛漓把心中的那份喜欢表露得清清楚楚,"沈小姐,可有意?"

"高墙深宫,无意。"

"那你想要什么?"

"一生一世一双人。"

长安街上,梨花盛开。

季洛漓摇扇问:"你说沈司安为何不愿?"

"大概是太子你无法给她一生一世一双人的念想吧!"

季洛漓轻笑,当今这世上,若非平民百姓家,那样的意愿谁能给她?

广陵商帮之事,联姻便是最好的结局,季洛漓有心,谁也阻挡不住,但将军似乎还是有话要说。

"太子将来是要继承天下的。"

"那又如何?"

"商人之女,难登大雅之堂,更何况太子你如今并未娶亲,她若进门站了正妻之位,会被天下人耻笑。"

"她虽是商人之女,但……"

"除了稍有姿色,殿下。"

那一年,太子洛漓上请赐妃,所请之人是广陵盐商之女沈司安,皇帝不准,他便跪在寝殿外,直到春花开又败,秋风带走了夏月。

长安城里一夜冬雪纷落。

世人都说,秦将军娶的夫人沈司安,花容月貌,不可多得。

皇帝卧床,传秦师越。

"若非要朝廷之人娶那女子,位高权重者……师越,委屈你了。"

"臣领旨。"

大雪覆盖了那条不见尽头的长安街，高头白马上的秦将军身披绯红礼服，墨黑长发在冬风中飞舞，眼中是不合时宜的大义凛然。

秦师越，你何苦连结婚都如此悲壮。

喜轿内，穿身广袖霓裳羽衣，头戴花细金银宝钗，眉淡如烟，唇色如雾，即便是这般清丽的模样，也难入马上人的眼。

千柔问，小姐不是说年纪尚小，不嫁吗？

——若是秦师越，再小都不是小。

季洛漓乘马前来，一脚踢破了秦将军的府邸大门，白雪皑皑的冬天里，将军府中繁花盛开，喜庆的红绸带满园铺来。

"秦师越。"这雪刚停现在又下起了，"你当真要这样吗？"

"太子殿下，今日是我和司安的大婚之日，不知可否恳请师越改天登门谢罪。"

"我们成亲，何罪之有？"广陵沈司安自是不知。

"不必改天了，"季洛漓抽出匕首，"你我今日便割袍断义。"

青布衫落下，来者拂袖而去，冬日惶惶，未有婚宴的现场，连唯一的奏乐声都戛然而止。

商人之女，成亲当日，未有婚宴。

青灯映照着窗花，新娘独坐在房中，迟迟等不来今天的新郎。

喝酒执剑，院中人舞动起又落，斩碎了一院子的冬青叶，眼神中含着酒气在萌动。

千柔说，将军，今天是你大喜之日，我家小姐还在等着。

他将手中酒罐扔向石壁，破碎声起，他踢开了花香烛暖的新婚寝房，俯首掀开他的新娘。

新娘含目，一副娇羞模样。

好看吗？当然好看，她可是广陵沈司安。

"师越，其实你不必为了我……"

"沈姑娘,你想多了。"秦师越将手中帕子丢到地上,"我为的,从来都是社稷江山。"

他的新娘,自他掀开红盖头之后,便再也没有碰过她。

他不愿娶亲,她是知道的,可要在这朝廷之上非选一人不可的话,那就只有秦师越。

二月风暖,皇帝念及他平广陵商帮之乱有功,特赐洛清公主给秦将军做正妻。

长安城里飞花满天,公主出嫁,自是普天同庆,何况嫁的还是名将之后玉树临风的秦师越。

将军马上,满面春风,看来对这桩婚事很是满意。

千柔不平:"小姐,秦将军这是在打咱们脸吗?"

"那就把脸伸过去,让他打。"沈司安一袭青衫立于窗前,咬碎了牙就着苦水吞咽。

公主自是帝王家的人,身份地位不是商人之女可以比拟的,可秦师越你当真要如此吗?

后过门的坐正位,次位上是先来的沈司安。

她的委屈和不安早就在来大厅之前好好地藏了起来,她要让世人看看,她沈司安是何等大度和宽容。

三拜九叩,天地之后,秦师越他迫不及待地当着众人抱着公主洛清去了后院。

来客纷扰,说这盐商之女始终是落不到将军眼里。

哎,怎么不是呢!

宴毕,季洛漓悠然出现。他说:"沈司安,你想要的一生一世一双人,我给不了,秦师越他,就可以吗?"

"那又如何?"

"若当日,你嫁给我,即便日后我会有后宫佳丽三千,可我也能保证专宠你一人，秦师越他能给你什么？"

"自由、清闲。"

再爱能有多爱，你也说了，后宫佳丽三千，可哪个能抵住那似水流年？

是夜，一场新人换旧人，洞房花烛声声残。

秦师越，你幸福吗？

他说，沈姑娘，你是商人之女，登不得大雅之堂。

叁

转年，北方敌人攻城南下。

皇帝病重，将军秦师越请命亲自带兵前去平乱。

是年，将军府中广陵沈司安一夜失踪。

也罢，自当从此了无牵挂。

荒野漫漫，金戈铁马，将军驰骋沙场，好英武！

落日散尽，军帐中，他低眉凝目，想着明日如何排兵布阵。

传来小兵为他挑灯。

小兵生得白净，一双手纤细匀称，脸上沾着些许的污泥，远山眉淡，唇如烟。

"灯暗了。"将军抬眼，小兵正看他看得出神。

错乱慌张中，小兵将油灯打翻，见火势蔓延小兵奋不顾身地扑到火中，将军怒。

"沈司安，你不要命了吗？"

苍劲有力的大手在火烧到她脸之前将她拉起，一向凛然的将军，此刻在这军帐中眼有秋波。

"你可知，女人私闯军帐是何罪？"

"那我便随你处置好了。"

"你果真就一点都不怕?"

"怕就不会来了。"

"沈司安,"沙场不是儿戏,他心一揪,"明日便回长安,等我。"

"等你凯旋回去,再纳三妻四妾吗?"

"等我归来,解甲归田。"

你不是要一生一世一双人吗?

长安太子府,将军秦师越端跪季洛漓。

"太子,请你念在师越跟你往日情分上,不要将洛清公主下嫁与我。"

"怎么,秦将军是瞧不上我这帝王家的妹妹咯?"

"师越不敢,"他眼睛一垂,"但你也知道,司安她不喜欢,洛清公主嫁过去只怕会委屈她。"

"你少拿沈司安来搪塞我!"季洛漓扔掉绫罗扇,怒气上脸,"你是将军,不是一般平民人家,光娶一个是不够的。再说当日秦将军不是劝我说,沈司安是商人之女,登不得大雅之堂吗?我不可以娶,你倒是转身便娶了回去。秦师越,夺妻之恨,不共戴天。"

"你会有佳丽三千,但我只会有沈司安。"

"你知道,我将是君,你是臣,我不会让你只有沈司安。"

"来年开春,我便率军北上,如今皇上已经答应,若我能平息战乱,就准我解甲归田。之后,你是君,但,我不是臣。"

副将闻声,进入军帐,见地毯上有烧过的痕迹,拔剑指向沈司安。

"是我无意打翻了油灯,不管她的事,还有,明日备马送她归乡。"

"将军……"

"不必多言。"转身,他对沈司安说,"今晚,你不必回营帐,在这里为我挑灯。"

"我不回长安。"

"也得回。"

话刚毕,敌方偷袭军营,火光漫天,兵士死伤惨重,将军出账转身凝目:"不许出去。"

塞外春风似饮血,风中血腥如酒浓。

刀光剑影,兵戈之声不绝于耳。敌人凶残如虎,即便是神勇无畏的将军,也只能勉强击退,这场仗不知要打到何时。

这叫她如何在长安等他归去。

一夜奋战,除了士兵伤亡惨重,粮草马匹也所剩无几。

她替他脱下笨重的盔甲,肩头上沁出的血让她寸心如割。

"我替你止血。"语意悱恻。

"不碍事。"他见不得她皱眉的样子。

远山眉淡,唇如烟,清丽佳人沈司安。她凤眼低垂,眼角晶莹,在看到他那满身伤痕的时候。

见不得她伤心难过,他一把推开她的手将戎装重整。

"既然,你这般固执,那你叫军医好了。"她立于他面前,泪眼婆娑,"我回营中了。"

"回来。"

烛帐里,灯影阑珊,沈司安眉目都好看,他起身走到她身边,低声说:"我和洛清,我们没有。"

"那跟我有什么关系,我不过是商人之女……"

——我们不是也没有。

顷刻俯过来的高大身躯将沈司安抵在黎明来临前的军帐窗前,

天尽头还有一轮未沉的月。

"司安，"他洪厚低沉地耳语着，"我等不到回长安了。"

黑夜尽头，军帐里，他去掉她身上粗劣的衣衫，放下盘起的头发，那便是盛世容颜。

一丝丝血液的甜腥蹭在彼此的鼻尖，她紧紧地抱着那副刚武有力此刻滚烫的躯体，任他温柔地进攻索取，如墨瞳孔在她眼睛里游荡，她看到那双眼睛里的自己，正如花火一样在绽放。

将军乌黑的长发散落在沈司安肤白胜雪的肩头，眼睛里秋水荡漾，她从未见过，这样的秦师越。

天亮未亮，她小憩，睁眼，秦师越已穿好衣服安坐在她面前。

她问他："若当日，皇上赐婚，我不选你的话，你会像季洛漓那样，争取吗？"

"不会。"

她黯然。

"我想给的，只是你想要的，若你当日选择了洛漓，我便会认为你心中爱的就是洛漓。"

起身出帐，前方路途遥远，他也不知这场仗何时能完。

"秦师越，"她在他身后叫住他，"无论如何，我都会选择你。"

黄沙漫天，战火纷飞里，她跟他说，山无陵，天地合，乃敢与君绝。

肆

"禀将军，粮草告急。"

"禀将军，马匹所剩无几。"

"禀将军，前方密探得来消息，敌人昨晚并未被彻底击退，现在三十里开外的地方安营扎寨。"

秦师越大挥衣襟,伏案军图,深皱眉头问:"给朝廷送急报的人,可回来了?"

"禀将军,人是回来了,但消息是皇上病危,现无暇增援。"

"荒唐!"他怒吼一声,手边杯盏应声落地。

众士兵慌忙跪下。

"再报!"

长安,紫宸殿。

新皇季洛漓登基。

——你不是想要凯旋,解甲归田吗?

若你回不来呢?

眼前是百次沙场后的铁衣碎片,枯草从中还有千万将士洒过的鲜血——洛漓,你就算是对死去的将士毫无怜悯之心,即便是恨我恨得想将我碎尸万段,可这江山,说到底还是你的啊。

他心中愤懑,骑上白马奔驰而去。

身后沈司安紧追不舍。

她追上他,已是黄昏,大漠孤烟直,长河落日圆。

他站在这山河尽头,尽管天色壮丽,可却望断了远方的念想,此刻剑鞘里血迹未干,日暮里烟沙飞扬,第一次明白了孤立无援的可怕。

若敌军今夜再偷袭一次,他便可以以身殉国,这本没什么,只是回头,那绝色佳人,怎么办?

"上马,一路南下,回长安,等我。"他扭身对她下达指令。

沈司安眉头一皱,从马身上纵然一跃跳到了他的马背上,由着他下一刻紧紧地将自己抱紧。

她不想独自回去,待在房中空相忆,所以哪怕眼前沙场辛苦,她也要留在他身边。

血色黄昏的尽头,敌人果然再次杀过来,他高站城墙头,看眼前战旗飘扬,战火连绵。

她站在他身后,发带被风吹散,墨色长发飞得凌乱,他不顾禁忌上前搂住她,吻在额头,一声轻喃:"在这里等我。"

这场战役,辛苦且绝望。

将士一个个地倒下,他身上也沾满血迹,即便他个人再神勇,总归不过寡不敌众。

她在敌军撤退的荒草丛中找到的他。

身受重伤,命在旦夕。

她心如刀割。

军营里,从朝廷回来的士兵,掩声哭泣。

他说,太子登基,怕朝中人心不稳,军队不能外调。

这明摆了是要将这一众将士逼尽杀绝。

她本可带着他一走了之,可普天之下莫非王土,更何况他是将军。

不破楼兰终不还。

只叹那凉风晚急,她侧身上马,终究还是要南下长安。

太极殿上,将军夫人跪拜求见。

如今的洛漓已不是当初未当君王时的温润模样。

他有他的威严。

"求皇上派兵援助北方战事。"

"沈司安,"堂上帝王言辞凛然,"你可知女人擅入军营是何罪？"

"司安知罪，皇上可随时处置。但在此之前恳请皇上派兵增援。"

"秦将军带兵不力已是无可厚非的事，现在增兵，无非就是延长他全军覆没的时间，朕刚登基，朝政不稳，沈司安，我问你，你觉得权衡之下，朕会如何？"

"求皇上派兵增援。"

"你求我？"

"求你。"

"如今朕，还未有皇妃，后宫正缺，沈司安，你可否愿意来替我补了这个缺？"

"只要皇上答应派兵增援，沈司安随你处置。"

八百里黄沙外，将军睁眼，胸塞气闷，一口鲜血喷得老远……

转日，五万雄兵浩浩北上。

她说，待他归日，我便一袭嫁衣入宫来。

伍

翌年春，北方战事平息，秦将军凯旋回朝。

长安街上，百姓跪拜，声势浩大超过那新皇登基。桃花纷飞，秦师越不愧是名将之后。

不过这长安近来，兴事颇多。

他用鲜血为他换来的血色江山，在他眼中始终比不上一个广陵沈司安。

人们摇头，可惜了，将军刚回便要送夫人进宫。

这世道还是如此不美满。

千柔泣声问,将军回府,为何不去夫人房间。

——她只怕过了今日便不是我夫人了。

"将军想要她是,她就会一直是啊。"

"可你忘了,普天之下莫非王土。我怎样都行,她不行,她只能好好地活着。"

月色勾人,他立于房门外。
夜凉如水,她静坐房间内。
眼前是月光清辉一片。
眼前是血红嫁衣一件。

他说要为她办一场盛大婚宴。
她说他不曾为她办过婚宴。

即便眼前一派祥和,他还记得荒草丛生中,战火纷飞里她在他身后叫住他,她说山无陵,天地合,乃敢与君绝。

她说她一生都等他,可他转身便用自己的无能辜负了这位如花美眷。

一生伤痛,在今夜有了开端。
他窗外站了一夜,一言未发。
天亮未亮,她从身后抱住他。
"师越,带我走。"她知道他不会,她自然也不会。
长安虽然落满繁华,可她始终还是想念江南,想念那里的青砖白瓦,小桥流水,雨后芭蕉,天上流云。
"从今往后,你我墙里墙外,便是陌路。"他轻轻解开她的纤细玉手,伟岸身躯没在盛大的晨光里。

归来那日，太极殿中，当朝皇上，满心欢喜。

"先皇离世时曾对朕说，秦将军在出征前，许下心愿，若日后平息了北方战乱，便解甲归田，今日凯旋，朕恩准。"

"谢主隆恩。"

"爱卿平身，不必多礼，自脱下官服之后，朕命你永生不得进长安。"

"臣，遵旨。"

君要臣死，臣不得不死，这便是伴君如伴虎的哀伤，他一个将军，能怎么办。

唯一可以做的便是远远离开眼前的这位，只要她能一世平安，其他的还有何求？

出嫁那天，长安城里下了一场桃花雨，他人说，雨色纷纷配得上前将军夫人的倾世容颜以及今天的这身红装。

府前安停白马喜轿。接亲队伍浩浩荡荡地排到了长安街上，将军黑衫裹身立于新娘窗前。

春风拂柳，竹叶簌簌，瓦片上去年的尘落到了他的肩头，英眉紧皱，末了还是一言未发。

沈千柔陪嫁，泣声问——将军不说点什么？

——好好待她，此去一别，高墙深宫，日子不好过。

世人都说将军，好无情。

一旦踏出往昔温情的房门，此后山河日月她和他将再无瓜葛。

毕竟是皇家娶亲，不似他当日的寒酸，嫁衣如火似天边艳烈的诗篇。

眉浓眼深，唇色殷红，她一回首便是倾国倾城。

"我好看吗？"她垂眼对着门边的他问。

"好看。"

"有多好看？"

"如我心上的朱砂。"

"可惜，"她淡然一笑，"你再也看不到了。"

凤冠霞帔，殷红如血，她转身最后一望，开口说的是，愿与君绝。

奏乐声起，往事了。

师越转身，五脏俱碎，喉头刚涌上腥甜，口中便喷出鲜血，玄色衣袍和着纷飞的发，应声倒地。

将军，殁。

尾声

沈司安，你可知我与你相见，并非在你家廊前屋檐下。

年初听闻广陵商帮成立，牵头人居然是一女子，好奇之余正好南下，秦师越带着家丁一二坐船游荡至瘦西湖。

见一清瘦男子站在岸边清点货物。

麻袋里装着山货，老实人憨态可掬："沈公子，我这一批货绝对没问题，都是老相识了，直接清点了结账吧。"

"没问题？"那清瘦公子显然不信。

"当然了，不信你看。"老实人将麻袋口打开与他看。

清瘦公子皱眉托腮思考一二，转身拔剑恍惚刹那，麻袋从中被劈断，一麻袋的木屑哗然而出。

"这便是你说的绝对没问题？"

"哎呀，沈公子，我也是一时糊涂啊，今年灵芝草遇到天灾全毁了,我这是迫于生计没办法,还望您大人有大量。"

清瘦公子偏头,伸手向身后一女丫鬟要钱袋子,从中拿出几两碎银,对那老实人说:"我买下你来回的车旅费,不能让你白跑一趟,其他的本公子无能为力。"

想不到这年头还有这种善心的人。

秦师越停船上岸,那位风度翩翩的沈公子便隐在了人群当中,手摇绫罗扇,左右晃头甚是可爱。

"将军,"手下来报,"那人便是广陵商帮的牵头人。"

"哦?"秦师越勾起嘴角笑得玩味,"有意思。"

雾都圣渊

文/阿Q

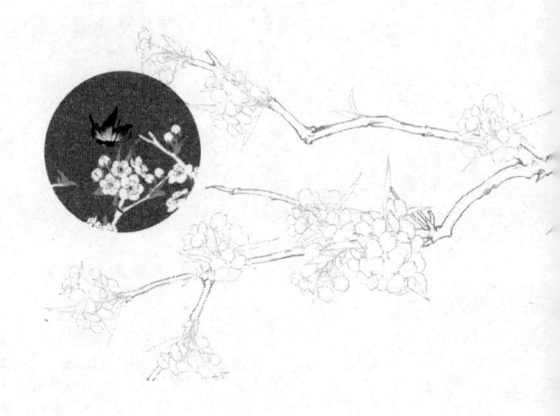

阿Q，90后职业作家，江苏人，以笔营生，攀过高峰，坠过深渊，自认蜉蝣。
文字风格多变，可暖可萌可痛。
策划出版三十余部小说，曾创下销售奇迹。
代表作品：《有一种爱情叫学霸1、2》《你在微笑，我却哭了1、2》。
即将上市作品：《我等风雪又一年》。

【楔子】

　　我醒来之时，正值正午时分，周遭一片惨烈景象，入目尸体堆积如山，干涸的黑血凝固在沙土之上，空气里全是腐肉的味道。

　　我被绑在高耸的城墙之上，身上插着数百支长箭，血从箭孔中流出，染红了我整件襦裙。

　　那是我最爱的衣裳，是我夫君为了讨我欢喜，搜罗了全城最好的绣娘用最好的丝线为我缝制的礼物。

　　结婚数年，这是他唯一送过我的礼物。

　　可惜，我第一次穿就弄脏了它。衣上的血迹已经变黑，我估摸了下，我应死去数月了。对我而言，这不过是弹指一挥间，并不值得挂心，只是，胸中有股愁丝难以纾解，为何数月过去，都无人来为我收尸？

　　那人在干什么呢？

　　应在心焦那位引起倾城之乱的女子吧。

　　那日战场上，他以我换她，离去之时，骑着雾都最漂亮的白马，怀中抱着那昏迷不醒的女子，素来冷酷的脸上，全是惊慌之色，还有我从未见过的柔情。

　　我被人押着，绑在敌方的城墙之上，听着敌方的将领要他撤兵。

　　他没有回头看我一眼，只是一声令下，万千长箭朝城墙射来，生生穿透我的身体，那么干脆果决。

　　即使是经历了万千岁月的身体，依旧还是感到了痛。

　　掌心燃起团火，烧掉了手腕上的绳索，我从高空坠下。

　　感知到我的气息，阿虎从远方雷霆而来，宽阔的虎背接住了我，就要朝苍穹深处飞去。

　　我喝住了它，让它驮我回雾都。

那畜生竟摇头，琥珀瞳眸直直盯着我，嘶吼，拒绝。

我摸了摸它头顶的绒毛，叹了口气，我是要回去的，我终究是他明媒正娶的妻。

阿虎将我放在了羲和殿门口，那里张灯结彩，好不喜庆。

守门的侍卫看到我，皆变了脸色，似见了鬼，逃窜进殿内，大呼，二皇妃复生了。

我拦住跑得最慢的一个，问了声，近日殿内谁在办喜事？

答曰，二皇子圣渊刚迎娶了雪国圣女桑枢。

我惶然松开手，往后踉跄几步，还未复原的身体倚靠在朱红色的殿门边，抬眼望着殿内遍处的喜字灯笼，视线恍惚起来。

原来，我已不是他唯一的妻。

胸口钝痛袭来，急火攻心，我张嘴吐出一口血来。

圣渊的云霜箭果真厉害，伤了我的元气。

当日城墙之上，最后一箭是他射的，我本以为他是想我少受折磨，现想来，许是巴望着我早点死去。

眼前一黑，我朝地坠地，一道月色身影翩然而至，我倒在圣渊的怀里，吐出了第二口鲜血。

他抱着我，这是他难得抱我，那怀抱让我感到久违的温暖。

我死死地睁着眼睛看他，嘴里不断有鲜血涌出，他双手有些发颤地将我抱起，朝内殿奔去，身后跟着他的美丽新妇，圣女桑枢。

我拉着他的衣襟，目光落在那雪般纯白的女子身上，望着她脸上难以掩饰的羞耻，近乎报复般地朝圣渊勾唇微笑，我回来了，夫君。

我回来了，是不是觉得很可惜。

我以为圣渊会恼，但他没有，只是抱着我的双手握紧了些。

昏死之际，我好像听到他说了一声，帝绾，幸好你回来。

我是帝绾，我将嫁与你为妻

我自记事起，就被冰封在琉璃幻境中，周围除了冷冷冰凌，没一件活物。

我不知自己是谁，只记得问世后听到的第一句话便是，我儿帝绾，愿你与天地共存。

帝绾，想必该是我的名吧。

数万年的时光过去，陪伴我的只有漫无止境的孤寂，漫长的生命之于我没有任何意义。三万年后，我的灵力足以强大到撑破琉璃幻境对我的禁锢，我可以自由出入幻境。

我急于从幻境中跑出，去看外面的世界。然入眼之处，不是冰河便是雪地，我竟不知该走向哪里。

白色的雪覆盖了整片大陆，漫无边际。

一日，我在离幻境不远的冰原上发现了一只被天雷重伤，奄奄一息的小白虎。

这是我见到的第一个活物，我如获珍宝，将其带回幻境，悉心照料，从它的眼睛里我看到了外面的世界，那些画面景象，对我来说，是那么新鲜，又充满着危险。

待它伤好后，我放它离开，没想到，几日后它再度归来，琥珀色的瞳眸里为我带来新的画卷。

看它不愿离去，我将它留在了身边，学着外面世界里人们的话语，给它取名阿虎。

我数次将阿虎放出，由着它在外奔跑，有时它几日便回，有时数月不回，回来时，它的眼睛总会给我带来新的景象。

一次，它一年未归，经过无数岁月的我，头一次觉得一年原来也很漫长。在我准备出去寻找那畜生时，阿虎回来了，全身都是伤，不比我上次救它好多少，它的背上驮着个浑身是血的男人，乌黑的发，雪色的肌肤，月色的长衫，罂粟色的血。

阿虎将他扔在我的面前，嘶吼着要我救他。

我俯身，伸手擦干那人脸上的血污，望着那张比阿虎带回来的画卷里任何一个人都要好看的脸，心悦。

琉璃幻境中并没有可以疗伤的药物，除了我的血。

我的血有着奇妙的治愈能力，他伤得很重，我天天用血喂他，足足喂了他一月之久。失血过多，我的身子变得疲乏起来，开始嗜睡。

怕自己睡过去，那人走了，我便让阿虎看着他，但他还是走了。

阿虎跑来唤我的时候，那人已经离开了琉璃幻境。

为了方便阿虎进出，我早已用灵力解除了幻境的禁锢，任何人都可以进出。

许是心疼那喂出去的血，我竟急急去追那人。

他身子还很虚弱，根本没法走出寒冷的冰原。我没多费劲，就在暴风雪中找到了困难前行的他。

他的脸冻得惨白一片，嘴唇都成了绛紫色，看到我的那一刻，那双黑亮的眼眸闪过几丝惊艳，但很快，又变成了一湾死水。

他之前从未见过我，目光落在我身旁的阿虎身上，英俊的脸上露出恍然之色。

"圣渊感谢姑娘救命之恩。"

他强撑着身子不倒下，朝我作揖，头低着，不再看我。

"你为何不看我？"他是我除了阿虎外遇见的第二个活物，我一直等着他醒来，就是想看他的眼睛，他眼里的世界，可是他不看我，我怎么能看到那世界。

我有些恼，觉得数月的鲜血都白喂了，这人除了长得好看外，还不如阿虎有用。

"天寒地冻，姑娘穿得太过单薄，男女有别，圣渊不能无礼。"

他低着头边说着，边要脱下身上破烂的衣袍给我。

那袍子是他来时所穿,因被阿虎咬着拖来拖去,如今已残破不堪。

待他靠近,我故意用了灵力迫使他看我。与阿虎的眼睛不同,他的眼里没有任何东西,只有我。

这是我第一次从他人的眼中看到自己的模样,琉璃幻境并无人的衣服,我身上所穿的还是阿虎从外界给我带回来的纱裙,裙子单薄只有几层纱。我不怕冷,穿衣只是觉得新鲜,如今在那人眼中看到自己,突然感到羞耻起来,我竟与阿虎眼中带回来的那与男人欢好的女子一样,裸露得很。

他的目光变得有些火热,就连那冻得苍白的脸都泛红了些。

我觉得新奇故意朝他凑近,他慌乱地避开,用衣袍裹住了我,别过脸,有些恼怒道:"姑娘,请自重。"

何为自重,我若懂,我便不会强逼着他与我成亲了。

我在幻境外重新设起了屏障,他虽是灵长一族,但终是凡人,以他凡人之力根本无法离开这琉璃幻境。

可他却下定了决心要离开,跑了一次,两次……无数次,每次都是昏死在冰原上被阿虎拖回来。

终有一天,他站在我的冰洞前,求我放他走,说只要我答应放他走,他便可以答应我任何一个条件。

我与天地共存,却不曾见天地万物,他问我要什么,我能要什么,我什么都未见过,哪知什么是好,什么是不好。

我所见的除了阿虎便是他了。

我已经受够了漫长的孤寂,再也不想孤单一个人了。

外界的女子若想跟一男子长久在一起,便是让他娶她为妻。

于是我答应了圣渊放他离开,条件是,他得带我一起走。

"我是帝绾,我将嫁与你为妻。"我站在冰凌之上,朝他说道。

我的声音混杂着风雪,响彻在整个一望无垠的冰原上。

那是我此生给予他人最大的誓言,却也是圣渊此后最想摆脱的枷锁。

那日,他震惊地站在那儿,久久无话,那双深邃的眼眸里闪烁着强烈的痛楚,最终只是说了一声"好"。

当夜,他与我便成了亲。

翌日,他便带着我离开了琉璃幻境。

那是我唯一的一次离开,此后,再无归期。

以后别这样做了,不要为了别人伤害自己。

我的夫君圣渊是雾都国最英俊的皇子,雾都是冰原大陆上一个美丽的小国,从琉璃幻境中出来,穿过雪域神山,走过迷雾森林,便能看到雾都那笼罩在迷雾中的灰色城墙。

我在阿虎的眼睛里见过雾都的景象,那里曾经风调雨顺,国泰民安,美得像个仙境,直到有了那场婚礼。

与雾都毗邻的雪国圣女桑枢拥有与苍穹之上空寂城城主沟通的能力,传闻空寂城是座神山,城主是冰原大陆上唯一的神,他能实现所有人的愿望。

因此便有了流言,传得桑枢者得天下。

桑枢母亲是雾都祭师,父亲是雪国贵族,因一出生就具有与神通话的能力,而被封为雪国圣女,受万人朝拜。桑枢自幼随母亲在雾都生活,从小就与雾都国大皇子圣翎定下了婚约。

桑枢十五岁行完及笄礼之后,就被安排与皇子圣翎结婚,那场婚礼引得冰原大陆各族前来观礼。

本以为雾都国得了桑枢,会因此强盛起来,成为冰原的霸主国,却不料会招致灭国之祸。

冰原嗜血如性的兀鹰国早就对桑枢势在必得,曾多次来雾都掳走桑枢，均未果。

婚礼当日，举国欢庆，雾都的子民们都沉浸在婚礼的喜悦之中，兀鹰国突然举兵来犯，早已潜伏在雾都国内的兀鹰国人，在婚宴的食物中下了毒，满座的文武百官食了有毒的饭菜，浑身脱力，成了刀俎上的鱼肉，任由埋伏在殿内的兀鹰国人无情宰杀。

其余各国的臣子皆不得幸免。

兀鹰国的军队直接杀进了雾都都城，烧杀掳掠，无恶不作。

大皇子圣翎乃雾都最骁勇善战之人，当即让弟弟圣渊护送桑枢等人离开，自己留下抗敌。

即使圣渊拼尽全力带着桑枢杀出重围，却在逃亡雪国的路上，还是遇到了拦截的兀鹰国大将牧野琉安。

寡不敌众，桑枢被掳走，圣渊重伤。若不是阿虎将他带回琉璃幻境，或许那日他已死去。

圣渊带着我偷偷潜回雾都，那里早已被兀鹰国的人所占领。

放眼望去，一片焦土。灰黑色的城墙上悬挂着雾都贵族的人头，除了雾都的国君国后之外，还有那大皇子圣翎。

圣渊将自己裹在厚重的麻布粗衣之下，那双黑色琉璃般深邃的眸子死死地盯着城墙上的人头，沉声问我："帝绾，这里就是我的国家，你还愿意跟我一起回家吗？"

我望着圣渊微微颤抖的肩膀，还有那握得紧紧的拳头，胸口莫名地划过几丝痛楚。

我走上前去，伸手抱住那个脆弱而又坚强的人类，将头埋在他的胸前，既是安抚又是承诺："你去哪里，我就去哪里，只要你想，我会帮你重新建造一个雾都。"

圣渊没有吭声。

有什么冰凉的液体落在我脸上，我抬头望着眼眶莹润的圣渊，很久以后才懂得，他眼中闪烁的光叫过泪光，那液体便是眼泪。

懂得那一切的我，开始有了人才有了悲伤。

那是圣渊的眼泪，那是我第一次见他哭泣，此后，他再也没有哭过。

当日，圣渊将我藏在了一座破落的神庙中，只身一人潜入地牢救雾都国的俘虏。

我说我能帮他，他却只当我随口说说。

当阿虎告知我他的去向时，我气不打一处来，我怎会选择这么愚蠢的一个男人，他一个人去是要送死吗？

我让阿虎带我去地牢找他，果真看到了被兀鹰人围杀，陷入绝境的他。

我让阿虎将他从人群中拖走，只身入了重围。

活了上万年，我从不知自己的力量有多强大，只仗着凡人之力杀不死我，就那么冲动地出手救他。所幸，那力量比我想象的要强大。

弹指一挥间，那些人被我打飞了出去，不见人影。

阿虎得我令，将牢房中的俘虏一个个拖出，堆积木似的一个个摆好，然后讨赏似的对着我摇尾巴。

我瞪了它一眼，让它把人全送到神庙，我随后就来。

圣渊说，驻守雾都国的兀鹰国将领就住在那座最高的城楼里。

要想重建雾都国，兀鹰国的人就一个也不能留下。

我从未杀过人，那却是我第一次杀人。我将兀鹰国那些将领的头割了下来，换下了雾都贵族的人头，让其悬挂在城墙之上。

待我回神庙，天已明，是第二日了。

圣渊早已醒来，在照看那些救回来的俘虏。

怕那群人跑掉，兀鹰国的人给他们下了昏睡蛊，让他们整日昏睡不醒。

圣渊一副心事重重的样子，坐在一旁，见我回来，他脸上的表情微动了下，但没有多嘴问些什么。

似乎他早就知道那些人伤不了我。

我很是恼，过去挠他，小女人般娇嗔："你不担心我吗？"

他抬眼暗沉地看了我一眼："你不是回来了吗。"

他这样的处境，我实在不好逼着他过来哄我欢喜，但我可以哄他欢喜。

我抢过圣渊的佩剑，突然在手腕上划了一刀。

圣渊见状，脸上露出震惊的表情，气急败坏地吼我："你在干什么？"

说完，就扯过衣条要为我包扎。

我看他这模样，心生欢喜，推开他，在角落里找到个瓦罐，盛手上流出的鲜血，待分量差不多了，将其交给阿虎，命令道："一人一滴，不可多给哦。"

阿虎高兴地叼着罐子领命而去。

我再度失血过多，身子支撑不住地要朝地倒去，圣渊急急过来扶我，眼睛紧紧地盯着喝了我血后慢慢转醒的人，眼里闪过几丝震惊。

不等那些人全部醒来，他用手裹住了我手腕上的伤口，抱着我离开了大殿。

到了无人之地，他才将我放下，望着我光洁如初，完好无缺的手腕，难以置信地问我："帝绾，你到底是什么？"

不是是谁，是什么？

在他的眼里，可能我已经是个很可怕的东西了。

我不知该怎么回答他这个问题，因为我也不知我是什么。

我只能朝他微笑道："我是你的妻子。"

他眼神慌乱了下，脸色有些羞红，避开我灼热的目光，沉声问我："所以，当初你也是这么救我的？用你的血。"

我看他一副难以启齿的模样，有些愤懑，伤心地说："怎么，你嫌弃我用血救你？"

"不，不是。"他急忙解释，眼神触及我又立刻移开。

转过身去，他背对着我："以后别这样做了，不要为了别人伤害自己。"

那时，我以为他是在心疼我、喜欢我，才这么说的，当即心里更是喜欢他了。

却错了，错了，圣渊的心里早就有了一个人，那个人，从来都不是我。

我与那圣女桑枢谁更美？

在圣渊的努力以及我的略施小力之下，雾都复国了。

朝中仅剩的臣民推举被圣渊找回的三皇子圣擎继任新王，而圣渊因为母亲身份卑贱，庶出的缘故，无法成为新王，只被赐封为复国大将军。

圣渊并没有因此不高兴，下朝回来，他带着我跟阿虎搬入了将军府，将大殿更名羲和殿。

那夜，新皇设宴为他摆酒庆祝。

圣渊喝得酩酊大醉，被人搀扶着回府。下人将他带入我的房中，那是我们离开琉璃幻境之后第一次共枕缠绵。

我本欢喜得紧，却听到他在情动之中唤着桑枢的名字，瞬如万箭穿心，透彻心寒。那夜，我得知圣渊的心里藏了个人，那是他的心上人，雪国圣女桑枢。

圣渊醒来时，我坐在屋外的栏杆旁看阿虎抓鱼，似被阿虎的憨态逗乐，不停发笑，心里却难受极了。

即使阿虎带回来的画卷中有人的情绪，可是等我自己经历了，我才发现，我还是不懂。

我不懂我为何心痛，我不懂，但我也不问。

我以为圣渊会自己说，但他没有，想必他觉得没必要跟我解释。

从我殿内出来，圣渊急着去上朝，离去时，没有跟我说任何，只是怕我冷，给我披了件外袍。

我回头看他，眼里挂着笑。

他自己觉得可笑，嘲讽一句："忘了，你并不怕冷。"

临走时，他对我说："今日皇上封赏，雾都能有今天，你功不可没。我不知你喜欢什么，你说一件，我去给你找。"

"你送的我都喜欢。"我歪着头道，眼睛落在还在抓鱼的阿虎身上，第一次不是很想看他，怕他看出我的情绪。

他走了，那日上殿面圣后，他久日没有回府。

府内的侍从告诉我，他被派去别国打仗了。

兀鹰国自从得了桑枢，就利用她的能力，向空寂城的神祈愿，得了上天支助，到处征战，很快就成了冰原大陆的霸主。被侵略的小国哀鸿遍野，不得不联合一起，抵御兀鹰国。

圣渊这一走，走了很久，约莫半年。

之前在琉璃幻境时，万年对我来说，都不算久，如今这半年，却十足算是煎熬。

半年后，府内的总管带着婢女给我送来了一件新裙，说是圣渊离开之前，特意命城中最好的绣娘，用最好的丝线给我缝制的礼物。

他不知道送我什么好，只道这是举国上下，所有姑娘都爱的。

我自是喜欢，我从未见过这么好看的襦裙，穿上之后，所有人都用惊艳的目光看着我，不惊感慨：

"娘娘真美，好像神女一样。"

"像仙子。"

"可惜二殿下不在，不然看到娘娘穿得这般美，定会欢喜。"

"……"

就连阿虎也兴奋地一直围着我跑。

我望着镜中的自己,蓦地落了声:"我与那圣女桑枢谁更美?"
堂下一片死寂,没人回答。
似乎所有人都知道圣渊与桑枢的纠葛,就我不知道罢了。
传言,圣女桑枢与二皇子圣渊两情相悦,无奈身份悬殊,桑枢被赐予了圣翎。
不过,圣翎已经死了。
那场婚礼并没有举行成功,她还是那个冰清玉洁的圣女桑枢。
"兀鹰国在哪里?"
既然没人回答,我只好换个问题。
顿时,堂下一片抽冷气的声音。
"娘娘你……"
"娘娘!"
"……"
众人惊呼。
即使没有人告诉我,我又岂不知,皇上派圣渊出去并不只是援助其他国,更是从兀鹰国手中抢回桑枢。
对皇上来说那是抢,但对圣渊来说,那是救。
半年未归,定是此行并不顺利。
我从下人口中得知了兀鹰国所在,当日便带着阿虎离开了雾都。
在兀鹰国阴暗的地牢里,我找到了被关押的圣渊。
兀鹰国的人之所以还留着他的命,是因为桑枢以死相逼。他们需要桑枢,所以不能杀圣渊。
我将圣渊救醒,他见到我很是惊讶,但没问我为何而来,开口的第一句话,便是:"我必须带桑枢走。"
我没有阻止他,跟着他去了兀鹰国的人为桑枢建造的圣女殿找桑枢。
桑枢第一次见我很是惊讶,问圣渊:"这位姑娘是?"

"没有时间解释了，我先带你离开，兀鹰国地牢的守卫很快就会发现我不见了。"他拉着桑枢的手就往外走。

我眼睛定定地望着他俩紧握的双手，不懂一句"她是我妻子"，五个字，得需要多少时间来解释。

桑枢的身上同样被下了蛊，她无法离开圣女殿。只要她踏出圣女殿一步，蛊毒就会发作，她就会胸痛难忍，昏迷不醒。

蛊毒一发作，兀鹰国的国君就发现桑枢这边的异样，带着重兵包围了圣女殿。以圣渊的能力，面对那么多人，他除了送命，根本无法带桑枢离开。

所以他只能祈求于我。

他抱着昏迷的桑枢站在圣女殿的危栏上，回头看我，只道了一声"帝绾"，然后什么也没多说。

我目光平静地看着他，视线最终落在他怀里的女子身上，我问圣渊："我身上的襦裙好看吗？是你离开前，命人给我缝制的。"

从头到尾，他的眼里只有桑枢，都没有好好看我身上他送的美丽衣裙。

他呆愣地望着我，眼里有了痛苦，但更多的是焦急。

"帝绾，我等你回来。"

"你把我留下，如果我不愿回来了呢？"我睁着黑白分明的眼眸问他。

如果我不回来了呢！

他摇头，望着我笑，这是第一次，他朝我笑。

他说："不会的，你说过，我在哪儿，你就在哪儿。"

说来嘲讽，我竟被一个人吃得死死的。我让阿虎载着圣渊跟桑枢飞离圣女殿，自己留下来拦截兀鹰国的人。

我并不是个善于征战的将领，也无心恋战，心思早已跟着那人飞去，一个不慎，便中了埋伏，都懒得挣扎，就被俘虏了。

不是跑不了，而是我在想，如果，如果我被抓了，圣渊会不会像救桑枢一样，不顾危险地来救我。

答案是不会。因为我不是桑枢。

翌日清晨，兀鹰国的边境就传来了号角声，圣渊带着众多被侵略的小国前来讨伐兀鹰国。

没了桑枢，兀鹰国就像没了主心骨，派出去的将士都被打得像落水狗一样跑回了。

兀鹰国太子带兵出站，被圣渊斩杀于马前，人头悬挂于城墙示众，鼓励军心。

兀鹰国的国主闻讯大怒，要将我挂于城墙之上，要求圣渊退兵，否则会让我给他儿子偿命。

我没有反抗，心里却凉得很。

不等我回去，他便速度起兵，竟一点都不在乎我的死活。

一点都不。

是不是只要桑枢救回，其他人都不重要了？

"要想救你的皇妃，要么即刻退兵，要么拿圣女来换。"兀鹰国的国主极力忍耐着愤怒，提出条件来。

圣渊一没退兵，二没留下桑枢，只将挂于城墙上的我给留下了。

他一声令下，箭雨朝我射来，悉数落在我的身上。

血从我的身体里不断地涌出，伤口太多，来不及自动复原。血流得越多，我的灵力越弱，渐渐地支撑不住了。

最后一支箭射来，是圣渊的云霜箭，正中我的胸口，刺穿了我的心脏。

我的五感都变得衰弱起来，隐隐间，听到阿虎尖厉的嘶吼声，却再也看不到圣渊的身影。

一役过后，兀鹰国亡，圣女桑枢重回雾都，圣渊与我分别时偷偷拿走了我身上的血，解了桑枢身上蛊毒。

我被遗忘在尸横遍野的战场上,经历我生命中第一次涅槃。
吾乃不死鸟神,神女帝绾。

> 我与他缔结,本就无婚书,如今分离,
> 又需要何休书,只要他一句话便行了。

我昏迷了数天,中间偶有清醒,看到圣渊守在我的床前,温暖的手包裹着我冰冷的指尖,问我是否想要吃点什么。

我没有点头也没有摇头,只是睁眼看着床帐一会儿,后又闭上眼,沉沉睡去。

睡梦中,手上的温热感从未散去,却驱除不了我心底的寒意。

犹记得第一次醒来,圣渊请了国中最好的巫医为我诊治,只听得那人对圣渊言语:"殿下,娘娘腹中的孩子没了。"

一句话,让四周的空气都变得沉寂起来。

圣渊站在我的床前,攥紧着拳头,沉默了许久,才声音喑哑地问了声:"她什么时候怀了孩子?"

"回殿下,殿下出征不久,臣就为娘娘诊治过,按时间推算,娘娘此刻该有半年身孕了,娘娘此番回来,身子大损,已无喜脉。"

圣渊屏退了众人,独自一人陪着我。

那日,他在我的床前站了很久很久,没有说话。

奇怪的是,我竟能感知他的心痛,可是他为何心痛?当日在战场,他遗弃我的那一刻,他就该预料到如此局面了。

还是说,因为他不知我有孕在身,所以才舍得如此对我。

若知我怀了他的孩子,说不定就不会伤我至此。

罢了罢了,一切都是命中注定,那孩子终究与我无缘。

我乃不死鸟神,可以死而复生,可我腹中的孩子是人族的血脉,无法复生。

我想圣渊是对我感到愧疚的，所以待我醒来，他待我极好。

他让人给我缝制了很多新的襦裙，有很多都比他之前送我的还要精致美丽，我却还心心念念着那件被血染污的襦裙。可惜了那裙子，从我身上被剥离之后，圣渊就命人把它烧了。

因他带回了桑枢，新皇赏了他很多奇珍异宝，他拿来给我挑选，我看了一眼便没什么兴趣，还不如继续看阿虎抓鱼来得尽兴。

无奈我那阿虎，近日也不爱抓鱼了，整日匍匐在我的脚下，守着我，不让任何人靠近。

圣渊几次前来，阿虎虽对他嘶吼，但也不敢怎么他，只是虎声呜咽，听起来稍显委屈。

婚后那么久，圣渊极少与我共枕同眠，我醒来之后，他夜夜宿于我房中。过去都是我主动纠缠于他，而今他变得主动起来，举止还带有生涩。

我本想问他，他这样弃新妇于不顾，难道就不怕桑枢伤心吗？

后又觉得，他人伤心与否与我何干。

我伤痛欲绝的时候，又有人为我担忧吗？

除了阿虎。

苏醒之后，我便将自己困于殿中，不愿出去，一是不想见那桑枢，二是出去又不知该干些什么。

圣渊与我朝夕相对，我却从未开口对他说过一句话。

许是不知该说什么是好。

平时相处，都是他一人言语。他并不是个话多的人，因而多半的时候，他只是沉默地陪我坐着，看着时间一点点流逝。

忽然有一日，他对我说，帝绾，我在乡间安置了处房屋，那里风景很是秀丽，无人打扰，你住过去可好？

我睁着眼定定地看着他，他却不敢看我，别过脸去，递给我一纸休书。

"你若不愿住那儿的话,我让人给你建座宫殿。"

我望着那封休书,蓦地笑了。原来近日殿内侍女的闲聊并非假的,说是那桑枢怀了孩子,皇上念及圣渊护国有功,桑枢又是高贵的圣女,这是他们第一个孩子,还未出世就将他册封为定国世子,而桑枢被封为圣渊的正妃。

他这是要我走了。

"乡间的房子我不住了,我带着阿虎回幻境了。"本想潇洒地这么说,却在他一句"我会来看你"后,将那些话又咽了回去,只道了一声"好"。

"帝绾。"他唤了我一声,然后站在那里,目光痛楚地望着我,却怎么也说不下去。

"我乏了。"我朝他落了一声,从栏杆上站起,手里握着那纸休书朝内殿走去。

指尖燃起了抹幽火,将那休书烧得一干二净。

我与他缔结,本就无婚书,如今分离,又需要何休书,只要他一句话便行了。

圣渊让人给我收拾行李,我任由他安排,整日继续与阿虎嬉戏。

他跟我说等册妃大典那日,他便派人送我去乡间小屋。

我没有回他,一切随他。

诸事准备妥当,可最终我还是没能走成。

在国君为圣渊安排的桑枢封妃礼上,圣渊被围杀了,杀他的人不是别人,正是他从敌军手里救回的胞弟,当朝皇上,圣擎。

圣擎觉得圣渊功高盖主,不可留。

王国的禁卫军血洗了整个复国将军府,如今国事安稳,再也不需"复国军"的存在。

我因为离去,在这场不得反抗的王权争斗中幸免于难。

半路我得知此事,当即马不停蹄地赶回将军府,刚入羲和殿,就看到圣渊跪坐在殿中央，胸口插着柄玉光长剑，剑柄上刻着个"擎"字。

君要臣死，臣不得不死。

圣渊的眼睛是睁着的，许是死前还有什么事放不下。

与我同回的仆人被府内的惨状吓得失声尖叫，跑的跑，哭的哭，最终，整个殿内，只剩下了我跟阿虎两个活物。

我将圣渊的尸首带离了将军府，寻至他给我安置的农舍，将其安置在那里。

我的血只能疗伤，却无法让一个人起死回生，但我的内丹可以。

我活了太长太长的时间，直到圣渊出现，我的生命才开始鲜活起来。我因他有了喜怒哀乐，有了人的情感，学会了爱，学会了妒，学会了悲伤。

倘若他死了，漫长的岁月，枯燥得让我如何承受？

怕阿虎捣坏，我特意支开了它，吐出内丹将其喂入圣渊的口中。

失去内丹的我，那头乌黑的发瞬间变得雪白。

从此以后，我再也不是不死之神。

我将跟凡人一样，经历生死。

愿你与天地长存。

怕圣渊醒来发现我的异样，我用灵力为自己染了发。

以他凡人之躯难以承受我万年内丹的霸道，他浑身充血，痛苦了数月，在我日日以血喂之后，才渐渐适应。

他醒来之后，我问他是否愿意跟我一起回琉璃幻境。

他没有拒绝，我算他答应了。

如今的他，除了我，什么都没有。

那是我牺牲了所有换来的男人，我怎舍得不要他。

可他……可他……自始至终，都不曾想过跟我回去。

一日，我带着阿虎去山中打猎，回来，发现圣渊已不在小屋，屋内的木桌上放着只锦绣盒子，盒子里血淋淋的一片，竟是个已成形的婴儿！

我大惊，意识到发生了什么，四处寻找圣渊，终于在皇城脚下找到了大开杀戒的圣渊。

圣擎不知从哪儿得来圣渊没死的消息，将桑枢腹中的孩子剖离出来，送到了这里。

奄奄一息的桑枢被圣擎吊于皇城之上，以圣渊之力，他若飞升城楼去救桑枢会被城楼上的士兵万箭射死。

如今他体内吞食了我的内丹，虽是不死之身，可不代表他能承受住内丹的霸劲，不被其吞噬，走火入魔。

看圣渊眼中充血，我急急上前，趁其不备，将其打晕，让阿虎驮着他离开。

而我则留下，一人去了皇城，帮他救下他最爱的女人桑枢。

爱是什么，若爱是牺牲，那我必定是爱极了圣渊。

即使没了内丹，凡人的万千短箭，只要我想躲，便没有躲不了的。只是我唯独漏算了桑枢。

望着胸口上横插的匕首，我难以置信地看向桑枢，她满脸泪痕，颤抖地握着手中的刀刃，惊慌失措地跑开。

跑的时候，她一再跟我道歉，说："对不起，我……我也不想……我……"

远方的天际传来巨大的声响，山崩地裂，地动山摇，一道金色的高大身影从上空显示出来，飘然至我身前。

我望着眼前的神明，一切皆已明了。

冰原大陆上，曾只有一个神帝，神帝栖下有一对儿女。男为毁灭之神，黑龙真身，嗜杀成性，代表着杀戮背叛，死亡。女为拯救之神,不死鸟灵,淡然处世,代表着生与希望。

神帝留下这对儿女后,便化作万物,分散在冰原大陆各处。

天地只能存有一神,拯救之神爱上了人类之子,毁灭之神趁其生产之际,杀了她。

拯救之神也重伤了毁灭之神,并在临死之际,用全部的灵力将其封印在了空寂山上,并将生下的女婴封印在琉璃幻境,远离人世的善恶。除了她的血脉,其余人都无法打开这两大封印。

琉璃幻境是我自己跑出来的,这空寂城的封印是桑枢刺伤我,拿我的血解除的。天地间若无拯救之神,只有毁灭之神的话,那么天地很快就不复存在了。

"帝绾,以你残存之力怎与我相斗!"毁灭之神苍幽无情地朝我嘲讽道。

他手一挥,整个皇城塌陷,手再一挥,一座山峰被夷平。

只要他愿意,万年凝成的冰原大陆,在他弹指之间就可毁灭。

而这一切,都将是我的错。

"我儿帝绾,愿你与天地长存。"

天地都将无,帝绾又何存?

我舔了下嘴角的血丝,飞向高空与苍幽大战。

与苍幽相比,我太过稚嫩,根本不配与他相斗,我无法将其斩杀,却可以拼死将他再度封印。

先代不死鸟神封印苍幽的画面在我脑海中显现,我以血画咒,口念远古之语,将苍幽再度封印于空寂山上,而自己也因此元神俱灭。

我从空寂山上坠下,落在雪白的冰原上。

鲜血不断地从我身体里涌出,失去内丹的我,再也无法复生。

阿虎闻着我的气息最先找到我,固执地要将我拽回幻境,以为那里可以替我疗伤。

可惜太远了，那离我太远了。

圣渊赶来的时候，我的血已经染污了整片冰原。

他颤抖地将我抱起，伸手温柔地摸着我的脸，那双黑亮的眼睛里再度有了泪光。

他的脸贴着我的额头，小心地安抚，说："没事的，帝绾，你会复生的，你会复生的。"

多久，我等你归来。

我望着他摇摇头。

"不要……不要等我了……我不会再回来了。"我艰难地对他说，嘴里不断地涌出鲜血。

"不会的，你会回来的，你说过的，我在哪儿，你便在哪儿。"他流着泪对我说。

我挣扎着起身，他将我扶起。

我伸手在他的心上勉强地写了个字。

意识到我在写什么，他的眼睛骤然睁大，连忙抓住我的手要阻止。可是晚了，咒语已念，血祭已生成。

我写的是一个"忘"字。

待我死后，我要他忘了我。

既然得不到他的爱，那我也不需要他的愧疚。

我给了他无尽的生命，没有谁比我更了解，那漫长的孤独有多难熬，我不愿他的余生除了漫无止境的孤寂外，还活在对我的亏欠之中。

我的身体开始虚化，它将化作万物，或风或雨，或冰川或河流。

圣渊，愿天地与你同在。

"帝绾……帝绾……"

"不……不要走……"

"我……爱……"

他最后说了什么，我已听不到了，风带走了我残破的魂魄，此后，天地再无帝绾。

圣渊一人独自坐在冰原之上，双手还保持着抱的姿势，英俊的脸上还有未干涸的泪痕。他脸上的神情很是茫然，望着冰原上那红艳的鲜血，一种痛在他心底蔓延着。

为什么那么痛，他不知。

失去了什么，他也不知。

遗忘了什么，他更不知。

他只知，此后，他如天地一般，永远长存。

漫长的孤寂在等着他。

她给了他无尽的生命，却没有给他说爱她的机会。

二皇妃复生了。殿内传来下人的惊呼声。

他急急跑来，看到了倚着门扉吐血的女子，心中钝痛，朝其奔去。

帝绾，他的妻子，他早知她与常人不同，她会复生回来。

当日他带着桑枢离开，将她留在了兀鹰国，本想找时机回去救她，诸国联盟却在看到他带回桑枢之后，就急着要起兵攻城。

"这是屠灭兀鹰国最好的机会，他们没了桑枢，恐怕早已军心大乱！"

"是啊！这是咱们报仇的好机会！"

"殿下，外面的将士报仇心切，请殿下及早下决定。"

"……"

"殿下，皇城来了消息，国君让您即刻发兵攻城！"

王命不可违，他是臣子，只能遵从。

"带桑枢回，灭兀鹰国。"八个字，便决定了她的生死。

城墙之上，兀鹰国国主给了他两个选择，一是撤兵，一是留下桑枢换她。这两个选择，他都没法选，兵不能退，桑枢也不能留。

所以她必死无疑。

万千长箭飞去，那瘦弱的身影悬于城墙上，像人一样羸弱。

可圣渊知道，她从来就不是他那样的人类。

她的血能治百病，她的伤口会自动复原。

她能在一无所有的幻境中存活，她不怕冷，不怕火。

她能将他囚禁，也能将他放生。

她能帮他复国，能为他牺牲……

牺牲……

为什么，她要对他那么好？

为什么呢……

"我是帝绾，我将嫁与你为妻。"那日，在冰凌之上她的话语还在他耳边萦绕。他曾暗自痛恨过那个将她囚禁，逼他娶之的女子，如今看她受万千箭雨，圣渊忽然觉得心痛了。

他想，他对她应该是愧疚吧。没有情的，他的情都给了桑枢。

他与桑枢从小一起长大，心意相通，若不是他出身卑微，桑枢将会是他的妻子，而如今，婚礼虽未完成，但在他心中，桑枢已经是他的嫂子了。

桑枢怀了圣翎的孩子，为了救下这个孩子，她向空寂城的神祈求，暂不显孕相，以免这孩子被兀鹰国的人残害。

圣翎已死去数年，桑枢跟他回去后必定是要生下这孩子的，为了让这孩子不被当成桑枢被玷污而怀上的，桑枢请求他回雾都后娶她为妻，他应了。

一支云霜箭射出，他尽早地了却她的痛苦。

他赌了一把，赌她不会死。赌她会回来。

倘若她能回来，他便会用余生去弥补她。

不管她是什么，他都会认命，认她是他的妻子。

是的，他赌赢了。她回来了。

二皇妃死而复生的消息一下子在雾都传得沸沸扬扬，众人都在说二皇妃是个妖孽，他娶了个妖物。

她是什么不重要，他只知道，这个人人口中的"妖物"不止一次地救过他，并救了这个国家。

他以为他赌赢了，可是，他还是输了。

他并不知道她怀了身孕，她可以死而复生，可是那孩子不行。

他失去了他生命中的第一个孩子，他拼命地想要弥补，却怎么也弥补不了他给她的伤害。

回雾都后，桑枢一心想要生下腹中滞留数年的孩子，她怀孕的消息传入了国君圣擎的耳中。

他是复国将军，桑枢是圣女，"他们"的孩子还未出生，就已经受到了万民的朝拜，有谣言出来，说这孩子未来将是雾都的王。

圣擎还在，雾都怎能有新王。

当圣擎告诉他，要给桑枢跟孩子册封时，他就知道，这位胞弟已经容不下他了。他已经让帝绾为他死过一次了，就算她死不了，但他也不愿她再受其害。

他的命是她救回来的，他的余生都是她给的恩赐。

倘若终究难逃一死，他希望不再连累她。

所以他休书一封，打算送她离开。

册封当日，殿堂之上，圣擎当着众臣的面让他跪下，拿长剑杀他。他并没有反抗，他若想反抗，一开始就不会拥圣擎为王。

他明明死了，可他又活了下来，帝绾又一次救了他。

她问他愿不愿意跟她一起回幻境，他没有回答。

桑枢还在圣擎手中，他不会放过她的孩子的。

果真，圣擎派人送来了桑枢的婴儿，一个还未出生，就被剥离母体的婴儿。他怎么能这般残忍。

他母妃只是宫里的浣洗奴婢，一次有幸蒙得圣恩，生下了他。

自幼，他就被王公贵族子弟看不起，所有的兄弟都嫌他出身卑贱，不愿与他玩耍，除了大皇子圣翎。

无论如何，他都要救下桑枢。

就算是为圣翎救的。

就算是死，也得去。

他若早知道当初帝绾是用什么法子让他复活的话，那他一定会好好珍惜这条命，一定会的。

但是他知道得太晚了，太晚了。晚到世界上已经没有了帝绾，没有了桑枢，没有了圣擎，没有了任何一个他熟悉的人。

他眼睁睁地看着她从高空坠下，眼睁睁地看着她在他怀中消失，却无能为力。

她给了他无尽的生命，却没有给他说爱她的机会。

他是爱她的，直到她要离开，他才清晰地懂得，他是爱她的。

这世界上没有一个人像她一样不求任何回报地对他好。

这样的人，他怎么能不爱呢。

可是，她却连他说爱她的机会都不给。

她给了他最大的爱，却也给了他最大的孤寂。

一声"我爱你"，在有关她的记忆飞速逝去的时候终于说出口，可是听的人已经不在了。

最后的最后，他满心悲痛地坐在那里，嘴里重复着那声"我爱你"，却连自己都不知道是说给谁听的。

他忘了，忘了帝绾，忘了他的妻。

春枝细雨
有奖征文优秀作品选登

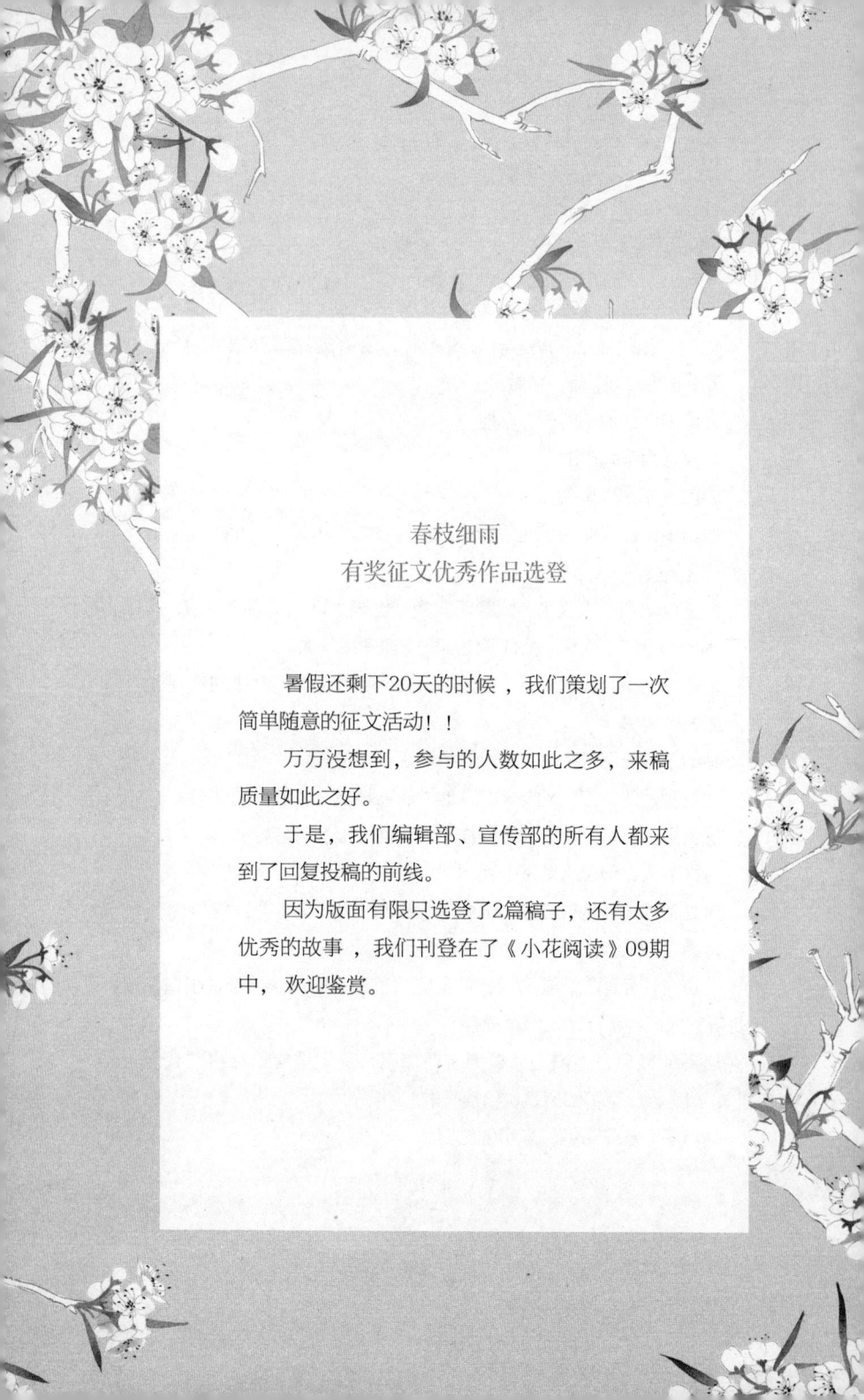

  暑假还剩下20天的时候，我们策划了一次简单随意的征文活动！！

  万万没想到，参与的人数如此之多，来稿质量如此之好。

  于是，我们编辑部、宣传部的所有人都来到了回复投稿的前线。

  因为版面有限只选登了2篇稿子，还有太多优秀的故事，我们刊登在了《小花阅读》09期中，欢迎鉴赏。

特等奖作品

天下第一

文/薄言与酒

卯时的青川镇尚还静谧。

晨雾氤氲，夹杂着如丝的细雨。偶有行人过路，身影隐在白雾中也难看得真切。

两个持剑的年轻人穿过雾气，随意进了家已经早起开门的馄饨铺，喊了两碗热腾腾的馄饨，又点了两碟小菜。

二人对坐桌前，闲谈着此次英雄大会上一剑成名的少年侠士——方容与。

二十岁的年纪，一套惊鸿三十六式拿下天下第一，轰动了整个武林。

少年吞下一个馄饨，得意道："多年前也曾有个年少成名的侠客，十七岁就名扬江湖，二十五岁夺得天下第一时，只用了惊鸿十八式，叫江……哎……叫江什么来着？"

"江离。"对面的少女白了他一眼，"你不是说江大侠是你的偶像吗，有连自己偶像名字都忘了的吗？"

少年夹了片牛肉放进少女碗里，笑得狡黠，揶揄她："原来小师妹也晓得江离大侠的，之前我同你讲时你总是捂着耳朵不肯听，我还当你不知道呢。"

少女脸上有些不快,放下手中竹筷,反问道:"师兄你整日嚷着要做大侠,大侠到底有什么好的?"

"师妹你不喜欢大侠吗?"似是没料到少女会有此一问,少年明显怔愣了一下。

少女气鼓鼓地瞪大了眼,愤愤道:"你总同我讲江离,什么行侠仗义管遍不平事,什么江湖中许多姑娘倾慕他,他一句'已有发妻'拒之千里。要我看哪,他若真有那般好,怎会忍心将妻子独留家中?又怎会为了一个'天下第一'的破名头争了个力竭而死?他可有考虑过他的妻子分毫?这等自私自利的人,算得上什么大侠?"

少年脸上的神采暗了下去,失落道:"可我除了这身武艺什么都不会,若当不成大侠,又怎么让师妹你喜欢上我呢……"

"你若不当大侠,我就答应喜欢你。"

少女丢下一句话,便扭头跑出馄饨铺。留下的少年傻愣了一会儿,急急忙忙付了钱,咧着嘴紧追出去。

卖馄饨的老汉掂着手里的铜板,感叹道:"现在的年轻人啊!"

老婆婆端了两碗馄饨从后面出来,笑眯眯地打趣:"就是委屈了江离大侠。"

老汉赶忙伸手接过碗,乐呵呵地问道:"那劳问这位姑娘,为何当年一定要在下拿个天下第一才肯嫁我?"

老婆婆笑啐了句"老不正经",反问他:"那你又为何刚拿了天下第一就诈死隐退?"

"天下第一哪有和你一起卖馄饨好嘛!"

盛着馄饨的碗里冒着热气,融化了一季春寒。

很多年前,庭院里有两个小娃在玩耍。

八岁的男娃拿着一截枯枝耍得有模有样,待他收了势,跑到六岁的女娃面前,语气稚嫩却言辞坚定地道:"阿瑶,我以后要做天下第一厉害的人!"

那时男娃的眼睛明亮得像是坠入了星子,格外好看。

他又接着问了句:"等我变成天下第一了,你就给我做媳妇儿可好?"

编辑点评:一段暖甜动人的江湖故事,故事构思巧妙,人物对话生动,人物性格鲜明立于眼前!很特别的好故事。

获奖感言:就很开心啦!虽然也码了大概有七年的字了,但是一直处在一种自我怀疑的状态。经常会想写出来的故事会不会太无趣了?文笔是不是很差?说实话,这次春枝细雨的活动给了我挺多信心的!真的收获很多!最开始是抱着参与一下的想法,完全没想过自己会得特等奖……从被多多和编辑大大翻牌,到入围,再到得奖,每一次都是惊喜。特别特别感激能被编辑大大认同,不认识的小伙伴们喜欢,以及亲友们一直以来的鼓励,那种激动的要上天了的心情实在不知道要怎么表达出来23333……这次活动最大的收获还是让我更有信心坚持写文了吧,所以非常非常感谢愿意喜欢我的故事的各位大人们!笔芯。

因为活动当天有个考试,很遗憾去不了现场了……就提前祝大鱼四周年生日快乐吧!希望大鱼越来越好!!!

优秀作品选登

春枝细雨

文/乌龟仙子

他们说，欢喜一个人，就像风卷尘沙去，绵绵又无期。那只叫细雨的小凤凰啊，我种了你栖息为家的梧桐树，又发了春枝，长得很高了，你回来吧。

【一】

灼华城周家的院子里有一棵梧桐树，周家那个笑起来眼睛会弯成月牙儿的小姑娘不爱女红，又出不了家门，于是小小年纪练就了一身爬树的好本事。

小姑娘躲在树上难得清闲，眺望着院墙外的热闹景象，笑眯眯地晃悠着两节如同嫩藕似的小腿，鞋子也不穿。

"你坐在上头作甚？"

小姑娘循着声音往下看去，惊得小嘴微张。

那少年面冠如玉，穿着一身绛红色的袍子，双手抱胸昂着头看她："你坐在上头作甚？"

小姑娘从没见过长得如此好看的人，眼里泛着亮光："你长得可真好看，你是神仙吗？"

少年一愣，随即笑得前俯后仰："小姑娘，你叫什么？"

"周春枝,我叫周春枝,你呢神仙哥哥？"

少年微挑着眉梢,耀耀生辉:"你叫春枝,我便叫细雨好了。"

春枝细雨,天作之合。

【二】

叫细雨的少年真的是个神仙哥哥,他能飞,还能接住从树上跃下来的小姑娘,会带许多小姑娘从来没见过的小玩意儿、好吃的给她。

"这是什么？"小姑娘坐在树枝上晃悠着小脚丫子,将小棒槌摇了摇,发出砰砰砰的响声,月牙儿的眸子里露出惊喜,"真有意思。"

"这是拨浪鼓！"

细雨伸出修长的手指轻轻刮过她的琼鼻:"喜欢？"

"喜欢得不得了,不过,我最欢喜还是神仙哥哥。"

小姑娘的话引得细雨失笑:"真的？"

小姑娘连连点头:"等我长大了,就嫁给神仙哥哥,这样就不用做女红了！"

少年侧目看她,目光幽幽,深情隐忍:"好,等你长大了我就娶你。"

天地为媒,梧桐为证。

【三】

灼华城周家的院子里有一棵梧桐树,春来发枝,很多人越过高高的院墙总能看见周家的那个小姑娘坐在上头发出盈盈笑声。

笑颜如花绽,玉音婉转流！

可那姑娘分明短命没活过十五岁。

【四】

周家的人为了逼小姑娘学女红,夜里裁了梧桐树,从此,她再没见过她的神仙哥哥。

一年后及笄前夕,周家小姑娘不知所终,后众人在院前见她一身红衣早已气绝而亡。

她身边新种了一棵梧桐枝，手里捏了一只拨浪鼓，鼓面写着：月老系三十根红线，孟娘煮六十碗苦汤，春枝等九十年不老。

【五】

春枝穿着红色的罗裙坐在梧桐树枝上晃悠着双脚，手里摇着拨浪鼓。

树下忽然传来一声："你坐在上头作甚？"

春枝低头，入目是面冠如玉的少年郎。

那少年眼眸含笑："你也是神仙吗，我叫细雨，你叫什么？"

她咧开嘴角笑，滚烫的眼泪落下。她说："院前梧桐树，凤凰飞来栖，我及笄前亲手栽种，如今已过九十年。"

编辑点评：只能用惊喜来评价这个故事，首尾呼应，精彩绝妙。结尾的诗更是让人产生深深的共鸣。

作者感言：这大约会是我今年收到最好的礼物，编辑们的认可于我而言意义非凡。

就好像从千万里远的地方送来了曙光。

在此之前我大约是被困在海上苦苦求生的人，

收到这份"礼物"就好像终于找到了岛屿一样，感觉一下子心被胀得发疼。

我很久很久没有如此开心了，真的。

时常怀疑自己所坚持的到底是对是错。

怀疑自己的文字，甚至几度想要放弃，

好在大鱼出现了，《春枝细雨》出现了。

由衷感谢，送来犹如曙光般礼物的你们！

感谢阅读
感恩同行

五周年
我们再见

图书在版编目（CIP）数据

春枝细雨/烟罗主编. --石家庄：花山文艺出版社，2017.9（2020.1重印）
ISBN 978-7-5511-3718-8
Ⅰ.①春… Ⅱ.①烟… Ⅲ.①短篇小说－小说集－中国－当代 Ⅳ.①I247.7
中国版本图书馆CIP数据核字（2017）第218935号

书　　名：	春枝细雨
主　　编：	烟罗
策　　划：	张采鑫
责任编辑：	于怀新　张凤奇
特约编辑：	杜莉萍
美术编辑：	胡彤亮
责任校对：	齐　欣
封面设计：	Insect
内文设计：	Insect
封面绘制：	槿　木
出版发行：	花山文艺出版社（邮政编码：050061）
	（河北省石家庄市友谊北大街330号）
销售热线：	0311-88643221/29/35/26
传　　真：	0311-88643225
印　　刷：	三河市华东印刷有限公司
经　　销：	新华书店
开　　本：	889×1194　1/32
印　　张：	9
字　　数：	280千字
版　　次：	2017年10月第1版
	2020年1月第2次印刷
书　　号：	ISBN 978-7-5511-3718-8
定　　价：	45.00元

（版权所有　翻印必究·印装有误　负责调换）